एडगर एलन पो
की
लोकप्रिय कहानियाँ

एडगर एलन पो (1809-1849) का जन्म बोस्टन, मैसाचुसेट्स (अमरीका) में हुआ। अपनी रचनाओं में एडगर ने मुख्यत: 'मृत्यु', 'मृत्यु के चिह्न', 'जीवित दफनाना', 'मृत्योपरांत जीवन और शोक' इत्यादि विषयों को गहराई से लिया है। इसके साथ ही उन्होंने 'ऑगस्त द्युपिन' नाम के जासूस की रचना की, जिसके द्वारा स्थापित जासूसी विधा का बाद में शेरलॉक होम्स और हरक्लयू प्वारो जैसे जासूसी नायकों ने भी उपयोग किया।

'लोकप्रिय कहानियाँ' श्रृंखला के सम्मानित कथाकार

• अवध नारायण मुद्‌गल • अज्ञेय • आचार्य चतुरसेन • आनंद प्रकाश जैन • आर.के. नारायण • उर्मिला शिरीष • उषा किरण खान • ऋता शुक्ल • कमल कुमार • कमलेश्वर • कुसुम अंसल • कुसुम खेमानी • केशव • गंगाप्रसाद विमल • गिरिराज किशोर • गुरुदत्त • गोविंद मिश्र • चंद्रकांता • चित्रा मुद्‌गल • जयशंकर प्रसाद • जैनेंद्र कुमार • ज्योत्स्ना मिलन • दामोदर दत्त दीक्षित • देवेंद्र सत्यार्थी • धर्मवीर भारती • नरेंद्र कोहली • नासिरा शर्मा • निर्मल वर्मा • पद्‌मा सचदेव • पांडेय बेचन शर्मा 'उग्र' • प्रकाश मनु • प्रेमचंद • बलराम • बिमल मित्र • भगवान अटलानी • मनु शर्मा • मन्नू भंडारी • महीप सिंह • मालती जोशी • मीरा सीकरी • मृदुला बिहारी • मृदुला सिन्हा • मेहरुन्निसा परवेज • रमेशचंद्र शाह • मृदुला गर्ग • रमेश पोखरियाल 'निशंक' • रवींद्रनाथ टैगोर • रस्किन बॉण्ड • राजी सेठ • राजेंद्र मोहन भटनागर • राजेंद्र राव • रामदरश मिश्र • रामधारी सिंह दिवाकर • रूपसिंह चंदेल • विजयदान देथा • विद्या विंदु सिंह • विवेकी राय • विश्वंभरनाथ शर्मा कौशिक • विष्णु प्रभाकर • वृंदावनलाल वर्मा • शंकरदयाल सिंह • शरतचंद्र चटर्जी • शिवप्रसाद सिंह • शैलेश मटियानी • श्रीलाल शुक्ल • संतोष गोयल • सच्चिदानंद जोशी • सत्यजित रे • सिम्मी हर्षिता • सीतेश आलोक • सुधा मूर्ति • सुनीता जैन • सुभद्रा कुमारी चौहान • सुशील कुमार फुल्ल • सूर्यबाला • से.रा. यात्री • स्वयं प्रकाश • हिमांशु जोशी

भारतीय भाषाओं की कहानियाँ

• डोगरी-कश्मीरी • ओड़िया • कन्नड़ • गुजराती • तमिल • तेलुगु • पंजाबी • मराठी • मलयालम • असमीया • बांग्ला • सिंधी • कोंकणी • उर्दू

विदेशों की कहानियाँ

• अमेरिका • इंग्लैंड • जर्मनी • फ्रांस • यूरोप • रूस • स्पेन

एडगर एलन पो
की
लोकप्रिय कहानियाँ

एडगर एलन पो

प्रकाशक
प्रभात पेपरबैक्स
प्रभात प्रकाशन प्रा. लि. का उपक्रम
4/19 आसफ अली रोड, नई दिल्ली–110002
फोन : 23289777 • हेल्पलाइन नं. : 7827007777
इ–मेल : prabhatbooks@gmail.com ❖ वेब ठिकाना : www.prabhatbooks.com

संस्करण
प्रथम, 2022

मूल्य
तीन सौ रुपए

अनुवाद
अमरनाथ श्रीवास्तव

मुद्रक
आर–टेक ऑफसेट प्रिंटर्स, दिल्ली

———— ★ ————

EDGAR ALLAN POE KI LOKPRIYA KAHANIYAN

Published by **PRABHAT PAPERBACKS**
An imprint of Prabhat Prakashan Pvt. Ltd.
4/19 Asaf Ali Road, New Delhi-110002

ISBN 978-93-5521-213-9

₹ 300.00

अनुक्रम

काला बिल्ला

यहाँ जो कहानी मैं लिखने जा रहा हूँ, उस पर विश्वास करने के लिए न तो मैं आपसे आग्रह करूँगा और न ही मेरी ऐसी कोई अपेक्षा है। कहानी ही कुछ ऐसी है कि मेरा स्वयं का दिलो-दिमाग भी जवाब दे जाता है, फिर आपसे ऐसी अपेक्षा करूँ तो मुझे पागल ही कहा जाएगा! पर नहीं, पागल नहीं हूँ मैं; न ही कोई सपना देख रहा हूँ। कल मैं रहूँ या न रहूँ, इसलिए आज मैं अपने मन का बोझ हलका कर लेना चाहता हूँ। दरअसल जो कुछ मैं लिखने जा रहा हूँ, वह कोई कहानी नहीं है, बल्कि घरेलू घटनाओं की एक शृंखला है, जिसे बिना किसी लाग-लपेट के मैं दुनिया के सामने रखना चाहता हूँ। इन घटनाओं ने मुझे डराया है, सताया है, प्रताड़ित किया है, मुझे बरबाद किया है। लेकिन मैं उन्हें बहुत ज्यादा विस्तार नहीं देना चाहता हूँ। मेरे लिए ये घटनाएँ सिर्फ और सिर्फ भय, त्रास पैदा करनेवाली चीजें रही हैं। हाँ, आपमें से किसी को इनमें कुछ दिलचस्प बात मिल जाए तो वह अलग बात है।

बचपन से ही मैं अपने विनम्र स्वभाव और सहृदयता के लिए जाना जाता था। सचमुच मेरा हृदय इतना कोमल था कि कई बार मुझे अपने दोस्तों के मजाक का पात्र भी बनना पड़ जाता था। मुझे जानवरों से विशेष लगाव था, इसलिए मेरे माता-पिता ने मेरा मन बहलाने के लिए घर में कई तरह के जानवर पाल रखे थे। उन्हें खिलाना-पिलाना, उनकी देखभाल करना और उनके साथ समय बिताना मुझे बहुत अच्छा लगता था। जैसे-जैसे बड़ा हुआ, वैसे-वैसे मेरा यह शौक भी बढ़ता गया। इससे मेरे मन को जो सुख मिलता था, वह कहीं और नहीं मिलता था। होशियार और वफादार कुत्ता पालने का शौक रखनेवाला व्यक्ति ही इस बात को समझ सकता है। इनसान की दोस्ती किसी रूप में स्वार्थ से प्रेरित नहीं होती है,

लेकिन इन बेजुबान जानवरों की दोस्ती सर्वथा निस्स्वार्थ और निष्कपट होती है।

मेरी शादी जल्दी हो गई थी और मेरी पत्नी का स्वभाव भी बिल्कुल वैसा ही था, जैसा मेरा। पालतू जानवरों के प्रति मेरा लगाव देखकर वह भी तरह-तरह की चिड़ियों, खरगोशों एवं गोल्डफिश के अलावा एक प्यारा सा कुत्ता, एक छोटा सा बंदर और एक काला बिल्ला भी पाल रखा था।

यह काला बिल्ला बड़ा होने पर बहुत सुंदर और समझदार निकला। मेरी पत्नी वैसे तो अंधविश्वासों को बहुत ज्यादा नहीं मानती थी, लेकिन उसकी समझदारी देखकर कई बार वह उस पुराने विश्वास की बात करने लगती थी, जिसके अनुसार काली बिल्ली (बिल्ला) के रूप में चुड़ैल आती है। हालाँकि हम दोनों में से कोई भी इस इस तरह की बातों को गंभीरता से लेने वाला नहीं था।

यह काला बिल्ला बड़ा होने पर बहुत सुंदर और समझदार निकला। मेरी पत्नी वैसे तो अंधविश्वासों को बहुत ज्यादा नहीं मानती थी, लेकिन उसकी समझदारी देखकर कई बार वह उस पुराने विश्वास की बात करने लगती थी, जिसके अनुसार काली बिल्ली (बिल्ला) के रूप में चुड़ैल आती है। हालाँकि हम दोनों में से कोई भी इस इस तरह की बातों को गंभीरता से लेने वाला नहीं था।

उसका नाम हमने 'प्लूटो' रखा था। मेरा सबसे अच्छा दोस्त था वह। मैं ही उसे खिलाता-पिलाता था। घर में वह हरदम मेरे पास ही रहता था। यहाँ तक कि जब कभी मैं घर से बाहर जाता था तो वह मेरे पीछे-पीछे लग जाता था। बड़ी मुश्किल से मैं उसे छोड़कर जा पाता था।

कई साल तक वह इसी तरह दोस्त बनकर मेरे साथ रहा। इस दौरान मेरा स्वभाव बिल्कुल बदल सा गया था। जैसे-जैसे मैं बड़ा होता गया, वैसे-वैसे मेरा स्वभाव चिड़चिड़ा होता गया और मैं दूसरों की भावनाओं की अनदेखी करने लगा। इसी चिड़चिड़ेपन में कई बार मैं अपनी पत्नी को भी कुछ अपशब्द बोल देता था या हिंसापूर्ण बरताव कर बैठता था। मेरे पालतू जानवर भी मेरे स्वभाव में आए इस बदलाव का शिकार होने लगे थे। लेकिन प्लूटो के प्रति मेरा जो लगाव था, वह अभी तक बना हुआ था। वैसे दिल से मैं अपने पालतू खरगोश, बंदर या कुत्ते के साथ दुर्व्यवहार करने का इरादा नहीं रखता था, लेकिन मेरी बीमारी

मुझ पर हावी थी और वह बीमारी थी—शराब। समय के साथ-साथ यह बीमारी बढ़ती गई और प्लूटो भी इसके प्रभाव से बचा न रह पाया।

एक रात कस्बे से घर लौटने पर मैंने महसूस किया कि बिल्ला मुझसे दूरी बनाने की कोशिश कर रहा है। मैंने उसे पकड़ लिया। उसे मेरे गुस्से का आभास हो गया था। घबराहट में उसने दाँत से मेरे हाथ में काट लिया, जिससे हाथ में थोड़ा जख्म हो गया। बस मैं अपना आपा खो बैठा। मुझपर जैसे शैतान हावी हो गया था। मैंने अपने वेस्ट कोट की जेब से एक छोटा चाकू निकाला, उसे खोला और बिल्ले को गरदन से पकड़कर उसकी एक आँख काटकर बाहर निकाल दी। ऐसी क्रूरता के बारे में लिखते हुए भी मेरा रोम-रोम काँप रहा है।

नशे की हालत में पूरी रात सोने के बाद सुबह जब उठा तो मुझे अपने किए पर पछतावा हो रहा था और मैं खुद को अपराधी भी महसूस कर रहा था; लेकिन मेरी अंतरात्मा अभी तक अपने-वश में नहीं थी। बात आई-गई हो गई और मैं अपने नशे में सबकुछ भूल गया। इधर बिल्ला धीरे-धीरे ठीक हो गया। उसकी आँख का जख्म भर गया, लेकिन उसका चेहरा ऐसा हो गया था कि उसे देखकर डर लगता था। लेकिन आँख की जगह पर अब कोई दर्द या जख्म नहीं था। फिर से वह पहले की तरह पूरे घर में घूमने लगा, लेकिन अब मेरी उपस्थिति से वह डरने लगा था। मुझसे दूर ही रहता था और मुझे देखते ही डर जाता था। पहले तो मुझे थोड़ा सा दुःख महसूस हुआ कि जो जानवर अभी कुछ दिन पहले तक मुझसे इतना प्यार करता था, वही आज मुझे इस कदर नापसंद कर रहा है कि मेरे पास भी नहीं आना चाहता। लेकिन बाद में मेरे मन का यही दुःख गुस्से में बदल गया और इसके साथ ही शुरू हो गई मेरे हठ की हद, जिसके सामने दर्शन का कोई

नशे की हालत में पूरी रात सोने के बाद सुबह जब उठा तो मुझे अपने किए पर पछतावा हो रहा था और मैं खुद को अपराधी भी महसूस कर रहा था; लेकिन मेरी अंतरात्मा अभी तक अपने-वश में नहीं थी। बात आई-गई हो गई और मैं अपने नशे में सबकुछ भूल गया। इधर बिल्ला धीरे-धीरे ठीक हो गया। उसकी आँख का जख्म भर गया, लेकिन उसका चेहरा ऐसा हो गया था कि उसे देखकर डर लगता था।

मायने नहीं रह जाता। निस्संदेह, हठ मानव स्वभाव का एक हिस्सा है, जो मनुष्य के चरित्रों को निर्देशित करता है। यही कारण है कि अकसर हम सिर्फ इसलिए कोई गलती या दुष्टता कर बैठते हैं, क्योंकि हमें पता होता है कि ऐसा नहीं करना चाहिए। इसी तरह कई बार हम किसी नियम या कानून का उल्लंघन कर बैठते हैं, वह भी सिर्फ इसलिए कि हमें लगता है कि ऐसा होना चाहिए। खैर, हठ की इस हद के साथ ही मेरी बरबादी भी शुरू हो गई थी। मेरी आत्मा खुद को ज्यादा-से-ज्यादा पीड़ा देने, ज्यादा-से-ज्यादा प्रताड़ित करने पर तुली हुई थी और मैं उस निर्दोष जानवर से, जिसे पहले ही मैं इतनी चोट पहुँचा चुका था, बदला लेने के लिए कुछ भी करने को तैयार था। एक दिन सुबह-सुबह मैंने उसके गले में एक फंदा डाला और उसे एक पेड़ की डाल से लटका दिया। उस समय मेरी आँखों में आँसू और दिल में पश्चात्ताप था। मैंने उसे इसलिए लटकाया, क्योंकि मैं जानता था कि वह मुझे प्यार करता था, क्योंकि मुझे लगता था कि उसने कोई गलती नहीं की है। मैंने उसे इसलिए लटका दिया, क्योंकि मैं जानता था कि ऐसा करना पाप है, ऐसा पाप, जिसके लिए उस ईश्वर को भी मुझपर दया नहीं आएगी, जिसे सब पर दया करने वाला माना जाता है।

उस रात आग लगने की चीख सुनकर मेरी आँख खुली थी। मेरे पलंग के परदे जल रहे थे। पूरे घर में आग लगी थी। मैं, मेरी पत्नी और एक नौकर उसमें फँसे हुए थे और बहुत मुश्किल से बचकर निकल पाए। आग ने मेरी सारी सांसारिक दौलत को निगल लिया था। उसके बाद मैं मानसिक अवसाद की स्थिति में रहने लगा।

उस रात आग लगने की चीख सुनकर मेरी आँख खुली थी। मेरे पलंग के परदे जल रहे थे। पूरे घर में आग लगी थी। मैं, मेरी पत्नी और एक नौकर उसमें फँसे हुए थे और बहुत मुश्किल से बचकर निकल पाए। आग ने मेरी सारी सांसारिक दौलत को निगल लिया था। उसके बाद मैं मानसिक अवसाद की स्थिति में रहने लगा।

किसी भी घटना के पीछे के कारण और प्रभाव का विश्लेषण करना मेरी आदत नहीं है; लेकिन यहाँ पूरी कहानी की एक-एक कड़ी खोलकर रख देना मुझे जरूरी लग रहा है और मैं इसकी कोई भी कड़ी अधूरी नहीं छोड़ना चाहता

हूँ। जिस दिन आग लगी थी, उसके अगले दिन मैंने पूरे घर का जायजा लिया तो देखा कि मकान के मध्य भाग में स्थित एक दीवार को छोड़कर बाकी सब दीवारें गिर गई थीं। वह दीवार जो गिरने से बची थी, वह एक कमरे की दीवार थी, जो कोई ज्यादा मोटी नहीं थी और मेरे पलंग का सिरहाना उसी दीवार से लगा हुआ था। दीवार का प्लास्टर काफी हद तक आग के प्रभाव से बचा हुआ था, जिसका कारण संभवत: यह था कि प्लास्टर हाल ही का किया हुआ था। दीवार के आसपास लोगों की भीड़ जमा थी, जो दीवार के एक खास हिस्से को बहुत ध्यान से देख रही थी। लोगों के मुँह से—'विचित्र'! 'अविश्वसनीय!' और इस तरह के अन्य शब्द सुनकर मेरी जिज्ञासा बढ़ी और मैं भी वहाँ जाकर देखने लगा। दीवार की सफेद सतह पर एक बड़े से बिल्ले की आकृति बनी थी, उसके गले में एक रस्सी बँधी थी।

उसे देखकर मेरा मन भय और आश्चर्य से भर गया था। मुझे याद आया कि बिल्ले को घर के बगल वाले बगीचे में लटका रखा था। आग लगने की खबर सुनकर लोग बगीचे में आकर इकट्ठा हो गए थे। उन्हीं लोगों में से किसी ने बिल्ले का फंदा काटकर उसे खिड़की के रास्ते मेरे कमरे में डाल दिया होगा! हो सकता है, मुझे नींद से जगाने के इरादे से किसी ने ऐसा किया हो! मेरी क्रूरता का शिकार हुआ बिल्ला ढहती दीवारों में फँसकर अकेली खड़ी दीवार से चिपक गया होगा और मलबे के दबाव के कारण उसी में पिस गया होगा, जिससे दीवार की चूने की सतह पर उसके अस्थि-पंजर और आग की लपटों के प्रभाव से ऐसी आकृति बन गई थी।

उसे देखकर मेरा मन भय और आश्चर्य से भर गया था। मुझे याद आया कि बिल्ले को घर के बगल वाले बगीचे में लटका रखा था। आग लगने की खबर सुनकर लोग बगीचे में आकर इकट्ठा हो गए थे। उन्हीं लोगों में से किसी ने बिल्ले का फंदा काटकर उसे खिड़की के रास्ते मेरे कमरे में डाल दिया होगा! हो सकता है, मुझे नींद से जगाने के इरादे से किसी ने ऐसा किया हो!

इस घटना से मेरी अंतरात्मा भले ही बहुत ज्यादा प्रभावित न हुई हो, लेकिन मेरे मन पर इसका गहरा प्रभाव पड़ा। महीनों तक मैं उसकी याद को अपने मन

से नहीं निकाल पाया। उसी दौरान, एक बार मुझे लगा कि मेरे अंदर हृदय की वह पुरानी कोमलता वापस आ गई है, लेकिन ऐसा नहीं था। बिल्ले को खोने का गम मिटाने के लिए मैं बिल्कुल वैसे ही दूसरे बिल्ले की तलाश में लग गया था। जिन-जिन अड्डों पर मेरा उठना-बैठना था, सब जगह मैं देखता रहता था कि कोई ऐसा बिल्ला मिल जाए, जो प्लूटो की जगह ले सके।

एक रात मैं ऐसे ही एक अड्डे पर बैठा था। अचानक मेरी नजर एक बड़े से पीपे के ऊपर पड़ी, किसी काली सी चीज पर पड़ी तो कुछ देर तक मैं उसे ध्यान से देखता रहा, लेकिन पता नहीं चल पर रहा था कि वह कौन सी चीज है उसके पास गया और उसे हाथ से छूकर देखा, एक बिल्ला था हू-ब-हू प्लूटो की तरह, उतना ही बड़ा और वैसा ही काला रंग। बस एक अंतर था—प्लूटो के शरीर पर सफेद बाल नहीं थे, जबकि इस बिल्ले की छाती का थोड़ा सा हिस्सा सफेद था। जब मैंने उसे हाथ से छुआ तो वह उठकर खड़ा हो गया और मेरे हाथ से लिपटने की कोशिश करने लगा। मेरा स्पर्श पाकर वह बहुत खुश लग रहा था। मुझे लगा कि मैं जिसकी तलाश में था, वह मुझे मिल गया। मैंने उसे खरीदने का मन बना लिया और मकान-मालिक से संपर्क किया; लेकिन मकान-मालिक ने बताया कि वह इस बिल्ले के बारे में कुछ नहीं जानता। अर्थात् बिल्ला उसका नहीं था; इसलिए मैं उसे यों ही अपने साथ लेकर आ गया। मैं क्या लेकर आया, वह खुद ही मरे साथ आ गया। घर पहुँचकर मैंने देखा कि वह बिल्कुल सहज था और किसी भी तरह से खुद को अजनबी महसूस नहीं कर रहा था। उसे देखकर मेरी पत्नी भी बहुत खुश थी।

एक रात मैं ऐसे ही एक अड्डे पर बैठा था। अचानक मेरी नजर एक बड़े से पीपे के ऊपर पड़ी, किसी काली सी चीज पर पड़ी तो कुछ देर तक मैं उसे ध्यान से देखता रहा, लेकिन पता नहीं चल पर रहा था कि वह कौन सी चीज है उसके पास गया और उसे हाथ से छूकर देखा, एक बिल्ला था हू-ब-हू प्लूटो की तरह, उतना ही बड़ा और वैसा ही काला रंग।

कुछ दिनों तक ऐसे चलता रहा। उसके बाद पता नहीं क्यों और कैसे, उससे मुझे नफरत सी होने लगी। वह जितना मेरे करीब आता था, मुझे उतना ही उसपर

गुस्सा आता था। उसपर मुझे गुस्सा तो आता था और नफरत भी होती थी, लेकिन प्लूटो के साथ जो कुछ मैंने किया था, उसे याद करके मैं उसे शारीरिक यातना देने से बच रहा था। कुछ सप्ताह तक मैंने उसके साथ कोई हिंसा नहीं की; लेकिन धीरे-धीरे उससे मुझे इतनी चिढ़ होन लगी कि अपने आसपास उसकी उपस्थिति भी मुझे अच्छी नहीं लगती थी।

दरअसल जिस दिन मैं उसे घर लेकर आया था, उसके अगले दिन ही सुबह मैंने देखा कि प्लूटो की तरह उसकी भी एक आँख नहीं थी। उसके प्रति मेरी नफरत का एक कारण यह भी था। हालाँकि इस संयोग और समानता के कारण मेरी पत्नी का उसके प्रति लगाव और भी बढ़ गया था, क्योंकि जैसा मैं पहले उल्लेख कर चुका हूँ, उसका हृदय सरल और कोमल था, जो कभी मेरी स्वाभाविक विशेषता हुआ करती थी।

दरअसल जिस दिन मैं उसे घर लेकर आया था, उसके अगले दिन ही सुबह मैंने देखा कि प्लूटो की तरह उसकी भी एक आँख नहीं थी। उसके प्रति मेरी नफरत का एक कारण यह भी था। हालाँकि इस संयोग और समानता के कारण मेरी पत्नी का उसके प्रति लगाव और भी बढ़ गया था, क्योंकि जैसा मैं पहले उल्लेख कर चुका हूँ, उसका हृदय सरल और कोमल था, जो कभी मेरी स्वाभाविक विशेषता हुआ करती थी।

परंतु मैं देख रहा था कि मैं जितना उसे खुद से दूर रखने की कोशिश करता था, उतना ही उसका मेरी ओर झुकाव बढ़ता जाता था। कुरसी पर बैठता तो आकर उसके नीचे दुबककर बैठ जाता या मेरे पैरों पर चढ़ने लगता और मुझे चाटने लगता। मैं जहाँ भी जाता था, वह बिल्ला भी मेरे साथ-साथ जाता था। कुरसी से उठकर चलने लगता तो मेरे दोनों पैरों के बीच में आ जाता और मुझे चलने नहीं देता था; कभी-कभी तो मेरे ऊपर ही चढ़ जाता था। उस समय जी में यही आता था कि इस पर कुछ दे मारूँ और एक ही वार में इसे खत्म कर दूँ; लेकिन पहले जो अपराध मैं कर चुका था, उसकी याद मुझे ऐसा करने से रोकती थी। सच कहूँ तो उसकी शारीरिक विकृति मेरे त्रास: का कारण नहीं थी। उसे देखकर मेरे मन में जो अजीब-अजीब सी कल्पनाएँ आती थीं, वे मेरे त्रास का कारण थीं, जिसके बारे में सोचते हुए यहाँ

आततायी कोठरी में भी मेरा मन शर्म और ग्लानि से भर उठता है। जैसा मैं पहले उल्लेख कर चुका हूँ, बिल्ले की छाती के आसपास के बाल सफेद थे, प्लूटो और इस बिल्ले में बस यही एक अंतर था; इसका जिक्र मेरी पत्नी ने भी एक-दो बार मुझसे किया था। जो जानवर अभी कुछ दिन पहले तक मुझे इतना प्रिय लग रहा था, उसी की उपस्थिति अब मुझे डराने-सताने लगी थी; उसकी शक्ल में मुझे पिशाच की छवि दिखाई देती थी और उस पिशाच से मैं अपना पिंड छुड़ाने के लिए बहुत परेशान था।

सचमुच मुझे न दिन में चैन आता था, न रात में नींद आती थी। दिन में इसलिए परेशान रहता था कि वह बिल्ला एक पल के लिए भी मुझे अकेला नहीं रहने देता था और रात में उसकी मौजूदगी मेरे लिए एक दुस्स्वप्न बन जाती थी, जिससे चाहकर भी मैं खुद को अलग नहीं कर पा रहा था।

लगातार मन में बैठे इस त्रास और भय के कारण मेरे अंदर जो थोड़ी-बहुत इनसानियत बची थी, वह भी चली गई और बुरे विचार मेरे मन पर हावी हो गए। मेरा मन फिर से पहले की तरह घृणा और विवेक-शून्यता के वश में हो गया और मेरी पत्नी चुपचाप सबकुछ देखती-सहती जाती थी।

लगातार मन में बैठे इस त्रास और भय के कारण मेरे अंदर जो थोड़ी-बहुत इनसानियत बची थी, वह भी चली गई और बुरे विचार मेरे मन पर हावी हो गए। मेरा मन फिर से पहले की तरह घृणा और विवेक-शून्यता के वश में हो गया और मेरी पत्नी चुपचाप सबकुछ देखती-सहती जाती थी।

घर की आर्थिक स्थिति अच्छी न होने के कारण हमें एक पुरानी सी बिल्डिंग में रहना पड़ रहा था। एक दिन किसी काम से मैं उसके तहखाने में गया तो पत्नी भी मेरे साथ-साथ चली गई। जब मैं तहखाने की सीधी, खड़ी सीढ़ियों से नीचे उतर रहा था तो वह बिल्ला भी मेरे पीछे-पीछे आया तथा मेरे पैरों के बीच से निकलने लगा और मैं गिरते-गिरते बचा। मैं गुस्से में पागल हो गया और सबकुछ भूलकर एक अब उठा ली; कुल्हाड़ी से उसपर प्रहार करने ही वाला था, तभी पीछे से पत्नी ने मेरा हाथ पकड़ लिया। सच कह रहा हूँ, मेरी पत्नी अगर मेरा हाथ नहीं पकड़ती तो एक ही वार में बिल्ला वहीं खत्म हो जाता। उस वार से बिल्ला तो बच गया,

लेकिन मेरा क्रोध शांत नहीं हुआ था, बल्कि और बढ़ गया था; उसी क्रोध में मैंने कुल्हाड़ी अपनी पत्नी के सिर पर दे मारी और वह वहीं खत्म हो गई। उसके मुँह से चीख तक नहीं निकली।

मैंने अपनी पत्नी की हत्या कर दी थी। अब मैं उसकी लाश को छिपाने या ठिकाने लगाने के बारे में सोचने लगा। मैं जानता था कि अगर उसे घर से बाहर ले जाऊँगा तो पड़ोसियों की नजर जरूर पड़ेगी। कई तरह की बातें मेरे मन में आ रही थीं। एक बार मन में आया कि लाश को टुकड़ा-टुकड़ा करके जला दूँ। फिर मन में आया कि उसे तहखाने में दफना दूँ। फिर सोचा कि उसे ले जाकर कुएँ में फेंक आऊँ या बक्से में भरूँ और किसी बोझा ढोने वाले को पकड़कर उसे घर से बाहर ले जाऊँ। अंत में तय किया कि तहखाने की दीवार में उसकी चुनाई कर दूँ, जैसे मध्यकाल के भिक्षु अपनी अपराधियों के साथ करते थे।

मैंने अपनी पत्नी की हत्या कर दी थी। अब मैं उसकी लाश को छिपाने या ठिकाने लगाने के बारे में सोचने लगा। मैं जानता था कि अगर उसे घर से बाहर ले जाऊँगा तो पड़ोसियों की नजर जरूर पड़ेगी। कई तरह की बातें मेरे मन में आ रही थीं। एक बार मन में आया कि लाश को टुकड़ा-टुकड़ा करके जला दूँ। फिर मन में आया कि उसे तहखाने में दफना दूँ।

इस तरह के काम के लिए तहखाने सबसे उपयुक्त था, क्योंकि एक तो उसकी दीवारें थोड़ी-थोड़ी खुली थीं और उनका प्लास्टर भी खुरदरा था तथा नमी के कारण वह ज्यादा कठोर भी नहीं था। इसके अलावा एक दीवार ऐसी थी, जो चिमनी या अँगीठी के कारण थोड़ी उभरी हुई थी। उसमें थोड़ी-थोड़ी जगह दिखाई देती थी। मुझे लगा कि वहाँ से ईंटें उखाड़ने तथा लाश को उसके अंदर रखकर दीवार को दुबारा उसी तरह चुन देने में ज्यादा दिक्कत नहीं होगी और इस प्रकार किसी को कुछ पता भी नहीं चलेगा।

एक सब्बल की सहायता से मैंने ईंटें हटाईं और वहाँ लाश को रखकर पूरा ढाँचा फिर से वैसे ही कर दिया, जैसे पहले था। उसके बाद सीमेंट-बालू से गारा तैयार करके बहुत सावधानी से उसपर प्लास्टर कर दिया। अब मैंने राहत की साँस ली। दीवार किसी भी तरह से ऐसी नहीं लग रही थी कि उसके साथ कोई

छेड़छाड़ की गई है। इस पूरे काम से फर्श पर जो कूड़ा-करकट पड़ा था, उसे पूरी सावधानी से साफ करने के बाद मैं मन-ही-मन कहने लगा, 'आखिरकार, मेरी मेहनत बेकार नहीं गई।'

अब मुझे उस मनहूस बिल्ले की तलाश थी, जिसके कारण मैंने इतनी बड़ी विनाश-लीला रच डाली थी। मैं उसे जिंदा नहीं छोड़ना चाहता था। उस समय वह मुझे मिल जाता तो उसका जो हश्र होता, इसका अंदाजा शायद उसे हो गया था; इसलिए वह मेरे सामने नहीं आ रहा था। हालाँकि उसे खुद से दूर पाकर मुझे एक अलग तरह का संतोष भी हो रहा था। पूरी रात वह नहीं दिखा और उस रात मैं चैन की नींद सोया। मेरे मन में हत्या के अपराध-बोध जैसा कोई भाव नहीं था।

अब मुझे उस मनहूस बिल्ले की तलाश थी, जिसके कारण मैंने इतनी बड़ी विनाश-लीला रच डाली थी। मैं उसे जिंदा नहीं छोड़ना चाहता था। उस समय वह मुझे मिल जाता तो उसका जो हश्र होता, इसका अंदाजा शायद उसे हो गया था; इसलिए वह मेरे सामने नहीं आ रहा था। हालाँकि उसे खुद से दूर पाकर मुझे एक अलग तरह का संतोष भी हो रहा था।

दूसरा और तीसरा दिन भी बीत गया, लेकिन वह नहीं आया। अब मुझे बहुत राहत महसूस हो रही थी। वह शैतान हमेशा-हमेशा के लिए घर छोड़कर भाग गया। सचमुच बहुत खुश था मैं। जो अपराध मैं कर बैठा था, उसका मेरे दिल पर थोड़ा बोझ जरूर था, लेकिन उससे मैं परेशान नहीं था। कुछ लोगों ने थोड़ी-बहुत पूछताछ की, जिसका मैंने फटाफट जवाब दे दिया। उसकी तलाश भी की गई, लेकिन किसी को कुछ पता नहीं चला। अब मैं आजाद महसूस कर रहा था।

हत्या के चौथे दिन अचानक एक पुलिस-दल मेरे घर पर आया और एक बार फिर घर की तलाशी लेने लगा। मैं निश्चिंत था, क्योंकि मुझे पता था कि जहाँ मैंने लाश को छिपा रखा है, वहाँ तक कोई नहीं पहुँच पाएगा। पुलिस अधिकारियों ने मुझे अपने साथ लिया और घर का कोना-कोना छान मारा। एक दो बार नहीं, बल्कि तीन-तीन बार। चौथी बार वे तहखाने में गए, तब भी मैं परेशान नहीं हुआ। उनके सामने मैं बिल्कुल मासूम-निर्दोष बना हुआ था। दोनों हाथ सीने के ऊपर बाँधे मैं आराम से चहलकदमी कर रहा था। पुलिस-दल को कहीं कुछ नहीं

मिला। मैं बहुत खुश था, इतना कि जब पुलिस-दल जाने लगा तो अपनी सफाई को और ठोस बनाने के इरादे से मैं बोल पड़ा, "सर, मुझे यह जानकर अच्छा लगा कि मेरे प्रति आप लोगों का शक दूर हो गया। मेरी शुभकामना आप लोगों के साथ है। वैसे, वह घर बहुत ठोस बना हुआ है। (स्वयं को सहज दिखाने के लिए फटाफट बोलने के चक्कर में मुझे यह भी ध्यान नहीं रहा कि मैं क्या बोल रहा हूँ।) ये दीवारें, जो आप लोग देख रहे हैं, ये बहुत मजबूती से जोड़ी गई हैं।" कहते-कहते मैंने एक छड़ी (जो मैंने पहलू से हाथ में ले रखी थी), से उसी जगह पर थपथपाया जहाँ लाश को छिपा रखा था। तभी मुझे एक आवाज सुनाई दी—किसी बच्चे के रोने-सिसकने की आवाज। फिर वही आवाज लंबी, तेज चीख में बदल गई, डरावनी चीख, जो ऐसी लग रही थी, जैसे सीधे दोजख (नर्क—जहाँ पीड़ित, भटकती आत्माएँ रहती हैं) से आ रही हो।

अपनी मूर्खता पर मैं क्या कहूँ! मैं दूसरी दीवार की ओर चला गया। पुलिस-दल एक पल के लिए निस्तब्ध हो गया। अगले ही पल कोई दर्जन भर हट्टे-कट्टे जवान दीवार में लग गए; देखते-ही-देखते दीवार ढह गई। लाश सबके सामने थी, जिस पर खून के थक्के साफ दिखाई दे रहे थे। उसके ऊपर ही वह शैतान बिल्ला भी बैठा हुआ था, जिसके कारण मुझे हत्या जैसा जघन्य अपराध करना पड़ा और जिसकी शिनाख्ती आवाज ने मुझे फाँसी के फंदे तक पहुँचा दिया। उसे मैंने दीवार में ही चुन दिया था।

□

फॉर्चुनेटो

फॉर्चुनेटो ने हजार बार मुझे चोट पहुँचाई थी और हर बार मैं सहता गया; लेकिन जब वह अपमान करने पर उतर आया तो मैंने बदला लेने की प्रतिज्ञा कर ली। मैं उसकी चुनौती का जबाब देने के लिए तैयार था। उसने गलती की थी और इस गलती की उसे सजा मिलनी, वह भी और ऐसी-वैसी सजा नहीं, कड़ी सजा। अगर गलती को ठीक करने की कोशिश करने वाले व्यक्ति पर प्रतिकार की भावना हावी हो जाए तो वह गलती ठीक नहीं हो सकती और इसके लिए यह भी जरूरी है कि प्रतिकार करने वाला व्यक्ति एक बार खुद को उस व्यक्ति की जगह पर रखकर महसूस करे, जिससे गलती हुई है।

अपनी बात या व्यवहार से मैंने फॉर्चुनेटो को ऐसा बिल्कुल भी महसूस नहीं होने दिया कि मेरे मन में कोई दुर्भाव है। मैं पहले की तरह ही उसे देखकर मुसकराता रहा।

उसकी कमजोरी थी—यह फॉर्चुनेटो; बाकी हर तरह से वह एक अच्छा, सम्माननीय व्यक्ति था। अपने शराब के शौक पर उसे गर्व महसूस होता था। बहुत कम ही इतालवी ऐसे कलाप्रेमी होते हैं। उनका उत्साह प्राय: समय और अवसर के अनुकूल होता है—ब्रिटिश और ऑस्ट्रियायी अमीरों को धोखा देने के लिए अपने देश के लोगों की तरह फॉर्चुनेटो शिल्पविद्या का प्रेमी था। लेकिन शराब के मामले में वह सच्चा था और इस मामले में मैं भी उससे कुछ अलग नहीं। मैं खुद भी इतालवी शराबों का अच्छा जानकार था। त्योहारों के सीजन की मस्ती जोरों पर थी। उसी दौरान एक शाम मेरी मुलाकात एक दोस्त से हुई। बड़ी गर्मजोशी से वह मुझसे मिला और कुशल-क्षेम पूछा। वह रंग-बिरंगे पार्टी परिधान में था। उससे मिलकर मैं भी बहुत खुश था।

मैंने कहा, "मेरे प्यारे फॉर्चुनेटो, अच्छा हुआ, तुम मुझे मिल गए। आज कितने अच्छे लग रहे हो तुम! मुझे एमॉन्टिलाडो (एक प्रकार की शराब) का एक पाइप मिला है, लेकिन मुझे उसपर कुछ शंका है।"

"कैसे?" उसने कहा, "एमॉन्टिलाडो पाइप, असंभव! और वह भी त्योहार के समय में!"

"मेरे मन में कुछ शंका है," मैंने कहा, "और मैंने एक गलती यह कर दी कि तुमसे सलाह लिये बिना सौदा कर लिया तथा पूरे पैसे भी दे दिए। दरअसल मुझे डर था कि सौदा कहीं हाथ से निकल न जाए।"

"एमॉन्टिलाडो।"

"मुझे शंका है।"

"एमॉन्टिलाडो!"

"और मुझे वह शंका मिटानी है।"

"एमॉन्टिलाडो!"

"चूँकि तुम्हें कहीं जाना है, इसलिए मैं लुचेसी के पास जा रहा हूँ। वही मुझे बताएगा···।"

"लुचेसी तुम्हें एमॉन्टिलाडो और शैरी (एक प्रकार की स्पेनिश शराब) के अंतर के बारे में नहीं बता पाएगा।"

"वैसे कुछ लोग मानते हैं कि उसकी पसंद-नापसंद बिल्कुल तुम्हारे जैसी ही है।"

"आओ, चलते हैं"

"कहाँ?"

"तुम्हारे तहखाने की ओर।"

"नहीं दोस्तो, मैं जानता हूँ, तुम कहीं जा रहे हो, इसलिए मैं तुम्हें बाध्य नहीं करूँगा। लुचेसी···।"

"लुचेसी तुम्हें एमॉन्टिलाडो और शैरी (एक प्रकार की स्पेनिश शराब) के अंतर के बारे में नहीं बता पाएगा।"

"वैसे कुछ लोग मानते हैं कि उसकी पसंद-नापसंद बिल्कुल तुम्हारे जैसी ही है।"

"आओ, चलते हैं"

"कहाँ?"

"तुम्हारे तहखाने की ओर।"

"नहीं दोस्तो, मैं जानता हूँ, तुम कहीं जा रहे हो, इसलिए मैं तुम्हें बाध्य नहीं करूँगा। लुचेसी···।"

"अरे नहीं, मुझे कहीं नहीं जाना है, आओ।"

"नहीं दोस्त, तुम सर्दी-खाँसी से परेशान लगते हो और तहखानों में तो और

भी नमी रहती है, नाइट्रोजन गैस भी भरी होती है, जो तुम्हारे लिए ठीक नहीं है।"

"जो भी हो, चलो। ठंड-वंड कुछ नहीं। एमॉन्टिलाडो! तुम्हें ठग लिया है। लुचेसी तुम्हें एमॉन्टिलाडो और शैरी के बीच का अंतर नहीं बता पाएगा।"

कहते-कहते वह मुझसे लिपट ही गया और उसे लेकर मैं घर की ओर चल पड़ा।

घर में कोई नहीं था। सब मौके का फायदा उठाकर मौज-मस्ती के लिए निकल गए थे। दरअसल घर में मैंने यही बताया था कि मैं सुबह तक आऊँगा और हिदायत भी दी थी कि घर से कोई कहीं नहीं जाएगा। लेकिन मुझे पता था कि जैसे ही मैं निकलूँगा, सब गायब हो जाएँगे।

"कोई बात नहीं।" खुद को सँभालते हुए उसने कहा "चलो," मैंने जोर देकर कहा, "वापस चलते हैं। तुम्हारी सेहत ज्यादा जरूरी है। तुम अमीर हो, प्रतिष्ठित हो। तुम खुश हो, जैसे कभी मैं हुआ करता था। तुम अच्छे आदमी हो, मुझे तुम्हारी फिक्र है। चलो, वापस चलते हैं। कहीं तुम बीमार पड़ गए... ।" "बस भी करो," उसने कहा, "खाँसी से मैं कोई मर नहीं जाऊँगा।"

मैंने दो मोमबत्तियाँ जलाईं, एक खुद ली और एक फॉर्चुनेटो को दी। बहुत सावधनी से सीढ़ियाँ उतरते हुए हम नीचे पहुँचे और मॉन्ट्रेसर्स के (शराब रखने के) तहखाने में आकर दोनों खड़े हो गए।

मेरे दोस्त की चाल थोड़ी धीमी थी और जब वह चलता था तो उसकी टोपी में लगी घंटियाँ बजने लगती थीं।

"पाइप।" उसने कहा।

"वह आगे है," मैंने बताया, "लेकिन इस सफेद, जालीदार बुनाई को देखो, जो कमरा (तहखाने) की दीवारों से दिखाई दे रही है।"

वह मेरी आँखों में देखने लगा और उसके मुँह से बलगम के दो झिल्लीदार थक्के बाहर आ गए।

"नाइटर?" उसने पूछा।

"हाँ, नाइटर," मैंने जवाब दिया, "यह खाँसी तुम्हें कब से आ रही है?"

"उँहू उँहू! उँहू!...उँहू-उँहू-उँहू...उँहू! उँहू! उँहू!" कई मिनट तक वह

बेचारा खाँसता रहा और कोई जवाब नहीं दे पाया

"कोई बात नहीं।" खुद को सँभालते हुए उसने कहा

"चलो," मैंने जोर देकर कहा, "वापस चलते हैं। तुम्हारी सेहत ज्यादा जरूरी है। तुम अमीर हो, प्रतिष्ठित हो। तुम खुश हो, जैसे कभी मैं हुआ करता था। तुम अच्छे आदमी हो, मुझे तुम्हारी फिक्र है। चलो, वापस चलते हैं। कहीं तुम बीमार पड़ गए···।"

"बस भी करो," उसने कहा, "खाँसी से मैं कोई मर नहीं जाऊँगा।"

"हाँ, तुम्हारी बात ठीक है और तुम्हें डराने का मेरा कोई इरादा नहीं है; लेकिन तुम्हें सावधानी तो बरतनी चाहिएं थोड़ी-थोड़ी, मेडॉक, एक प्रकार की शराबब्द्ध हो जाए, इससे सर्दी से हमारा बचाव होगा।"

कहते हुए मैंने बोतल का ढक्कन खोला और बोतल उसे पकड़ाते हुए कहा, "लो, पियो।" वह बोतल को हाठों तक ले गया और मेरी ओर देखते हुए सिर हिलाने लगा, जिससे उसकी टोपी की घंटी बज उठी।

"मेरा ड्रिंक उन आत्माओं के नाम, जो यहाँ हमारे आसपास दफन हैं।" उसने कहा।

"और मेरा तुम्हारी लंबी उम्र के नाम।" मैंने कहा।

शराब का असर उसकी आँखों में साफ दिखाई दे रहा था। मेडॉक के ऊपर से मेरी भी तबीयत थोड़ी हरी हो गई थी। हम तहखाने की जिन दीवारों के पास से गुजर रहे थे, वे हड्डियों के ढेर से ढकी पड़ी थीं। चलते-चलते मैं अचानक रुक गया और इस बार फॉर्चुनेटो का हाथ जोर से पकड़ लिया था।

एक बार फिर वह मुझसे लिपट गया और हम साथ-साथ चलने लगे।

शराब का असर उसकी आँखों में साफ दिखाई दे रहा था। मेडॉक के ऊपर से मेरी भी तबीयत थोड़ी हरी हो गई थी। हम तहखाने की जिन दीवारों के पास से गुजर रहे थे, वे हड्डियों के ढेर से ढकी पड़ी थीं। चलते-चलते मैं अचानक रुक गया और इस बार फॉर्चुनेटो का हाथ जोर से पकड़ लिया था।

"नाइटर!" मैं कहने लगा, "देखो, कैसे बढ़ता जा रहा है। तहखाने की छतों से कैसे लटकता दिखाई दे रहा है। आओ चलो, वापस चलते हैं, नहीं तो बहुत

देर हो जाएगी। और तुम्हारी खाँसी···।"

"अरे, कुछ नहीं। हम आगे चलेंगे; लेकिन पहले थोड़ी-थोड़ी मेडॉक और हो जाए।"

मैंने एक बोतल खोली और उसे पकड़ा दी। वह एक साँस में ही पी गया। अब उसकी आँखों में एक अलग ही चमक थी। वह हँस रहा था। पीने के बाद डकार लेते हुए उसने बोतल ऊपर की ओर उछाल दी थी। मैं उसके हँसने का कारण नहीं समझ पा रहा था।

एक बार फिर वह मुझसे लिपट गया और हम दोनों आगे बढ़ने लगे। हम जिन महराबों से होकर गुजर रहे थे, वे बहुत नीची थीं और इसी तरह चलते-चलते हम एक गहरे तहखाने में पहुँचे, जहाँ हक की नमी और दुर्गंध के कारण हमारी मशाल जलने की बजाय चमकती सी दिखाई देने लगी थी। तहखाने की दीवारें और छतें मानव-शरीर के अवशेषों से ढकी पड़ी थीं।

आश्चर्य भरी नजरों से मैं उसकी ओर देखने लगा।

"नहीं समझे?" उसने कहा।

"मैं नहीं समझ पाया।" मैंने जवाब दिया।

"तो फिर तुम बिरादरी के नहीं हो।"

"कैसे?"

"तुम राजमिस्त्री नहीं हो!"

"हाँ-हाँ," मैंने कहा, "हाँ, हाँ।"

"तुम एक राजगीर? असंभव!"

"एक राजगीर।" मैंने जवाब दिया।

"कोई पहचान!" उसने कहा।

मैंने अपने ढीले-ढाले लबादे की जेब से एक करनी निकालकर उसे दिखा दी।

"बहुत मजाकिया हो", उसने कहा, "लेकिन अब चलो, पहले एमॉन्टिलाडो को देखने चलना है।"

एक बार फिर वह मुझसे लिपट गया और हम दोनों आगे बढ़ने लगे। हम जिन महराबों से होकर गुजर रहे थे, वे बहुत नीची थीं और इसी तरह चलते-चलते हम एक गहरे तहखाने में पहुँचे, जहाँ हक की नमी और दुर्गंध के कारण हमारी मशाल जलने की बजाय चमकती सी दिखाई देने लगी थी। तहखाने की दीवारें और छतें मानव-शरीर के अवशेषों से ढकी पड़ी थीं। एक ओर हड्डियों

का ढेर पड़ा था, जो हड्डियों के टीले की तरह दिखाई दे रहा था। हड्डियों के ढेर को थोड़ा इधर-उधर करने पर हमें दीवार के अंदर एक और गुप्त तहखाना दिखाई दिया, जो लगभग चार फीट गहरा, तीन फीट चौड़ा और छह या सात फीट ऊँचा था। वह किसी खास मकसद से बनाया गया नहीं लगता था, क्योंकि वह तहखाने के दो खंभों के बीच में था और ठोस ग्रेनाइट की बनी एक दीवार के सहारे टिका था।

फॉर्चुनेटो अपनी महीन रोशनी की मशाल के साथ आगे बढ़ा, लेकिन वहाँ कुछ भी दिखाई नहीं दे रहा था।

"चलो," मैंने कहा, "एमॉन्टिलाडो यहीं हैं, लुचेसी··· ।"

"अरे, वह कुछ नहीं जानता।" वह बीच में बोल पड़ा। मैं उसके पीछे-पीछे चल रहा था। पलभर में हम बिल्कुल नीचे पहुँच गए, जहाँ एक चट्टान के कारण हमारा आगे बढ़ना ठप पड़ गया। फॉर्चुनेटो आश्चर्यचकित था। चट्टान की सतह में लोहे के दो फंदे थे, जो एक-दूसरे से लगभग दो फीट की दूरी पर थे। एक फंदे से एक छोटी सी जंजीर लटक रही थी और दूसरे फंदे से एक ताला लटक रहा था। सबकुछ देखकर मेरा वह दोस्त हैरान था। मैंने तहखाने से निकलने का मन बनाया।

"दीवार पर हाथ फेरकर देखो," मैंने कहा, "तुम्हें नाइटर का असर महसूस होगा। सचमुच बहुत गीला है। एक बार फिर मैं कह रहा हूँ, चलो, वापस चलते हैं। नहीं चलोगे तो मैं तुम्हें छोड़ दूँगा। लेकिन पहले मैं तुम्हें अपनी सारी बात बता दूँ।"

"वही एमॉन्टिलाडो न!" वह एकदम बोल पड़ा।

"दीवार पर हाथ फेरकर देखो," मैंने कहा, "तुम्हें नाइटर का असर महसूस होगा। सचमुच बहुत गीला है। एक बार फिर मैं कह रहा हूँ, चलो, वापस चलते हैं। नहीं चलोगे तो मैं तुम्हें छोड़ दूँगा। लेकिन पहले मैं तुम्हें अपनी सारी बात बता दूँ।"

"वही एमॉन्टिलाडो न!" वह एकदम बोल पड़ा।

"हाँ, एमॉन्टिलाडो।" मैंने कहा। कहते-कहते मैं हड्डियों के उस ढेर की ओर बढ़ा, जिसके बारे में अभी मैं बता रहा था। हड्डियों को थोड़ा इधर-उधर हटाया तो वहाँ पत्थर, गारा, सीमेंट, बालू आदि का मिश्रण दिखाई दिया। मैंने

जल्दी से जेब से करनी निकाली और उसकी सहायता से तहखाने के प्रवेश-द्वार पर दीवार बनाने लगा।

एक रद्दा ही रखा होगा, तभी मुझे लगा कि फॉर्चुनेटो का नशा उतर गया है। गुफा के अंदर से जो चीख सुनाई दे रही थी, उसी से मैंने यह अंदाजा लगा लिया था। वह नशे में निकली चीख नहीं लग रही थी। उसके बाद काफी देर तक निस्तब्धता थी।

मैंने दूसरा, तीसरा और फिर चौथा रद्दा रखा, तभी मुझे जंजीर में जोरदार कंपन की आवाज सुनाई दी, जो कई मिनट तक आती रही। मैं काम बंद करके वहीं हड्डियों के ढेर के ऊपर बैठ गया। जब जंजीर की खनखनाहट बंद हुई तो दुबारा काम में लग गया और पाँचवाँ, छठा तथा सातवाँ रद्दा भी पूरा कर दिया। अब दीवार की ऊँचाई मेरी छाती तक हो गई थी। एक बार फिर काम बंद करके मैंने मशाल की रोशनी में अंदर झाँका, जहाँ एक आकृति सी दिखाई दे रही थी।

मैंने दूसरा, तीसरा और फिर चौथा रद्दा रखा, तभी मुझे जंजीर में जोरदार कंपन की आवाज सुनाई दी, जो कई मिनट तक आती रही। मैं काम बंद करके वहीं हड्डियों के ढेर के ऊपर बैठ गया। जब जंजीर की खनखनाहट बंद हुई तो दुबारा काम में लग गया और पाँचवाँ, छठा तथा सातवाँ रद्दा भी पूरा कर दिया।

अचानक उस श्रृंखलाबद्ध आकृति से जोरदार चीख उठी और देर तक सुनाई देती रही, मैं घबराकर पीछे हट गया। मेरा तन-बदन काँप रहा था। मैंने अपनी तलवार निकाली और उसे हाथ में लेकर लहराते हुए इधर-उधर देखने लगा। अपना एक हाथ मैंने तहखाने के ठोस ढाँचे के ऊपर रखा और फिर थोड़ा-थोड़ा सहज महसूस करने लगा। मैं दुबारा दीवार तक गया और चीख के जवाब में मैं भी चीख की आवाज निकालने लगा। पहले जो चीख सुनाई दे रही थी, वह मेरी चीख की आवाज के सामने दब गई। आधी रात बीत चुकी थी और मेरा काम भी पूरा होने को था। मैंने दीवार का आठवाँ, नौवाँ और दसवाँ रद्दा भी पूरा कर लिया था। ग्यारहवाँ रद्दा भी पूरा होने को था, सिर्फ एक पत्थर लगाने को रह गया था। मैं उसे लगाने की तैयारी कर रहा था, तभी अंदर से एक अजीब सी हँसी

सुनाई दी और मेरे रोंगटे खड़े हो गए। हँसी के साथ-साथ बोलने की आवाज़ भी सुनाई दे रही थी, जो ठीक से पहचान में नहीं आ रही थी—

"हा! हा! हा!...की! ही! ही!...क्या चुटकुला था...बहुत खूब! ही! ही! ही।"

"एमॉन्टिलाडो!" मैंने कहा।

"ही! ही! ही!...ही! ही! ही!...हाँ, एमॉन्टिलाडो। लेकिन क्या देर नहीं हो रही है? सब इंतजार नहीं कर रहे होंगे? लेडी फॉर्चुनेटो और बाकी लोग? आओ, चलें।"

"हाँ चलो।" मैंने कहा।

"भगवान के लिए, मॉन्ट्रेसर!"

"हाँ," मैंने कहा, "भगवान के लिए!"

कहकर मैं जवाब का इंतजार करने लगा, लेकिन कोई जवाब नहीं मिला। मेरी बैचेनी बढ़ने लगी थी। मैंने जोर से आवाज दी—

"फॉर्चुनेटो!"

पर कोई जवाब नहीं मिला। तब एक बार फिर पुकार—

"फॉर्चुनेटो!"

इस बार भी कोई जवाब नहीं मिला। मैंने मशाल की रोशनी में सुराग के अंदर झाँका, लेकिन घंटियों की खनखनाहट के अलावा और कुछ सुनाई या दिखाई नहीं दे रहा था। तहखाने में इतनी नमी थी कि अब मुझसे वहाँ बिल्कुल भी रुका नहीं जा रहा था। जल्दी-जल्दी हाथ चलाते हुए मैंने आखिरी पत्थर भी लगा दिया। इस प्रकार मैंने हड्डियों की एक पुरानी प्राचीर खड़ी कर दी थी, जो पचास साल से यों ही खड़ी है।

□

मेलस्ट्रॉम की रोमांचकारी यात्रा

ईश्वर की लीला निराली है। हम इनसान क्या करते हैं, क्या सोचते हैं और क्या चाहते हैं, इससे उसका कोई मतलब नहीं होता है।

हम ऊँची चट्टान की चोटी पर पहुँच चुके थे। बूढ़ा आदमी थक गया था, कुछ देर तक तो वह कुछ बोल ही नहीं पाया। "पता है," वह कहने लगा, "अभी कुछ समय तक मैं ऐसा था कि बहुत आसानी से तुम्हें इस रास्ते पर लेकर चल सकता था, लेकिन तीन साल पहले मेरे साथ एक अजीब घटना घटी, ऐसी घटना, जैसी अब तक किसी ने न सुनी होगी, न देखी होगी। छह घंटे की उस भयानकता ने मुझे तोड़कर रख दिया। तुम मुझे बूढ़ा आदमी समझ रहे हो न? लेकिन मैं बूढ़ा नहीं हूँ। उस एक ही दिन में मेरे बाल काले से सफेद हो गए और शरीर इतना दुबला-पतला हो गया कि काँपता है। कोई परछाईं देख लेता हूँ तो डर जाता हूँ पता है। इस चट्टान को ऊपर की ओर देखते हुए भी मुझे चक्कर आ रहा है।

वह काली, खड़ी चट्टान कोई 15-16 सौ फीट ऊँची थी। बूढ़ा आदमी उसके ढालू फिसलन भरे किनारे पर कोहनी टिकाकर लेट गया था। मेरा मन भी रोमांचित हो रहा था। मैं भी वहीं लेट गया और आसपास उगी झाड़ियों से लिपट गया। ऊपर आसमान की ओर देखने की हिम्मत नहीं पड़ रही थी। मन में डर समा रहा था कि तूफानी हवा के झोंके से कही पूरा पहाड़ ही न हिल जाए। बहुत देर बाद मैं खुद को सामान्य कर पाया और तब मैं सीधे बैठकर थोड़ा इधर-उधर देखने की हिम्मत जुटा पाया।

"आपको मन में किसी तरह का डर नहीं रखना चाहिए," गाइड ने कहा, "मैं आपको यहाँ इसलिए लाया हूँ कि आप उस कहानी से जुड़े दृश्य को

अच्छे से देख सकें, जिसका अभी मैंने जिक्र किया था। मैं आपको पूरी कहानी सुनाऊँगा।"

उसने बताना शुरू किया—"इस समय हम 68 अक्षांस में नॉर्वे तट के पास हैं, जो लॉर्डलैंड प्रांत के लोफेदन क्षेत्र में आता है, जिस पहाड़ की चोटी पर हम बैठे हैं, वह हेल्सेगन है। अब जरा ऊपर की ओर होकर देखिए, चक्कर महसूस हो तो इन घासों को हाथ से पकड़ लेना। नीचे वह वाष्प क्षेत्र, जो समुद्र के ऊपर दिखाई दे रहा है।"

मैं खुद को सँभालते हुए विशाल महासागर के विस्तृत क्षेत्र को देखने लगा, जिसका स्याह नीला पानी देखकर मुझे मेयर हेनेब्रेरम के बारे में न्यूबियन भूगोलविद् का वर्णन याद आने लगा था। सचमुच इतना सुंदर दृश्य! शायद ही किसी ने अब तक ऐसे दृश्य की कल्पना की हों—जहाँ तक नजर जाती थी, वहाँ तक सब ओर काली चमकती चट्टानें ही दिखाई देती थीं, जिस पहाड़ की चोटी पर हम लोग खड़े थे, उससे कोई पाँच-छह मील की दूरी पर एक छोटा-सा द्वीप दिखाई दे रहा था और उससे दो मील और पहले एक और उससे छोटा द्वीप स्थित था, जो जगह-जगह काली, चमकती चट्टानों के झुरमुट से ढका दिखाई देता था, सुदूर द्वीप और तट के बीच में समुद्र की स्थिति सचमुच बड़ी मनोरम लग रही थी। उस समय समुद्र से स्थल की ओर जोरदार गेल; समुद्र से स्थल की ओर चलने वाली वायु बह रही थी। उसका वेग इतना प्रचंड था कि सुदूर समुद्र पर तैरता एक जहाज लगातार हिचकोले लेता दिखाई दे रहा था। कई बार तो ऐसा लगता था, जैसे वह समुद्र में डूबा ही जा रहा है। चारों ओर पानी-ही-पानी दिखाई दे रहा था।

> ***बीच में जो द्वीप दिखाई देता है, वह मॉस्को द्वीप है। उत्तर की ओर एक मील की दूरी पर अंबारन है। मॉस्को और वर्ग के बीच में ऑटरहोम, फिल्मेन, सैंडफ्रलेसन और स्टॉकहोम स्थित हैं। ये इन स्थानों के वास्तविक नाम हैं, लेकिन इनका नाम जरूरी क्यों है, इस बात को न मैं समझ सकता हूँ, न ही आप।***

"इस सुदूर द्वीप को नॉर्वेयंस वर्ग कहा जाता है," बूढ़े गाइड ने फिर से बताना शुरू किया, "बीच में जो द्वीप दिखाई देता है, वह मॉस्को द्वीप है। उत्तर

की ओर एक मील की दूरी पर अंबारन है। मॉस्को और वर्ग के बीच में ऑटरहोम, फिल्मेन, सैंडफ्रलेसन और स्टॉकहोम स्थित हैं। ये इन स्थानों के वास्तविक नाम हैं, लेकिन इनका नाम जरूरी क्यों है, इस बात को न मैं समझ सकता हूँ, न ही आप। आपने कुछ सुना ? पानी में कुछ बदलाव दिखाई देता है ?"

उस समय हम हेल्सेगन की चोटी पर थे; लोफाडेन के आंतरिक भाग से होकर हम यहाँ तक आए थे, इसलिए समुद्र हमें दिखाई नहीं दे रहा था। बूढ़े आदमी के कहने पर मैंने ध्यान देकर सुना तो एक तेज आवाज सुनाई दी, जो धीरे-धीरे बढ़ती ही जा रही थी। ऐसा लग रहा था, जैसे अमेरिकी प्रेयरी (घास का मैदान) में भैंसों के किसी विशाल झुंड के चीखने की आवाज हो। उसी समय मुझे लगा कि हमारे नीचे समुद्र में पूर्व की ओर एक धारा उत्पन्न हो रही है, देखते-ही-देखते उसने प्रचंड रूप धारण कर लिया। उसकी गति लगातार बढ़ती ही जा रही थी। पाँच मिनट में ही वर्ग तक के क्षेत्र तक पूरे समुद्र में उथल-पुथल सी मच गई, हालाँकि इसका ज्यादा प्रवाह मॉस्को और तट के बीच में ही था, जहाँ सागर के विशाल जल-क्षेत्र में हजारों धाराएँ उठतीं और मिलती दिखाई दे रही थीं।

उस समय हम हेल्सेगन की चोटी पर थे; लोफाडेन के आंतरिक भाग से होकर हम यहाँ तक आए थे, इसलिए समुद्र हमें दिखाई नहीं दे रहा था। बूढ़े आदमी के कहने पर मैंने ध्यान देकर सुना तो एक तेज आवाज सुनाई दी, जो धीरे-धीरे बढ़ती ही जा रही थी। ऐसा लग रहा था, जैसे अमेरिकी प्रेयरी (घास का मैदान) में भैंसों के किसी विशाल झुंड के चीखने की आवाज हो।

इसके कुछ ही मिनट बाद एक और जबरदस्त दृश्य देखने को मिला। मूल सतह सामान्य दिखाई देने लगी और भँवर एक-एक कर गायब होने लगे और जहाँ पहले बिल्कुल भी फेन नहीं था, वहाँ दूर-दूर तक फेन की लकीरें साफ दिखाई देने लगीं, जो काफी दूर तक फैली हुई थीं और आगे चलकर एक जगह मिलती-सी प्रतीत हो रही थीं, जिससे लगभग एक मील के व्यास में एक खास तरह की आकृति-सी बन रही थी। भँवर का किनारा एक बहुत बड़ा चमकता फौवारा जैसा दिखाई दे रहा था, लेकिन उसका एक भी बूँद ऊपर की ओर चिमनी

की तरह उठती लहरों में नहीं मिल रहा था। जहाँ तक नजर जाती थी, वहाँ तक परनी की काली-काली दीवार दिखाई देती थी, जो क्षितिज पर लगभग 45 का कोण बनाती हुई गोल-गोल घूमती-सी प्रतीत होती थी। इस प्रकार प्रचंड वेग से उसके घूमने से एक तेज ध्वनि उत्पन्न हो रही थी, ऐसी तेज ध्वनि संभवतः कभी नियाग्रा (प्रपात) में भी नहीं उत्पन्न होती होगी।

जिस पहाड़ की चोटी पर हम खड़े थे, वह नीचे से हिलता प्रतीत होने लगा। मैं घबराकर मुँह के बल लेट गया और आसपास उगी झाड़ियों से लिपट गया।

बूढ़े गाइड से मैंने कहा, "जरूर यह मेलस्ट्रॉम का विशाल जलावर्त (भँवर) होगा।"

"हाँ," बूढ़े गाइड ने कहा, "हम नॉर्वे के लोग इसे 'मॉस्को-स्ट्रॉम' कहते हैं।"

इस जल-भँवर का इतना सामान्य सा विवरण सुनकर मैं उस पूरे दृश्य को नहीं समझ पाया था, जो उस समय मेरे सामने था। ऐसा भयंकर और रोमांचक दृश्य संभवतः जोनास रेमस में भी नहीं उत्पन्न होता होगा। मुझे यह नहीं मालूम कि कहाँ से और कब लेखक ने इसका सर्वेक्षण किया होगा; लेकिन इतना तो कहा जा सकता है कि यह सर्वेक्षण न तो हेल्सेगन की चोटी से किया गया हो सकता है और न ही किसी तूफान के समय किया गया हो सकता है। वैसे उसके वर्णन के कुछ अनुच्छेद हैं, जिन्हें विवरण के लिए उद्धृत किया जा सकता है, लेकिन वे पूरे दृश्य को स्पष्ट करने के लिए पर्याप्त नहीं हैं।

इस जल-भँवर का इतना सामान्य सा विवरण सुनकर मैं उस पूरे दृश्य को नहीं समझ पाया था, जो उस समय मेरे सामने था। ऐसा भयंकर और रोमांचक दृश्य संभवतः जोनास रेमस में भी नहीं उत्पन्न होता होगा। मुझे यह नहीं मालूम कि कहाँ से और कब लेखक ने इसका सर्वेक्षण किया होगा; लेकिन इतना तो कहा जा सकता है कि यह सर्वेक्षण न तो हेल्सेगन की चोटी से किया गया हो सकता है और न ही किसी तूफान के समय किया गया हो सकता है।

बूढ़े गाइड ने आगे बताना शुरू किया, "लोफाडेन और मॉस्को के बीच में पानी की गहराई छत्तीस से चालीस फैथॉम (पानी की गहराई नापने की 6 फीट की

माप) तक है, जबकि दूसरी ओर वट वर्ग की तरफ यह गहराई कम होती जाती हैं, जिससे जहाजों के चट्टानों से टकराने का खतरा बना रहता है। बाढ़ के समय धरा लोफाडेन और मॉस्को के बीच के इलाके में बहुत तेजी से ऊपर उठती है ओर उससे उत्पन्न होने वाला शोर बहुत दूर तक सुनाई देता है। गड्ढे इतने गहरे-गहरे हैं कि कोई जहाज उनके संपर्क में आ जाए तो सीधे नीचे पहुँचे और चट्टानों से टकराकर चूर-चूर हो जाए। जब पानी शांत हो जाता है तो उसकी धाराएँ फिर से सामान्य हो जाती हैं, लेकिन ऐसे ज्वार-भाटे के बीच के अंतराल के समय, यानी लगभग पंद्रह मिनट के लिए ही होता है, उसके बाद उसमें फिर से वही प्रचंडता आने लगती है। तूफान के समय तो इसके नॉर्वे मील के अंदर आना भी खतरनाक होता है। बड़ी-बड़ी नावें और जहाज कई बार इसके साथ बहकर जाते देखे गए हैं। कई बार ऐसा देखा गया है कि बड़ी-बड़ी ह्वेल मछलियाँ धारा के ज्यादा निकट आने पर उसी में फँस जाती हैं और बहुत कोशिश के बाद भी निकल नहीं पाती हैं। एक बार एक भालू जो तैरकर लोफाडेन से मॉस्को की ओर जाने की कोशिश कर रहा था, धारा में फँस गया और उससे निकल नहीं पाया। चीड़ और देवदार के बड़े-बड़े पेड़ों के तने धारा वे प्रवाह के साथ बहकर टुकड़े-टुकड़े हो जाते हैं। सन् 1645 में सेक्साजेसिमा संडे (इसाइयों के लेंट त्योहार के पहले का दूसरा रविवार) की सुबह धरा में इतना प्रवाह देखा गया था कि तट पर बने मकानों के पत्थर ही नीचे ढह गए थे।

जहाँ तक गहराई की बात है तो 'चालीस फैथॉम' की गहराई जो बताई गई, वह मॉस्को या लोफाडेन के तट के निकटवर्ती हिस्से में आनेवाली धारा की गहराई मॉस्कोस्ट्राम के मध्य में इसकी गड़राई तो बहुत ज्यादा होगी, जिसका अंदाजा हेल्सेगन की सबसे ऊँची चोटी से जलावर्त को देखकर लगाया जा सकता है।

जहाँ तक गहराई की बात है तो 'चालीस फैथॉम' की गहराई जो बताई गई, वह मॉस्को या लोफाडेन के तट के निकटवर्ती हिस्से में आनेवाली धारा की गहराई मॉस्कोस्ट्राम के मध्य में इसकी गड़राई तो बहुत ज्यादा होगी, जिसका अंदाजा हेल्सेगन की सबसे ऊँची चोटी से जलावर्त को देखकर लगाया जा सकता है। नीचे सरसर करती लेगेथॉन पर नजर पड़ी तो जोनास रेमस के ह्वेल और भालू

से संबंधित वर्णनों की याद करके मैं मन-ही-मन मुसकराने लगा था, क्योंकि पूरा नजारा देखकर साफ लग रहा था कि बड़े-से-बड़ा जहाज भी इस भयंकर जलावर्त के संपर्क में आए तो उसका कहीं अता-पता नहीं चलेगा।

वस्तुतः इस जल-भँवर और इसके साथ-साथ फेरो आइलैंड्स में स्थित तीन अन्य छोटे-छोटे जल-भँवरों के उत्पन्न होने का कारण ऊपर की ओर उठती और गिरती तरंगों का चट्टानों से टकराना है, जिससे पानी एक जगह इकट्ठा होकर झरने की तरह नीचे गिरता है। इस प्रकार लहरें जितनी तेजी से ऊपर उठती हैं, उतनी ही तेजी से नीचे गिरती हैं और इसी से जल-भँवर उत्पन्न होता है। ऐसा एंसाइक्लोपीडिया ब्रिटानिका में लिखा है।

वस्तुतः इस जल-भँवर और इसके साथ-साथ फेरो आइलैंड्स में स्थित तीन अन्य छोटे-छोटे जल-भँवरों के उत्पन्न होने का कारण ऊपर की ओर उठती और गिरती तरंगों का चट्टानों से टकराना है, जिससे पानी एक जगह इकट्ठा होकर झरने की तरह नीचे गिरता है। इस प्रकार लहरें जितनी तेजी से ऊपर उठती हैं, उतनी ही तेजी से नीचे गिरती हैं और इसी से जल-भँवर उत्पन्न होता है।

क्रिरचर और अन्य विद्वानों का मानना है कि मेलस्ट्रॉम की धारा के केंद्र में एक अथाह खड्डा है, जिसे 'गल्फ ऑफ बोथनिया' के नाम से जाना जाता है। गाइड से मैंने इस बात का जिक्र किया तो उसने बताया कि नॉर्वेवासियों का ऐसा मानना है, लेकिन वह स्वयं ऐसा नहीं मानता।

"आपने जल-भँवर को अच्छी तरह देख लिया," बूढ़ा गाइड कहने लगा, "अब थोड़ा उधर चलिए, जहाँ पानी का शोर कम है, तो मैं आपको मॉस्कोस्ट्रॉम के बारे में एक कहानी सुनाऊँगा।"

जब हम ऐसी जगह पर हो गए, जहाँ पानी और हवा के प्रवाह का शोर कम था तो उसने बताना शुरू किया—

"मैं और मेरे दो भाइयों ने मिलकर एक बार एक जहाज लिया था, जो करीब 70 टन भारी था। उससे हम मॉस्को के दूसरी ओर स्थित द्वीपों में जाकर मछलियाँ पकड़ने का काम किया करते थे। मछली पकड़ने वालों के लिए जल-भँवरों में अच्छा मौका होता है, लेकिन लोफाडेन के पूरे मछुआरा समुदाय में हम

तीन भाई ही ऐसे थे, जो नियमित रूप से मछली पकड़ने के लिए द्वीपों पर जाया करते थे। वहाँ हर समय मछलियाँ पकड़ी जा सकती हैं और वह भी बिना किसी जोखिम के। यहाँ मछलियाँ अच्छी-अच्छी प्रजातियों के और प्रचुर मात्रा में पाई जाती हैं। यहाँ हम एक ही दिन इतनी मछलियाँ पकड़ लेते थे, जितनी दूसरे लोग सप्ताह भर में भी नहीं पकड़ पाते थे।

"हम जहाज को तट से लगभग पाँच मील की ऊँचाई पर स्थित एक लंगर में रोक देते थे। जब मौसम अच्छा होता था तो हम पंद्रह मिनट के लिए थोड़ा विश्राम करते थे और फिर मॉस्कोस्ट्रॉम की मुख्य धारा को पार करते हुए ऑटरहोम या सैंडफलेसन के आसपास लंगरगाह में पहुँचते थे, जहाँ जल-भँवर अपेक्षाकृत हलका होता था। यहाँ हम पानी के शांत होने तक इंतजार करते थे और फिर हवा और मौसम का रुख देखकर घर की ओर चल पड़ते थे।

"हवा का रुख देखे बिना हम यात्रा पर नहीं निकलते थे। हवा के रुख का अंदाजा लगाने में एक-दो बार हमसे गलती भी हुई थी। छह साल में दो बार ऐसा हुआ कि निर्वात, यानी हवा का रुख बिल्कुल शांत होने के कारण हमें पूरी रात लंगरगाह में ही बितानी पड़ी और एक बार ऐसा हुआ कि जैसे ही हम पहुँचे, उसके थोड़ी देर बाद ही अचानक गेल (प्रचंड वायु) बहने लगी और धारा का पानी इतना ठंडा हो गया कि कुछ कहा नहीं जा सकता था; इसके कारण एक सप्ताह तक हमें बिना कुछ खाए-पिए जमीन पर ही रहना पड़ा। जल-भँवर इतनी तेजी से उठ रहे थे कि ऐसा लगता था, मानो लंगर को ही बहा ले जाएँगे।

हवा का रुख देखे बिना हम यात्रा पर नहीं निकलते थे। हवा के रुख का अंदाजा लगाने में एक-दो बार हमसे गलती भी हुई थी। छह साल में दो बार ऐसा हुआ कि निर्वात, यानी हवा का रुख बिल्कुल शांत होने के कारण हमें पूरी रात लंगरगाह में ही बितानी पड़ी और एक बार ऐसा हुआ कि जैसे ही हम पहुँचे, उसके थोड़ी देर बाद ही अचानक गेल (प्रचंड वायु) बहने लगी और धारा का पानी इतना ठंडा हो गया कि कुछ कहा नहीं जा सकता था; इसके कारण एक सप्ताह तक हमें बिना कुछ खाए-पिए जमीन पर ही रहना पड़ा।

"कभी-कभी ऐसा भी होता था कि हवा उतनी तेज नहीं होती थी, जितनी हम शुरू में सोच रहे होते थे और बाद में धारा के मध्य में पहुँचने पर जहाज को सँभालना मुश्किल हो जाता था। मेरे सबसे बड़े वाले भाई का एक बेटा था, जो 18 साल का था और दो हट्टे-कट्टे लड़के मेरे अपने थे। ऐसे समय में उनसे हमें बहुत मदद मिलती थी; लेकिन आखिरकार जोखिम तो होता ही था, इसलिए हम स्वयं अपने बच्चों को जोखिम में डालने से बचने की कोशिश करते थे।

"जिस घटना के बारे में अब मैं आपको बताने जा रहा हूँ, वह लगभग तीन साल पहले की घटना है। जुलाई महीने की 18 तारीख थी, उस दिन जिसे यहाँ के लोग कभी नहीं भूल पाएँगे, क्योंकि उस दिन अब तक का सबसे प्रचंड चक्रवात आया था। सुबह से लेकर दोपहर तक दक्षिण-पूर्व की ओर से मंद हवाएँ चल रही थीं और धूप भी खूब खिली थी, इस कारण हममें से किसी भी मछुआरे को मौसम में अचानक किसी तरह के बदलाव का आभास नहीं हो पाया था।

"मैं व मेरे दोनों भाई अपराह्न लगभग दो बजे द्वीप पर उतरे और कुछ ही देर में हमने बड़ी मात्रा में मछलियाँ पकड़ लीं। मेरी घड़ी में उस समय सात बज रहे थे, जब हमने मौसम का मिजाज देखकर घर की ओर प्रस्थान किया।

उस समय हवा मंद गति से चल रही थी और हमें किसी तरह का खतरा नहीं दिखाई दे रहा था। तभी अचानक हेल्सेगन की ओर से एक हवा चलनी शुरू हो गई, जिससे हम हैरान रह गए, क्योंकि ऐसा हमारे साथ पहले कभी नहीं हुआ था। जाने क्यों, मैं थोड़ा असहज महसूस करने लगा था। हम नाव को हवा की गति के साथ आगे बढ़ाने की कोशिश कर रहे थे, लेकिन जलावर्त के कारण नाव आगे नहीं बढ़ पा रही थी।

"उस समय हवा मंद गति से चल रही थी और हमें किसी तरह का खतरा नहीं दिखाई दे रहा था। तभी अचानक हेल्सेगन की ओर से एक हवा चलनी शुरू हो गई, जिससे हम हैरान रह गए, क्योंकि ऐसा हमारे साथ पहले कभी नहीं हुआ था। जाने क्यों, मैं थोड़ा असहज महसूस करने लगा था। हम नाव को हवा की गति के साथ आगे बढ़ाने की कोशिश कर रहे थे, लेकिन जलावर्त के कारण नाव

आगे नहीं बढ़ पा रही थी। मैं वापस लंगर की ओर चलने की बात कहने वाला था, तभी हमने क्षितिज की ओर देखा, जो अत्यधिक तीव्र गति से आ रहे बादलों से ढका पड़ा था।

"अब तक वह हवा बंद हो चुकी थी, जिसकी गति के साथ हम चल रहे थे। हम हैरानी में इधर-उधर देख रहे थे। हम कुछ समझ पाते, इससे पहले ही तूफान उमड़ पड़ा और पूरा आसमान जैसे ढक सा गया। अचानक इतना अँधेरा हो गया कि हम एक-दूसरे को भी नहीं देख पा रहे थे।

हमारी नाव बहुत हलकी थी, उसमें एक फ्लश डेक था और कमान के पास एक छोटा सा द्वार था। स्ट्रॉम को पार करते समय एहतियात के तौर पर इस द्वार पर पट्टियाँ बिछा देते थे। लेकिन इस बार हम पूरी तरह से पानी के प्रभाव में आ गए थे। मेरे बड़े भाई ने इस खतरे से खुद को कैसे बचाया, यह तो मैं नहीं कह सकता, क्योंकि कुछ देखने-समझने का मौका ही नहीं था।

"सचमुच इतना प्रचंड चक्रवात नॉर्वे के अनुभवी-से-अनुभवी मछुआरे ने भी कभी नहीं देखा होगा। हमने अपना पाल खोल दिया था, लेकिन चक्रवात के पहले ही झोंके में हमारे मस्तूल छत तक जा पहुँचे, जैसे किसी ने उन्हें काट दिया हो। मुख्य मस्तूल के साथ मेरा सबसे छोटा भाई भी चला गया, क्योंकि सुरक्षा के लिए उसने स्वयं को मस्तूल से बाँध लिया था।

"हमारी नाव बहुत हलकी थी, उसमें एक फ्लश डेक था और कमान के पास एक छोटा सा द्वार था। स्ट्रॉम को पार करते समय एहतियात के तौर पर इस द्वार पर पट्टियाँ बिछा देते थे। लेकिन इस बार हम पूरी तरह से पानी के प्रभाव में आ गए थे। मेरे बड़े भाई ने इस खतरे से खुद को कैसे बचाया, यह तो मैं नहीं कह सकता, क्योंकि कुछ देखने-समझने का मौका ही नहीं था। जहाँ तक मेरी बात है तो आगे का पाल खुलते ही मैं छत पर सीधा लेट गया, दोनों पैर कमानी के ऊपरी सिरे की ओर थे और हाथों से आगे के मस्तूल में लगा एक रिंग-बोल्ट पकड़ लिया था। उस समय और कुछ सूझ ही नहीं रहा था।

"कुछ देर तक तो हम पूरी तरह से जल-मग्न से रहे और मैं साँस थामे उसी

बोल्ट से चिपका रहा। जब मुझे लगा कि इस स्थिति में और ज्यादा देर तक नहीं रह पाऊँगा तो घुटनों के सहारे मैं थोड़ा ऊपर की ओर उठा और सिर बाहर की ओर निकाल लिया। तभी हमारी नाव एक बार हिली और एक झटके से पानी के बहाव से बहार आ गई। मैं खुद को सामान्य करने की कोशिश कर रहा था, तभी मैंने अपने कंधे पर किसी का हाथ महसूस किया। वे मेरे बड़े भाई थे, उन्हें देखते ही मैं खुशी से उछल पड़ा। लेकिन अगले ही पल यह खुशी त्रास में बदल गई, जब मेरे कान के पास अपना मुँह लाकर उन्होंने चीखते हुए कहा, "मॉस्को-स्ट्रॉम!"

"उस समय मेरे मन पर क्या बीती, इसे कोई और नहीं जान सकता, मैं नीचे से ऊपर तक काँप गया। मैं जानता था कि इस एक शब्द के माध्यम से वे क्या कहना चाहते थे। मैं जानता था कि वे मुझे क्या समझाना चाहते हैं। अब हमें स्ट्रॉम के जलावर्त का सामना करना था, जिससे हमें कोई नहीं बचा सकता था। मैं अच्छी तरह से जानता था कि अब हमारा बचना मुश्किल है। मैं सोच रहा था कि पानी के शांत हो जाने पर हम उधर जाएँगे, लेकिन तभी यह सोच-समझकर मैं अपने-आपको कोसने लगा कि पानी के इतनी जल्दी शांत होने की उम्मीद ही कहाँ है!

उस समय मेरे मन पर क्या बीती, इसे कोई और नहीं जान सकता, मैं नीचे से ऊपर तक काँप गया। मैं जानता था कि इस एक शब्द के माध्यम से वे क्या कहना चाहते थे। मैं जानता था कि वे मुझे क्या समझाना चाहते हैं। अब हमें स्ट्रॉम के जलावर्त का सामना करना था, जिससे हमें कोई नहीं बचा सकता था। मैं अच्छी तरह से जानता था कि अब हमारा बचना मुश्किल है।

"झंझावात का पहला प्रकोप समाप्त हो चुका था या यों कहें कि उसका प्रभाव अब उतना नहीं रह गया था। लेकिन समुद्र का पानी अब किसी विशालकाय पर्वत का रूप लेता दिखाई दे रहा था और आकाश में कुछ बदलाव दिखाई देने लगा था। चारों ओर घुप्प अँधेरा छा गया था; लेकिन देखते-ही-देखते आसमान एक ओर से साफ होता दिखाई दिया और चंद्रमा अपने पूरे वेग से चमकने लगा, जिसकी रोशनी में हमारे आसपास की चीजें एकदम चमक उठीं। सच, क्या दृश्य था वह!

"तब मैंने अपने भाई से बात करने केलिए एक-दो बार कोशिश की, लेकिन इतना कोलाहल था कि मेरे जोर-जोर से आवाज देने के बावजूद वे कुछ सुन नहीं पाए। मैंने देखा कि अपनी एक उँगली उठाकर जैसे वे मुझसे कहना चाहते हों—सुनो!

"पहले तो मैं कुछ समझ नहीं पाया कि वे क्या कहना चाहते हैं। तभी मेरे मन में एक विचार आया। मैंने अपनी घड़ी निकालकर देखा, वह बंद थी। वह सात बजे ही बंद हो गई थी। मैंने उसे उठाकर सागर में फेंक दिया। स्ट्रॉम की धारा में जलावर्त अपने पूरे उफान पर था।

जब नाव ठीक ढंग से बनी हो और ज्यादा गहरी न हो तो प्रचंड वायु की तरंगें उसके नीचे से होकर निकल जाती हैं। समुद्र का पानी इतना ऊपर उठ गया था कि हमारी नाव सीधी खड़ी होती सी दिखाई दे रही थी और हम उसके एकदम पिछले हिस्से में आ गए थे। मुझे तो विश्वास ही नहीं हो रहा था कि सागर की लहरें इतनी ऊँची भी उठ सकती हैं।

"जब नाव ठीक ढंग से बनी हो और ज्यादा गहरी न हो तो प्रचंड वायु की तरंगें उसके नीचे से होकर निकल जाती हैं। समुद्र का पानी इतना ऊपर उठ गया था कि हमारी नाव सीधी खड़ी होती सी दिखाई दे रही थी और हम उसके एकदम पिछले हिस्से में आ गए थे। मुझे तो विश्वास ही नहीं हो रहा था कि सागर की लहरें इतनी ऊँची भी उठ सकती हैं। उसके बाद लहरों के नीचे गिरने के साथ हम भी धीरे-धीरे नीचे आ गए, ऐसे लग रहा था, मानो स्वप्न में किसी पहाड़ से नीचे गिर रहा हूँ। जब हम लहरों के उफान के साथ ऊपर की ओर थे, तभी मैंने देख लिया था। मॉस्को-स्ट्रॉम का वह जलावर्त लगभग आधा मील दूर था। मैंने घबराकर आँखे बंद कर लीं।

"उसके बाद दो मिनट भी नहीं बीते होंगे कि लहरें अचानक शांत हो गईं और हमारी नाव तेजी से दूसरी दिशा में आ गई। लहराते पानी का शोर एक तरह की कर्कश आवाज में बदल गया, मानो हजारों स्टीमर एक साथ चलते हुए अपना धुआँ ऊपर की ओर छोड़ रहे हों। अब हम उस तरंग-क्षेत्र में थे, जो जलवर्त के चारों ओर उत्पन्न होती है। मन में यही डर लग रहा था कि अगले ही पल हम

उस गहरे खड्डे में होंगे, जहाँ प्रचंड वेग के कारण कुछ भी देख पाना संभव नहीं होगा। हमारी नाव हवा के बुलबुले की तरह लहरों के ऊपर-ऊपर तैर रही थी।

"आपको सुनकर हैरानी होगी, लेकिन जब हम खड्डे से थोड़ी दूर थे, तब तक मुझे बहुत डर लग रहा था, पर खड्डे के बिल्कुल मुहाने पर पहुँचकर मेरे मन से डर निकल गया।

"मैं सोचने लगा था कि इस तरह से मरना कितने गौरव की बात है और ऐसे में ईश्वर की उस असीम शक्ति के आगे अपने क्षुद्र जीवन के बारे में सोचना कितनी मूर्खता की बात है। यह विचार मन में आते ही मैं खुद पर शर्मिंदगी महसूस करने लगा। उस जलावर्त को लेकर मेरे मन में एक कौतूहल उत्पन्न होने लगा—कौतूहल, उसकी गहराई को जानने का। लेकिन मेरे मन में इस बात का दु:ख था कि यहाँ से बाहर निकलकर मैं अपने पुराने साथियों को इन रहस्यों के बारे में नहीं बता पाऊँगा, जो मैं यहाँ अपनी आँखों से देख रहा हूँ। इधर हमारी नाव उस जलावर्त के चारों ओर घूमती सी प्रतीत हो रही थी।

मैं सोचने लगा था कि इस तरह से मरना कितने गौरव की बात है और ऐसे में ईश्वर की उस असीम शक्ति के आगे अपने क्षुद्र जीवन के बारे में सोचना कितनी मूर्खता की बात है। यह विचार मन में आते ही मैं खुद पर शर्मिंदगी महसूस करने लगा। उस जलावर्त को लेकर मेरे मन में एक कौतूहल उत्पन्न होने लगा—कौतूहल, उसकी गहराई को जानने का।

"अब हम ऐसी स्थिति में थे, जहाँ हवा हमारे पास तक नहीं पहुँच सकती थी, क्योंकि जैसा आपने भी देखा होगा कि लहरों का क्षेत्र समुद्र की सामान्य सतह से थोड़ा नीचे होता है। भारी तूफान में अगर आप कभी समुद्री यात्रा पर रहे हों तो आप उस समय हमारी स्थिति का अंदाजा लगा सकते हैं। लेकिन हम मन में किसी तरह का डर महसूस नहीं कर रहे थे, क्योंकि हम पहले ही अपनी जान हथेली पर रख चुके थे।

"हम लगभग एक घंटे तक जलावर्त के चारों ओर गोल-गोल घूमते रहे, रिंग-बोल्ट अब भी मैंने हाथ से पकड़ा हुआ था। मेरे भाई ने नाव के पिछले हिस्से में मजबूती से बँधा पानी का एक खाली पीपा पकड़ रखा था। जब हम खड्डे के

बिल्कुल पास पहुँच गए तो पीपे पर से उसकी पकड़ छूट गई और घबराहट में वह वही रिंग-बोल्ट पकड़ने की कोशिश करने लगा, जिसे मैंने पकड़ रखा था; लेकिन वह बोल्ट इतना बड़ा नहीं था कि हम दोनों का हाथ उस पर टिक पाता, इसलिए उसके हाथ का दबाव मेरे हाथ के ऊपर पड़ने लग। मुझे लगा कि ऐसी स्थिति में उसके साथ जद्दो-जहद करना ठीक नहीं है, इसलिए उस बोल्ट पर से अपना हाथ हटाकर मैंने पीपे की ओर हाथ बढ़ाया और थोड़ी सी मुश्किल के बाद उसपर अपना हाथ जमा लिया। इस नई स्थिति में मैंने स्वयं को किसी तरह सुरक्षित किया ही था कि अचानक हमारी नाव का दाहिनी ओर का हिस्सा खड्डे में आ गया। मैं घबरा गया और मन-ही-मन अपनी सलामती के लिए भगवान से प्रार्थना करने लगा।

"मैंने पीपे को कसकर पकड़ लिया और अपनी आँखे बंद कर लीं। मुझे यही लग रहा था कि अब जिदंगी बचने वाली नहीं है, लेकिन थोड़ी देर बाद जब नाव की गति थोड़ी सामान्य हुई तो मैंने आँखें खोलीं और स्वयं को जिंदा देखकर मन को तसल्ली मिली। अब हमारी नाव पानी के फेनवाले क्षेत्र से थोड़ा बाहर आ गई थी। मैं हिम्मत जुटाकर एक बार फिर अपने चारों ओर का दृश्य देखने लगा।

मैंने पीपे को कसकर पकड़ लिया और अपनी आँखे बंद कर लीं। मुझे यही लग रहा था कि अब जिदंगी बचने वाली नहीं है, लेकिन थोड़ी देर बाद जब नाव की गति थोड़ी सामान्य हुई तो मैंने आँखें खोलीं और स्वयं को जिंदा देखकर मन को तसल्ली मिली। अब हमारी नाव पानी के फेनवाले क्षेत्र से थोड़ा बाहर आ गई थी। मैं हिम्मत जुटाकर एक बार फिर अपने चारों ओर का दृश्य देखने लगा।

"जैसे कोई जादुई शक्ति हमारे आसपास काम कर रही थी; हमारी नाव पानी के ऊपर सीधी खड़ी सी प्रतीत हो रही थी। सचमुच डरावने और रोमांचक दृश्य को मैं कभी भी नहीं भूल पाऊँगा। आसमान में अपने पूरे वेग से चमकते चाँद की रोशनी में खड्डे का वृत्ताकार क्षेत्र गोल-गोल, सुनहरी दीवारों की तरह लग रहा था।

"पहले तो मैं ठीक से कुछ देख ही नहीं पाया। बहुत मुश्किल से स्वयं को सामान्य करते हुए नीचे की ओर देखा। हमारी नाव की छत पानी के स्तर के

समानांतर थी और इस स्थिति में मेरे लिए हाथ एवं पैरों को जमाए रखना बहुत मुश्किल हो रहा था, क्योंकि हमारी गति बहुत तेज थी।

"ऐसा प्रतीत हो रहा था, जैसे चंद्रमा की किरणें उस गहरी खाड़ी के तल में कुछ ढूँढ़ रही हों, लेकिन चारों ओर इतनी धुंध थी कि कुछ भी दिखाई नहीं दे रहा था। यह धुंध उस गहरे खड्डे में पानी के जबरदस्त टकराव के कारण थी, लेकिन उससे पूरे माहौल में जो कोलाहल उत्पन्न हो रहा था, उसे मैं शब्दों में बयाँ नहीं कर सकता।

"फेनवाले क्षेत्र से काफी आगे बढ़ते हुए हम खड्डे में उतर आए थे। हमारी गति स्थिर नहीं थी। कभी तो हम झटके के साथ आगे बढ़ रहे थे और कभी जलावर्त की गोलाई में चक्कर काटने लगते थे। इस प्रकार धीरे-धीरे करके हम नीचे की ओर जा रहे थे।

"मैंने ऊपर-नीचे नजर दौड़ाई तो पाया कि उस जलावर्त के आगोश में हमारी नाव के अलावा और भी कई चीजों के अवशेष थे, जैसे—नावों के टूटे-बिखरे अवशेष, इमारती लकड़िया और पेड़ों के मोटे-मोटे तने तथा टूटे हुए फर्नीचर और डिब्बों आदि के अवशेष। सब धारा के वेग के साथ बहते चले जा रहे थे और मैं बड़े कौतूक के साथ उन्हें देख रहा था। पेड़ों के तने उस जलावर्त के मुहाने पर आते और उसी में समा जाते। एक चीड़ के पेड़ का तना, जो हमारी नाव के साथ बहता चल रहा था, उसे देखकर मैं मन-ही-मन सोचने लगा कि अब इसकी जलावर्त में समाने की बारी है, लेकिन तभी एक डच व्यापारिक जहाज का अवशेष बहते-बहते आया और उससे पहले ही उस जलावर्त में समा गया। अपने अनुमान की गलती पर मुझे थोड़ी निराशा सी हो रही थी। इसी तरह बार-बार मैं अनुमान लगाता और मेरा अनुमान गलत निकलता; यह देखकर मैं सोच में पड़ गया और दिल जोर-जोर से धड़कने लगा।

मैंने ऊपर-नीचे नजर दौड़ाई तो पाया कि उस जलावर्त के आगोश में हमारी नाव के अलावा और भी कई चीजों के अवशेष थे, जैसे—नावों के टूटे-बिखरे अवशेष, इमारती लकड़िया और पेड़ों के मोटे-मोटे तने तथा टूटे हुए फर्नीचर और डिब्बों आदि के अवशेष। सब धारा के वेग के साथ बहते चले जा रहे थे और मैं बड़े कौतूक के साथ उन्हें देख रहा था।

"यह निराशा के साथ-साथ एक रोमांचक उम्मीद की भी शुरुआत थी; जिसका कारण कुछ तो बीती घटनाएँ थीं और कुछ उस समय की स्थिति थी। मैं उन तरह-तरह की चीजों के बारे में सोच रहा था, जो पानी के साथ बहती हुई आकर लोफाडेन के तट पर बिखरी पड़ी थीं। उनमें से ज्यादातर चीजें ऐसी थीं, जो पूरी तरह से टूट जाने के कारण पहचान में नहीं आ रही थीं, लेकिन कुछ ऐसी चीजें भी थीं, जो टूटी-फूटी नहीं थीं और पहचान में आ रही थीं। इसका कारण तो मेरी समझ में नहीं आ रहा था, लेकिन मैं इतना जरूर देख रहा था कि बहकर आने वाली वस्तु जितनी भारी होती थी, उतनी ही तेजी से वह जलावर्त में नीचे चली जाती थी। दूसरी बात, अगर कोई गोलाकार चीज होती थी, तो वह अपेक्षाकृत ज्यादा तेजी से नीचे जाती थी और इसके अलावा बेलनाकार चीज जलावर्त मुहाने पर आकर उसमें समा तो जाती थी, लेकिन अपेक्षाकृत धीमी गति से। इस विषय पर बाद में मैंने एक पुराने स्कूल मास्टर के साथ चर्चा की, तब मुझे 'गोलाकार' और 'बेलनाकार' शब्दों का मतलब पता चला। प्रयोग के माध्यम से उन्होंने मुझे समझाया कि किसी प्रकार कोई तैरती हुई बेलनाकार वस्तु जलावर्त में धीमी गति से नीचे जाती है।

यह निराशा के साथ-साथ एक रोमांचक उम्मीद की भी शुरुआत थी; जिसका कारण कुछ तो बीती घटनाएँ थीं और कुछ उस समय की स्थिति थी। मैं उन तरह-तरह की चीजों के बारे में सोच रहा था, जो पानी के साथ बहती हुई आकर लोफाडेन के तट पर बिखरी पड़ी थीं।

"एक और बात मैंने देखी, हर चक्कर में हमारे रास्ते में कोई पीपा या फिर किसी नाव का मस्तूल आदि मिलता था, जो पहले तो पानी के ऊपर हमारे बराबर-बराबर दिखाई देता था, लेकिन अब वह हमसे ऊपर-ऊपर दिखाई दे रहा था।

"मैंने बड़ी सावधानी से अपने आपको उस पीपे से बाँधा, जिसे मैंने पहले से पकड़ रखा था और पानी में कूदने के लिए तैयार हो गया। फिर मैंने इशारे से अपने भाई को यह बात समझाने की कोशिश करने लगा। मुझे लगा कि वह मेरा इशारा समझ गया है, लेकिन वह सिर हिलाकर रह गया और अपनी जगह से नहीं हिला। उसके पास जाकर उसे समझाना संभव नहीं था, उस स्थिति में

एक पल भी गँवाना ठीक नहीं था, इसलिए उसे उसके हाल पर छोड़ते हुए मैंने खुद को सुरक्षित किया और पानी में उतर गया।

"अब मैं कहानी को पूरा करते हुए यह बताना चाहता हूँ कि मेरे नाव से उतरकर पानी में कूदने के एक घंटे के बाद वह नाव, जिसमें मेरा भाई बैठा हुआ था, उस जलावर्त के फेन वाले क्षेत्र के इर्द-गिर्द चक्कर काटने लगी और देखते-ही-देखते वह मेरे भाई को लेकर उस भँवर की अथाह गहराई में समा गई। तभी मैंने देखा, जल-भँवर के मुहाने का ढाल कम, और कम होता जा रहा है, जिससे उसका वेग लगातार कम होता जा रहा था। धीरे-धीरे फेन और इंद्रधनुष भी गायब होने लगा और आसमान साफ हो गया। अब उस खड्डे की गहराई बहुत कम हो गई थी। तल से मुझे लोफाडेन का तट साफ दिखाई दे रहा था। जलावर्त शांत हो गया था, लेकिन हरीकेन के प्रभाव से समुद्र का पानी अब भी उफान पर था। जब मैं तट पर पहुँचा, जहाँ मछुआरे रहते थे, तो एक नाव आई और मैं उसमें बैठ गया। मुझे नाव में बैठाने वाले लोग मेरे पुराने साथी थे, लेकिन वे मुझे पहचान नहीं पाए थे; एक आम समुद्री यात्री समझकर ही उन्होंने मुझे नाव में बैठाया था। मेरे बाल, जो एक दिन पहले तक काले थे, अब सफेद हो गए थे; मेरी शक्ल-सूरत भी बदल गई थी।" मैंने उन्हें अपनी पूरी कहानी सुनाई तो उन्हें विश्वास ही नहीं हुआ; और मुझे लगता है कि लोफाडेन के उन मछुआरों की तरह आप भी शायद ही विश्वास कर पाएँगे।

□

एम. वाल्दीमार की अजीबो-गरीब दास्तान

एम. वाल्दीमार का अजीबो-गरीब मसला अलग चर्चा का विषय बन गया तो इसे मैं कोई आश्चर्य की बात नहीं मानता। अन्य परिस्थितियों में यदि ऐसा हुआ होता तो इसे चमत्कार ही कहा जाता। मामले को सार्वजनिक होने से बचाने संबंधित पार्टियों की कोशिश के चलते समाज में गलतफहमी और अविश्वास का माहौल पैदा हो गया है।

ऐसे में यह जरूरी हो जाता है कि उन तथ्यों को अपनी जानकारी और समझ के अनुरूप यहाँ प्रस्तुत करूँ। वे तथ्य कुछ इस प्रकार हैं—

पिछले तीन साल से मेरा ध्यान बार-बार सम्मोहन विद्या की ओर जा रहा था। लगभग नौ माह पहले अचानक मुझे लगा कि इसमें किए गए प्रयोगों में एक बड़ी चूक रह गई है, इसलिए इस तरह से कोई अब तक सम्मोहित नहीं हुआ है। सबसे पहले यह देखना था कि ऐसी स्थिति में क्या रोगी पर कोई सम्मोहन का प्रभाव रहता है। उसके बाद यह देखना था कि अगर कोई सम्मोहन का प्रभाव रहता है तो स्थिति के प्रभाव से वह कम होता है या फिर बढ़ता है; और तीसरी बात यह देखनी थी कि इस प्रक्रिया द्वारा मौत को किस हद तक या कितने समय तक रोका जा सकता है। वैसे तो पता लगाने के लिए और भी बातें थीं, लेकिन ये तीन बातें सबसे ज्यादा महत्त्वपूर्ण थीं और इनमें भी तीसरी यानी आखिरी बात को लेकर मेरी जिज्ञासा कुछ ज्यादा ही थी।

इन बातों का पता लगाने के लिए मैं सामग्री तलाश रहा था, तभी मुझे अपने मित्र एम. अर्नेस्ट वाल्दीमार की याद आई, जो 'बिब्लियो थेका फॉरेंसिका' के संग्रहकर्ता और 'वालेंस्टीन' तथा 'गार्गंटुआ' के पॉलिश संस्करण के इसाचर मार्क्स के लेखक के रूप में विख्यात थे। सन् 1839 से वे हारलेम में रह रहे थे।

उनका व्यक्तित्व कुछ खास था—उनके शरीर के नीचे का हिस्सा जॉन रैंडोल्फ से मिलता-जुलता था और स्वभाव से वे थोड़ा डरे-डरे से लगते थे, इसलिए सम्मोहन के लिए वे पूरी तरह से उपयुक्त लगते थे। थोड़ी दिक्कत तो हुई, लेकिन दो-तीन बार मैं उन्हें सुलाने में कामयाब हो गया। उसके बाद अब मुझे उनकी इच्छाशक्ति को वश में करना था, लेकिन उसपर मेरा वश नहीं चल रहा था। इस कारण कुछ खास परिणाम नहीं निकल पाया। मुझे लग रहा था कि मेरी असफलता का कारण उनके स्वास्थ्य की गड़बड़ी थी। मेरी उनसे जान-पहचान होने के कुछ महीने पहले ही डॉक्टर ने उन्हें क्षयरोग से ग्रस्त बताया था।

वे अकेले रहते थे। अमेरिका में उनका कोई रिश्तेदार नहीं था। इसलिए पहली बार जब मेरे मन में इस प्रकार के प्रयोग की बात आई थी, तभी मैंने सोच लिया था कि एम. वाल्दीमार इसके लिए सबसे उपयुक्त रहेंगे। इस विषय पर मैंने उनसे साफ-साफ बात की तो यह देखकर मुझे बहुत आश्चर्य हुआ कि वह स्वयं इसे लेकर बहुत उत्साहित थे। आश्चर्य इसलिए हुआ कि मेरे प्रयोगों के लिए शारीरिक रूप से तो वे हमेशा तैयार रहते थे, लेकिन जो कुछ मैं कर रहा था, उसके प्रति ऐसी सहानुभूति उन्होंने पहले कभी नहीं दिखाई थी। उनकी बीमारी ऐसी थी कि उसके मृत्यु में परिणत होने का सही-सही अनुमान पहले ही लगाया जा सकता था। मेरे और उनके बीच यह तय हुआ कि डॉक्टरों ने उनकी बीमारी की जो मियाद बताई है, उससे लगभग चौबीस घंटे पहले वे मुझे अपने पास बुला लेंगे।

वे अकेले रहते थे। अमेरिका में उनका कोई रिश्तेदार नहीं था। इसलिए पहली बार जब मेरे मन में इस प्रकार के प्रयोग की बात आई थी, तभी मैंने सोच लिया था कि एम. वाल्दीमार इसके लिए सबसे उपयुक्त रहेंगे। इस विषय पर मैंने उनसे साफ-साफ बात की तो यह देखकर मुझे बहुत आश्चर्य हुआ कि वह स्वयं इसे लेकर बहुत उत्साहित थे।

सात महीने पहले मुझे एम. वाल्दीमार द्वारा भेजा यह संलग्न नोट मिला था—

प्रिय प˙˙

तुम अभी आ जाओ। डॉक्टरों ने बताया है कि मैं कल आधी रात तक

का मेहमान हूँ और मुझे लगता है, मेरा अंत समय बहुत करीब आ गया है।

—वाल्दीमार

उनके लिखने के आधे घंटे के अंदर यह नोट मुझे मिल गया था और उसके बाद पंद्रह मिनट के अंदर-अंदर मैं मृत्यु-शय्या पर पड़े एम. वाल्दीमार के कमरे में पहुँच गया। मैं पिछले दस दिन से उनसे नहीं मिला था और इन दस दिनों में उनके शरीर में जो बदलाव आ गए थे, उन्हें देखकर मैं हैरान था। चेहरा लुढ़का हुआ सा लग रहा था और आँखें डरावनी हो गई थीं। शरीर इतना क्षीण हो गया था कि गालों की जगह पर सिर्फ हड्डियाँ-हड्डियाँ दिखाई दे रही थीं। नाड़ी की गति नाममात्र रह गई थी, जो महसूस नहीं हो रही थी। लेकिन दिमाग और शरीर में इतनी शक्ति थी कि वे बोल सकते थे और अपने आप अपनी दवाई ले सकते थे। जब मैंने उनकेकमरे में पहुँचा तो वे एक नोटबुक में कुछ लिख रहे थे। तकिए का सहारा देकर उन्हें बिस्तर पर बैठाया गया था। दोनों डॉक्टर, जो उनका इलाज कर रहे थे, वहीं मौजूद थे।

पहुँचते ही मैंने सबसे पहले वाल्दीमार का हाथ अपने हाथों में लिया और फिर दोनों डॉक्टरों को एक ओर ले जाकर उनसे मरीज की स्थिति के बारे में जानकारी प्राप्त करने लगा। बायाँ फेफड़ा काम नहीं कर रहा था और दायाँ फेफड़ा भी आंशिक रूप से ही काम कर रहा था। फेफड़े के नीचे का हिस्सा पीब से भरी दो ग्रंथियों का एक लोथड़ा भर रह गया था।

पहुँचते ही मैंने सबसे पहले वाल्दीमार का हाथ अपने हाथों में लिया और फिर दोनों डॉक्टरों को एक ओर ले जाकर उनसे मरीज की स्थिति के बारे में जानकारी प्राप्त करने लगा। बायाँ फेफड़ा काम नहीं कर रहा था और दायाँ फेफड़ा भी आंशिक रूप से ही काम कर रहा था। फेफड़े के नीचे का हिस्सा पीब से भरी दो ग्रंथियों का एक लोथड़ा भर रह गया था। पसलियाँ एक जगह चिपकी दिखाई दे रही थीं। एक महीने पहले तक ऐसा कोई लक्षण नहीं था और पसलियाँ अभी तीन दिन पहने तक ठीक-ठाक थीं। उनकी हालत तेजी से बिगड़ रही थी। डॉक्टरों ने बता दिया था कि एम.वाल्दीमार कल, यानी इतवार आधी रात तक के मेहमान हैं। उस समय

शनिवार की शाम के सात बज रहे थे।

जिस समय मैंने दोनों डॉक्टरों को बातचीत के लिए अलग बुलाया था, उसी समय उन्होंने मरीज से अंतिम विदा ले ली थी। वे वापस नहीं आना चाहते थे, लेकिन मेरे अनुरोध पर वे अगली रात लगभग दस बजे मरीज को देखने केलिए आने को तैयार हो गए। उनके चले जाने पर मैंने एम. वाल्दीमार से खुलकर बात की; उन्होंने प्रयोग के लिए स्वीकृति दे दी और कहा कि इसे अभी शुरू कर दो। एक पुरुष और एक महिला नर्स वहाँ मौजूद थे। उनकी मौजूदगी में इस तरह का प्रयोग करना मैंने ठीक नहीं समझा, इसलिए मैंने अगली रात आठ बजे तक के लिए प्रयोग को टाल दिया। उसी समय मेडिकल के एक छात्र मि. थियोडोर आने वाले थे, जिनसे मेरी थोड़ी-बहुत जान-पहचान थी। मैं सोच रहा था कि डॉक्टरों के आने तक इंतजार करूँ; लेकिन एक तो एम. वाल्दीमार बार-बार अनुरोध कर रहे थे और दूसरे उनकी तेजी से बिगड़ती स्थिति को देखते हुए मैं खुद भी सोच रहा था कि एक पल भी गँवाना ठीक नहीं है; इसलिए मुझे लगा कि काम शुरू कर देना चाहिए।

जिस समय मैंने दोनों डॉक्टरों को बातचीत के लिए अलग बुलाया था, उसी समय उन्होंने मरीज से अंतिम विदा ले ली थी। वे वापस नहीं आना चाहते थे, लेकिन मेरे अनुरोध पर वे अगली रात लगभग दस बजे मरीज को देखने केलिए आने को तैयार हो गए। उनके चले जाने पर मैंने एम. वाल्दीमार से खुलकर बात की; उन्होंने प्रयोग के लिए स्वीकृति दे दी और कहा कि इसे अभी शुरू कर दो।

मि. थियोडोर अच्छे व्यक्ति थे। मेरे अनुरोध पर वे पूरी स्थिति का बारीकी से अवलोकन करते रहे और उसके बारे में मुझे बताया।

आठ बजने में लगभग पाँच मिनट बाकी थे, तभी मैंने मरीज का हाथ अपने हाथों में लेकर अनुरोध किया कि वे मि. थियोडोर के सामने साफ-साफ शब्दों में बयान दें कि वे अपनी इच्छा से मेरे सम्मोहन के प्रयोग के लिए स्वीकृति दे रहे हैं।

बहुत धीमे स्वर में, लेकिन स्पष्ट शब्दों में उन्होंने कहा, "हाँ, मैं स्वेच्छा से इस प्रयोग के लिए तैयार हूँ।"

तब मैंने उन तरीकों को उनपर आजमाना शुरू कर दिया, जो उनको सम्मोहित करने के लिए मैंने तैयार किए थे। मैंने उनके माथे पर पहली बार हाथ फेरा तो उसका असर उनके ऊपर दिखाई देने लगा। लेकिन उसके बाद मेरी सारी शक्तियों के प्रयोग के बावजूद रात दस बजे तक उनपर कोई असर दिखाई नहीं दे रहा था। अपॉइंटमेंट के अनुसार, दस बजे दोनों डॉक्टर आ गए। मैंने उन्हें संक्षेप में सारी बात बताई। उन्होंने कोई एतराज नहीं किया और बताया कि मरीज मौत के बिल्कुल करीब है, इसलिए मैंने सीधे मरीज की दाहिनी आँख में देखते हुए बेहिचक अपना काम शुरू कर दिया।

तब मैंने उन तरीकों को उनपर आजमाना शुरू कर दिया, जो उनको सम्मोहित करने के लिए मैंने तैयार किए थे। मैंने उनके माथे पर पहली बार हाथ फेरा तो उसका असर उनके ऊपर दिखाई देने लगा। लेकिन उसके बाद मेरी सारी शक्तियों के प्रयोग के बावजूद रात दस बजे तक उनपर कोई असर दिखाई नहीं दे रहा था।

मरीज की नाड़ी नहीं मिल रही थी और साँस आधे-आधे मिनट पर चल रही थी।

लगभग आधे घंटे तक यही स्थिति बनी रही। उसके बाद मरीज के सीने से एक गहरी साँस बाहर निकली और फिर श्वास की गति रुक गई; मरीज का शरीर ठंडा पड़ गया।

ग्यारह बजने में पाँच मिनट बाकी थे, तब सम्मोहन का प्रभाव साफ-साफ दिखाई देना शुरू हो गया। आँखों का रंग और आकार ऐसा हो गया था, जैसा आधा सोने और आधा जागने, यानी अर्ध-जाग्रत् अवस्था में होता है। मैंने जल्दी-जल्दी कुछ प्रयोग किए, जिससे आँखों की पुतलियों में पहले कंपन हुआ, फिर वे पूरी तरह से बंद हो गईं। अभी मैं संतुष्ट नहीं था, लेकिन अपना प्रयोग तब तक जारी रखा, जब तक कि उसके अंग पूरी तरह फैले हुए थे और हाथ कमर के दोनों तरफ बिस्तर पर पड़े थे। सिर का हिस्सा थोड़ा सा ऊपर की ओर उठा था।

अब तक ठीक अर्धरात्रि का समय हो गया था। मैंने वहाँ उपस्थित डॉक्टरों से एम. वाल्दीमार की स्थिति का परीक्षण करने का अनुरोध किया। कुछ अन्य प्रयोग किए, उसके बाद डॉक्टरों ने बताया कि मरीज अब पूरी तरह से सम्मोहन

की स्थिति में है। अब दोनों डॉक्टरों की जिज्ञासा काफी बढ़ गई थी। एक डॉक्टर तो पूरी रात मरीज के साथ रहने के लिए तैयार था, जबकि दूसरा डॉक्टर सुबह दुबारा आने का वादा करके चला गया। मि. थियोडोर और दोनों नर्सें मौजूद थे।

सुबह तीन बजे तक हम एम. वाल्दीमार के पास नहीं गए। उसके बाद जब मैं उनके पास पहुँचा तो देखा कि वे बिल्कुल उसी स्थिति में पड़े हैं, जिस स्थिति में डॉक्टर केजाने के समय हमने उन्हें छोड़ा था—नाड़ी का पता नहीं चल रहा था और श्वास की गति भी बहुत कोशिश करने पर महसूस हो रही थी, शरीर ठंडा और कड़ा था। लेकिन उन्हें देखकर लग रहा था कि अभी उनके अंदर जान है।

अब तक ठीक अर्धरात्रि का समय हो गया था। मैंने वहाँ उपस्थित डॉक्टरों से एम. वाल्दीमार की स्थिति का परीक्षण करने का अनुरोध किया। कुछ अन्य प्रयोग किए, उसके बाद डॉक्टरों ने बताया कि मरीज अब पूरी तरह से सम्मोहन की स्थिति में है। अब दोनों डॉक्टरों की जिज्ञासा काफी बढ़ गई थी। एक डॉक्टर तो पूरी रात मरीज के साथ रहने के लिए तैयार था, जबकि दूसरा डॉक्टर सुबह दुबारा आने का वादा करके चला गया। मि. थियोडोर और दोनों नर्सें मौजूद थे।

मैंने उनके शरीर पर इधर-से-उधर अपना हाथ फेरते हुए उनके दाहिने हाथ को गतिशील करने की कोशिश की और यह देखकर मुझे आश्चर्य हुआ कि उनका हाथ उसी ओर जा रहा था, जिस ओर मैं उसे ले जाना चाहता था। तब मेरा उत्साह थोड़ा और बढ़ा और मैंने आवाज दी, "एम. वाल्दीमार, आप सो रहे हैं?" कोई जवाब नहीं मिला, लेकिन उनके होंठ जरूर काँपे थे, मैंने दुबारा पूछा। इस बार भी कोई जवाब नहीं मिला। तीसरी बार जब पूछा तो मैंने देखा, उनके पूरे शरीर में हलचल होने लगी—आँखों की पुतलियाँ खुल गईं, होंठ हिलने लगे और बहुत धीमी आवाज में वे बोले, "हाँ, सो रहा हूँ। मुझे जगाना मत! मुझे इसी स्थिति में मरने देना!"

उनके हाथ-पैर पहले की तरह ही ठंडे और कड़े लग रहे थे। मैंने एक बार फिर पूछा, "एम. वाल्दीमार, आपको सीने में अब दर्द महसूस हो रहा है?"

इस बार उन्होंने तुरंत जवाब दिया, "दर्द नहीं है···मैं मरने वाला हूँ।"

उस समय मैंने उन्हें और ज्यादा तंग करना ठीक नहीं समझा और सुबह डॉक्टर के आने तक मैंने उनसे न कोई बात की और न ही कोई प्रयोग किया। सुबह आने पर उन्हें जिंदा देखकर डॉक्टर हैरान थे। उनकी नाड़ी देखने और होंठों पर एक शीशा लगाने के बाद डॉक्टर ने मुझे उनसे बात करने के लिए कहा।

मैंने मरीज के चेहरे पर कुछ बदलाव देखे। आँखे धीरे-धीरे खुलीं और पुतलियाँ ऊपर की ओर जाते हुए गायब होने लगीं, त्वचा सफेद पेपर जैसी दिखाई देने लगी और गालों का गोल घेरा मिट सा गया। यह सबकुछ देखकर ऐसा लग रहा था, जैसे जलती हुई मोमबत्ती फूँक मारने से बुझ गई हो। ऊपर का होंठ, जो अब तक दाँतों से चिपका सा लग रहा था, अब सिकुड़ते हुए ऊपर की ओर खुल रहा था; निचला जबड़ा एक झटके से हिला और मुँह पूरा खुला-का-खुला रह गया।

मैंने उनसे पूछा, "एम. वाल्दीमार, क्या अब भी आप सो रहे हैं?"

मेरे चार बार पूछने पर उन्होंने अपनी शक्ति जुटाते हुए बहुत धीमी आवाज में जवाब दिया, "हाँ, अभी सो रहा हूँ···मरने वाला हूँ।"

डॉक्टरों का कहना था कि एम. वाल्दीमार की जान किसी भी समय निकल सकती है, इसलिए मैंने सोचा कि उनसे एक बार फिर बात करूँ। मैं बार-बार अपना प्रश्न दोहराने लगा।

मैंने मरीज के चेहरे पर कुछ बदलाव देखे। आँखे धीरे-धीरे खुलीं और पुतलियाँ ऊपर की ओर जाते हुए गायब होने लगीं, त्वचा सफेद पेपर जैसी दिखाई देने लगी और गालों का गोल घेरा मिट सा गया। यह सबकुछ देखकर ऐसा लग रहा था, जैसे जलती हुई मोमबत्ती फूँक मारने से बुझ गई हो। ऊपर का होंठ, जो अब तक दाँतों से चिपका सा लग रहा था, अब सिकुड़ते हुए ऊपर की ओर खुल रहा था; निचला जबड़ा एक झटके से हिला और मुँह पूरा खुला-का-खुला रह गया। फूली हुई जीभ, जिसका रंग काला पड़ गया था, बाहर की ओर निकल आई। मैं समझता हूँ कि उस समय वहाँ जितने लोग मौजूद थे, वे सब किसी-न-किसी तरह मौत की इस प्रकार की भयावह स्थिति से जरूर परिचित रहे होंगे, लेकिन एम. वाल्दीमार की स्थिति उस

समय कुछ ज्यादा ही भयावह लग रही थी।

अब जैसा मुझे लगता है, कहानी उस बिंदु पर पहुँच गई है, जहाँ पाठक शायद ही इस पर विश्वास करेंगे, लेकिन कहानी को चुपचाप आगे बढ़ाना मेरा काम है।

एम. वाल्दीमार के शरीर में जान होने का अब कोई संकेत नहीं था, उन्हें मृत समझकर हम नर्सों को सुपुर्द करने ही जा रहे थे, तभी उनकी जीभ में तेज कंपन हुआ, जो लगभग एक मिनट तक चलता रहा। उसके बाद खुले और निश्चल पड़े जबड़ों से एक टूटती हुई आवाज निकली, जिसका स्वर इतना कठोर था कि वर्णन नहीं किया जा सकता। अजीब तरह की आवाज लग रही थी वह। अजीब इसलिए कि ऐसा लग रहा था, जैसे बहुत दूर से या धरती के अंदर किसी गहरी गुफा से आ रही हो।

कुछ मिनट पहले मैंने उनसे पूछा था कि क्या आप अब भी सो रहे हैं, तो उसके जवाब में इस बार उन्होंने कहा, "हाँ...नहीं...मैं सो रहा था...और अब... अब मैं मर गया हूँ।"

आवाज ऐसी थी कि उसे सुनकर वहाँ उपस्थित सबके सब लोग भयाक्रांत हो गए। मि. थियोडोर तो अचेत ही हो गए। वहाँ उपस्थित एक महिला और एक पुरुष नर्स तुरंत कमरे से बाहर भाग गए। मेरी हालत भी खराब थी। लगभग आधे घंटे तक हममें से किसी के भी मुँह से कोई शब्द नहीं निकला। आधे घंटे बाद जब मि. थियोडोर की चेतना वापस लौटी तो हमने एम. वाल्दीमार की स्थिति का दुबारा परीक्षण शुरू किया।

आवाज ऐसी थी कि उसे सुनकर वहाँ उपस्थित सबके सब लोग भयाक्रांत हो गए। मि. थियोडोर तो अचेत ही हो गए। वहाँ उपस्थित एक महिला और एक पुरुष नर्स तुरंत कमरे से बाहर भाग गए। मेरी हालत भी खराब थी। लगभग आधे घंटे तक हममें से किसी के भी मुँह से कोई शब्द नहीं निकला। आधे घंटे बाद जब मि. थियोडोर की चेतना वापस लौटी तो हमने एम. वाल्दीमार की स्थिति का दुबारा परीक्षण शुरू किया।

श्वास की गति रुक गई थी। बाँह से रक्त लेने की कोशिश की गई तो रक्त नहीं निकला और हाथ अब मेरी इच्छा के अनुरूप गतिशील नहीं हो रहा था।

सम्मोहन का अगर कहीं कोई असर था तो वह उनकी जीभ में था, जो मेरे कुछ पुछने पर थोड़ी सी हिल उठती थी, ऐसा लगता था, जैसे वे कुछ बोलना चाहते हों। मेरे अलावा और किसी के कुछ पूछने पर वे कोई हरकत नहीं दिखा रहे थे। मैं समझता हूँ कि यहाँ मैंने वे सारी बातें बता दी हैं, जो एम. वाल्दीमार की अर्ध-जाग्रत् स्थिति को समझने के लिए जाननी जरूरी हैं। अन्य नर्सों को बुलाया गया और दोनों डॉक्टरों तथा मि. थियोडोर के साथ मैं दस बजे वहाँ से चला आया।

दोपहर बाद हम मरीज को देखने दुबारा गए। मरीज की स्थिति बिल्कुल वैसी-की-वैसी बनी थी। एक बार हमने उन्हें जगाने के बारे में सोचा, लेकिन हमें लगा कि ऐसा करने का कोई फायदा नहीं है। उनकी मौत अगर अभी रुकी थी तो उसका कारण सम्मोहन का प्रभाव ही था। ऐसे में हमने यही निर्णय निकाला कि उन्हें जगाने से उनके प्राण और जल्दी निकल सकते हैं।

दोपहर बाद हम मरीज को देखने दुबारा गए। मरीज की स्थिति बिल्कुल वैसी-की-वैसी बनी थी। एक बार हमने उन्हें जगाने के बारे में सोचा, लेकिन हमें लगा कि ऐसा करने का कोई फायदा नहीं है। उनकी मौत अगर अभी रुकी थी तो उसका कारण सम्मोहन का प्रभाव ही था। ऐसे में हमने यही निर्णय निकाला कि उन्हें जगाने से उनके प्राण और जल्दी निकल सकते हैं।

उस समय से लेकर पिछले सप्ताह के अंत, यानी लगभग सात महीने तक हम एम. वाल्दीमार के घर बराबर जाते रहे थे; कभी-कभी मेरे साथ मेडिकल के और अन्य मित्र भी हुआ करते थे। इस पूरी अवधि में उनकी स्थिति बिल्कुल ऐसी ही बनी रही। महिला और पुरुष नर्स बराबर उनकी देखरेख में थे। अंत में पिछले शुक्रवार को हमने उन्हें जगाने या यों समझ लीजिए कि जगाने की कोशिश करने का निर्णय लिया और संभवत: इस आखिरी प्रयोग के परिणामस्वरूप ही यह लोगों के लिए चर्चा का विषय बन गया।

एम. वाल्दीमार को सम्मोहन के प्रभाव से मुक्त करने के उद्देश्य से मैंने लौकिक युक्तियों का प्रयोग किया, जो शुरू में कामयाब नहीं हुई। उनके होश में आने का पहला संकेत तब मिला, जब उनकी आँख की पुतली थोड़ा नीचे की

ओर हुई और एक दुर्गंधयुक्त पीले द्रव का स्राव होता दिखाई दिया।

मैंने उनके हाथ को गतिशील करने की, कोशिश की लेकिन कुछ नहीं हुआ। तब एक डॉक्टर के सुझाव पर मैंने उनसे इस प्रकार प्रश्न पूछा, "एम. वाल्दीमार, क्या आप हमें बता सकते हैं कि आपको इस समय कैसा लग रहा है?"

तभी मैंने देखा, उनके गालों पर दोनों ओर गोल-गोल घेरा बना और होंठों में कंपन होने लगा, लेकिन जबड़े ज्यों-के-त्यों कठोर बने रहे; इस प्रकार पहले की तरह ही टूटती आवाज में वे बोलने लगे—

"भगवान् के लिए!···जल्दी!···जल्दी! मुझे सुला दो···या, जल्दी!···मुझे जगा दो!···जल्दी!···मैं बता रहा हूँ कि मैं मर चुका हूँ!"

मैं हैरान था और एक बार तो समझ ही नहीं पाया कि क्या करूँ। पहले तो मैंने उन्हें फिर से शांत करने की कोशिश की, लेकिन जब उसमें सफलता नहीं मिली तो मैं उन्हें जाग्रत् स्थिति में लाने का प्रयास करने लगा। मुझे लगा कि मेरा प्रयास सफल हो रहा है। वहाँ कमरे में उस समय जितने लोग मौजूद थे, वे सब उन्हें जाग्रत् स्थिति में देखने के लिए तैयार थे। लेकिन वास्तव में जो कुछ हुआ, वह स्वाभाविक मानवीय कल्पना से परे था। वह जबान से 'मर चुका!' 'मर चुका!' बोले जा रहे थे और इधर मैं जल्दी-जल्दी सम्मोहन युक्तियों का प्रयोग करने लगा। मैंने देखा, अचानक ही उनका पूरा शरीर द्रवीभूत होकर मेरे हाथों के नीचे फैला जा रहा था और बिस्तर पर सबके सामने एम. वाल्दीमार के शरीर की जगह एक दुर्गंधयुक्त द्रव का जमाव पड़ा था।

□

हाउस ऑफ युशर (या लेडी मेडलिन)

शरद ऋतु का समय था। आसमान में हलके बादल छाए हुए थे। मैं घोड़े पर सवार होकर एक सुनसान रास्ते पर अकेला चला जा रहा था और शाम होते-होते मैंने स्वयं को ऐसी जगह पर पाया, जहाँ से शोक-संतप्त 'हाउस ऑफ यूशर' दिखाई देता था। ऐसा क्यों या कैसे था, यह मैं नहीं जानता, लेकिन बिल्डिंग को एक नजर देखते ही उदासी का एक भाव मेरे मन में व्याप्त होने लगा। मैंने अपने सामने के पूरे दृश्य पर एक नजर डाली—घर (बिल्डिंग)के ऊपर, दीवारों पर, खाली-खाली सी लगती खिड़कियों पर और सूखे, मुरझाए पेड़ों के मोटे-मोटे तनो पर, ऐसे लग रहा था, जैसे दुनिया एक जगह रुक सी गई है। मन-मस्तिष्क और हृदय में एक पीड़ा का भाव उठ रहा था। वहाँ हाउस ऑफ यूशर में ऐसा क्या था, जो मुझे इस प्रकार चिंतन की गहराई में ले जा रहा था ? यह एक रहस्य था, जो बुद्धि की ग्राह्य-शक्ति से परे था। चिंतन के दौरान मन में उठ रही धुँधली कल्पनाओं को समझ पाने या उन्हें अपने वश में करने में भी मैं सक्षम नहीं था। मैंने यह अधूरा निष्कर्ष निकाला कि भले ही प्रकृति में ऐसी बहुत सारी वस्तुएँ मौजूद हैं, जो हमें इस प्रकार प्रभावित करने की शक्ति रखती हैं, लेकिन इस शक्ति की गहराई को समझना हमारी बुद्धि से परे है। मैं सोचने लगा कि दृश्य को देखने-समझने का हमारा नजरिया यह तय करता है कि उसमें हमें प्रभावित करने की कितनी सक्षमता है। यही विचार करते-करते मैंने घोड़े को एक काली, दलदली पहाड़ी झील की ओर हाँका और वहाँ दलदल में उगे पेड़ों की छाया-आकृतियों को देखने लगा; लेकिन शरीर और मन अब भी काबू में नहीं था।

मैंने वहाँ (हाउस ऑफ यूशर में) कुछ सप्ताह रहने का मन बनाया था।

उसके मालिक रोडरिक यूशर मेरे बचपन के दोस्त रहे थे; लेकिन कई साल से हम मिले नहीं थे। हाँ, इस बीच उनका एक पत्र जरूर मुझे मिला था, जिसमें उन्होंने अपनी बीमारी के बारे में लिखा था, जिससे वे ग्रस्त थे और साथ ही मुझसे मिलने की इच्छा भी प्रकट की थी। दरअसल हम दोनों बहुत करीबी देस्त हुआ करते थे और एक-दूसरे का साथ हमें बहुत अच्छा लगता था, इसलिए शायद उन्हें लगा हो कि मेरा साथ पाकर उन्हें बीमारी से कुछ राहत मिले।

बचपन के दिनों में वैसे तो हम एक-दूसरे के बहुत करीब रहे थे, लेकिन सच कहूँ तो अपने इस दोस्त के बारे में मुझे ज्यादा कुछ नहीं मालूम था। वैसे भी वह अकसर चुपचाप रहता था। हाँ, मुझे इतना जरूर मालूम था कि उसकी पारिवारिक पृष्ठभूमि बहुत पुरानी थी और उसका परिवार अपनी कला, धर्मार्थ कार्य और संगीत के लिए जाना जाता था। एक और उल्लेखनीय तथ्य यह था कि यूशर जाति, जो समाज में अपना एक प्रतिष्ठित स्थान रखती थी, की कोई और शाखा नहीं थी। बिल्डिंग के रूप-स्वरूप और लोगों के कार्य-व्यवहार के बारे में विचार करते हुए मुझे ऐसा लगा कि वंशावली की कोई शाखा न होने के कारण यह पुरानी पैतृक संपत्ति इसी 'हाउस ऑफ यूशर' नाम से पिता से पुत्र के पास एक सीधे क्रम में पहुँचती रही होगी, जो आज पूरी यूशर जाति का प्रतिनिधित्व कर रही है।

मैंने बताया कि झील के अंदर झाँकने के मेरे बचकाना प्रयोग के परिणामस्वरूप मेरे मन का अंधविश्वास और बढ़ने सा लगा था। अंधविश्वास के कारण उत्पन्न भय की स्थिति में अकसर ऐसा ही होता है। शायद यही कारण रहा होगा कि जब मैंने दुबारा घर की ओर नजर उठाकर देखा तो झील में बन रही उसकी छाया-आकृति से मेरे मन में एक विचित्र कल्पना जगी, एक बहुत ही हास्यास्पद कल्पना।

मैंने बताया कि झील के अंदर झाँकने के मेरे बचकाना प्रयोग के परिणामस्वरूप मेरे मन का अंधविश्वास और बढ़ने सा लगा था। अंधविश्वास के कारण उत्पन्न भय की स्थिति में अकसर ऐसा ही होता है। शायद यही कारण रहा होगा कि जब मैंने दुबारा घर की ओर नजर उठाकर देखा तो झील में बन

रही उसकी छाया-आकृति से मेरे मन में एक विचित्र कल्पना जगी, एक बहुत ही हास्यास्पद कल्पना। मैंने अपनी कल्पना को इतना यथार्थ रूप दे दिया था कि उस बिल्डिंग और उसके आसपास के क्षेत्र में एक अद्‌भुत वातावरण दिखाई देने लगा था, जो स्वाभाविक वायुमंडलीय परिवेश से भिन्न तो था, लेकिन सूखे-मरझाए पेड़ों, मटमैली दीवार और शांत झील के प्रभाव से अछूता नहीं था।

अपने चित्त को स्थिर करने की कोशिश करते हुए मैंने बिल्डिंग के यथार्थ स्वरूप का बारीकी से मुआयना किया। उसका ढाँचा बहुत पुराना लग रहा था, दीवारें बदरंग हो चुकी थीं और उनपर काई जम गई थी, लेकिन दीवारों की चिनाई इतनी मजबूत थी कि उनमें कहीं कोई टूट-फूट नहीं दिखाई दे रही थी। बिल्डिंग का एक-एक हिस्सा, एक-एक ईंट—सबकुछ बिल्कुल तालमेल में दिखाई दे रहा था, जिसे देखकर ऐसा लगता था, जैसे किसी पुरानी गुफा पर सुंदर ढंग से नक्कासी की गई हो और जो समय के थपेड़ों से बिल्कुल अछूती बनी हुई है। हाँ, बहुत ध्यान से देखने पर छत से लेकर दीवार तक एक टेढ़ी-मेढ़ी दरार जरूर दिखाई देती थी, जो बिल्डिंग के ढाँचे के कमजोर होने का एक संकेत था।

इस प्रकार एक-एक चीज पर ध्यान देते हुए मैं घोड़े को लेकर घर की ओर जाने वाले एक पुल के रास्ते पर चलने लगा। एक नौकर ने मेरा घोड़ा सँभाला और मैं मध्ययुगीन मेहराबदार हॉल के अंदर दाखिल हुआ। एक नौकर कई अँधेरे और सँकरे रास्तों से चलते हुए मुझे अपने मालिक के स्टूडियो तक ले गया। वहाँ जो कुछ भी मैंने देखा, उससे मेरी अब तक की धारणा या कल्पना और भी पक्की होती जा रही थी।

इस प्रकार एक-एक चीज पर ध्यान देते हुए मैं घोड़े को लेकर घर की ओर जाने वाले एक पुल के रास्ते पर चलने लगा। एक नौकर ने मेरा घोड़ा सँभाला और मैं मध्ययुगीन मेहराबदार हॉल के अंदर दाखिल हुआ। एक नौकर कई अँधेरे और सँकरे रास्तों से चलते हुए मुझे अपने मालिक के स्टूडियो तक ले गया। वहाँ जो कुछ भी मैंने देखा, उससे मेरी अब तक की धारणा या कल्पना और भी पक्की होती जा रही थी। हालाँकि बिल्डिंग की छतों पर की गई नक्कासी, दीवारों पर बने छाया-चित्र, फर्श का काला रंग और चमकती ट्रॉफियाँ, ये सब चीजें मेरे

लिए कोई नई नहीं थीं, लेकिन इन्हें देखकर मेरे मन में जिस तरह की कल्पनाएँ उत्पन्न हो रही थीं, वे नई थीं, विचित्र थीं। ऊपर जाने के लिए बनी एक सीढ़ी पर मुझे वहाँ का फैमिली डॉक्टर मिला। उसकी शक्ल-सूरत और हाव-भाव उसके मन की परेशानी और उसकेस्वभाव की चालाकी को बयाँ कर रहे थे। उसने मुझसे थोड़ी सी औपचारिक बातचीत की और फिर चला गया, तब नौकर ने एक दरवाजा खोला तथा मुझे अपने मालिक के पास ले गया।

कमरा काफी बड़ा था, खिड़कियाँ सँकरी और लंबी-लंबी थीं और फर्श से काफी ऊँचाई पर थीं। कमरे में गहरे लाल रंग की बत्ती चमक रही थी, जिसमें आसपास की चीजें तो दिखाई दे रही थीं, लेकिन कोनों तक रोशनी नहीं पहुँच पा रही थी। फर्नीचर के नाम पर काफी कुछ था, लेकिन सब पुरानी चाल का और टूटा-फूटा था। कई किताबें और वाद्ययंत्र इधर-उधर बिखरे पड़े थे, लेकिन उनसे कोई अंदाजा नहीं लग रहा था, पूरे वातावरण में एक गहरी उदासी व्याप्त थी, जो सभी के चेहरे पर अपना प्रभाव छोड़ रही थी।

मेरे अंदर प्रवेश करते ही यूशर सोफा पर से उठकर बैठ गए और बड़ी गर्मजोशी से मेरा स्वागत किया। हम बैठ गए। कुछ देर तक दोनों में से किसी ने कोई बात नहीं की। मन में करुणा और आश्चर्य का मिला-जुला भाव लिये मैं उनके चेहरे की ओर देख रहा था। वे बहुत बदले-बदले से दिखाई दे रहे थे और मुझे आश्चर्य इसलिए हो रहा था कि इतनी जल्दी कोई इतना कैसे बदल सकता है, जितना रोडरिक यूशर बदल गए थे! उनका पीला पड़ गया रुग्ण चेहरा और शरीर देखकर एक बार तो मैं पहचान ही नहीं पाया। मुझे विश्वास ही नहीं हो रहा था कि ये वही मेरे बचपन के साथी रोडरिक यूशर हैं। शरीर पीला और अशक्त

मेरे अंदर प्रवेश करते ही यूशर सोफा पर से उठकर बैठ गए और बड़ी गर्मजोशी से मेरा स्वागत किया। हम बैठ गए। कुछ देर तक दोनों में से किसी ने कोई बात नहीं की। मन में करुणा और आश्चर्य का मिला-जुला भाव लिये मैं उनके चेहरे की ओर देख रहा था। वे बहुत बदले-बदले से दिखाई दे रहे थे और मुझे आश्चर्य इसलिए हो रहा था कि इतनी जल्दी कोई इतना कैसे बदल सकता है, जितना रोडरिक यूशर बदल गए थे!

हो गया था, आँखें बाहर की ओर निकली हुई और नम थीं, होंठ पतले हो गए थे और उनका रंग पीला पड़ गया था तथा पूरे शरीर का ढाँचा ऐसा हो गया था कि मुझे विश्वास ही नहीं हो रहा था कि मैं किससे बात कर रहा हूँ। मैं कभी उनकी चमकती, नम आँखों को देखता तो कभी उनकी पीली पड़ गई चमड़ी को देखता। सचमुच, मैं बहुत आश्चर्य में पड़ गया था।

बातचीत के दौरान मैंने महसूस किया कि मेरे मित्र के व्यवहार में जल्दी-जल्दी बदलाव आ रहा था। कभी तो वह बिल्कुल प्रफूल्लित से लगते और कभी उदास-खिन्न से लगते। उनकी आवाज में भी दृढ़ता और निर्णायक भाव की कमी थी, जिसमें उनके मन का असमंजस और दुविधा का भाव झलकता था। उनकी बातों में संतुलन और संयम नहीं था, जैसे कोई अफीमची, नशेड़ी नशे की स्थिति में बोलता है।

बातचीत के दौरान मैंने महसूस किया कि मेरे मित्र के व्यवहार में जल्दी-जल्दी बदलाव आ रहा था। कभी तो वह बिल्कुल प्रफूल्लित से लगते और कभी उदास-खिन्न से लगते। उनकी आवाज में भी दृढ़ता और निर्णायक भाव की कमी थी, जिसमें उनके मन का असमंजस और दुविधा का भाव झलकता था। उनकी बातों में संतुलन और संयम नहीं था, जैसे कोई अफीमची, नशेड़ी नशे की स्थिति में बोलता है।

वस्तुतः मुझे अपनी बीमारी के बारे में बताने और अपने मन का बोझ कुछ हलका करने के उद्देश्य से ही उन्होंने पत्र लिखकर मुझे बुलाया था। उन्होंने बताया कि यह उनकी स्वभावजन्य और पारिवारिक बीमारी है, जिसके इलाज की उम्मीद अब उन्हें नहीं रही। उनकी बीमारी अजीब थी—बेस्वाद-से-बेस्वाद भोजन ही वे खा पाते थे। कुछ खास तरह के कपड़े ही पहन सकते थे। फूलों की सुगंध से उन्हें चिढ़ होती थी। उनकी आँखें मद्धिम रोशनी भी नहीं सह पाती थीं और कुछ खास तरह की आवाजों को छोड़कर बाकी आवाजें उनके मन को भयाक्रांत करती थीं।

इस प्रकार मुझे लगा कि वे एक विवशता का जीवन जी रहे थे। "मैं मर जाऊँगा," वे कहने लगे," बस ऐसे ही मैं चला जाऊँगा। मुझे भावी घटनाओं के परिणाम को लेकर डर लगता है। छोटी-से-छोटी बात पर भी डर जाता हूँ। इस

सोचनीय स्थिति में मुझे लगता है कि देर-सवेर वह दिन आएगा, जब डर के इस बंधन से संघर्ष करता हुआ मैं अपने प्राण त्याग दूँगा।"

बातों-बातों में ही मुझे उनकी मानसिक स्थिति के बारे में एक और बात पता चली। वह रिहाइशी घर, जिसे उन्होंने किराए पर दे रखा था, को लेकर कुछ अंधविश्वासपूर्ण धारणा से ग्रस्त थे, जिसका प्रभाव उनके दिलो-दिमाग पर छाया रहता था।

थोड़ा हिचकिचाते हुए उन्होंने आगे बातया कि उनकी एक बहन है; और दुनिया में अगर कोई उनका अपना है तो वही है, उसके अलावा दुनिया में उनका कोई और नहीं है। उनकी उदासी, खिन्नता का कारण उसकी लंबी बीमारी है, जिसने उसे मौत के करीब पहुँचा दिया है। "उसकी मौत से पुरानी यूशर जाति का अस्तित्व अतीत के अंधकार में डूब जाएगा।" उन्होंने बताया। तभी मैंने देखा, लेडी मेडलिन बहुत धीरे-धीरे घर के एक हिस्से से होकर गुजरी और मेरी उपस्थिति की ओर ध्यान दिए बगैर एक कमरे में घुस गईं। उन्हें देखकर मेरे मन में आश्चर्य और भय का एक मिला-जुला भाव उठ रहा था। कमरे के अंदर जाकर जब उन्होंने दरवाजा बंद कर लिया तो मैंने उनके भाई की ओर देखा, जो दोनों हाथों से अपना चेहरा ढके हुए थे और आँसुओं की बूँदे उनकी उँगलियों पर साफ झलक रही थीं।

थोड़ा हिचकिचाते हुए उन्होंने आगे बातया कि उनकी एक बहन है; और दुनिया में अगर कोई उनका अपना है तो वही है, उसके अलावा दुनिया में उनका कोई और नहीं है। उनकी उदासी, खिन्नता का कारण उसकी लंबी बीमारी है, जिसने उसे मौत के करीब पहुँचा दिया है। "उसकी मौत से पुरानी यूशर जाति का अस्तित्व अतीत के अंधकार में डूब जाएगा।"

लेडी मेडलिन की बीमारी ने लंबे समय से इलाज में लगे उनके डॉक्टरों को भी हैरानी में डाल रखा था। बीमारी के कारण शरीर में जड़ता आ गई थी; शरीर सूखता जा रहा था और बार-बार दौरे पड़ते थे। अब तक उन्होंने बीमारी के सामने घुटने नहीं टेके थे, उन्होंने बिस्तर नहीं पकड़ा था। लेकिन जिस दिन मैं वहाँ पहुँचा था, उस दिन शाम को जैसा कि उनके भाई ने रात में मुझे बताया कि कालगति के सामने उन्होंने घुटने टेक दिए थे। उन्हें देखकर मैं खुद भी यही

सोच रहा था कि उनका जो चेहरा आज मैं देख रहा हूँ, वह शायद फिर कभी देखने को नहीं मिलेगा।

उसके बाद कई दिन तक हम दोनों में से किसी ने भी उनका नाम नहीं लिया और इस दौरान मैं अपने विषादग्रस्त दोस्त के दिल के दर्द को दूर करने या कम करने के लिए हर संभव कोशिश में लगा रहा। दोनों साथ-साथ पेंटिंग करते और साथ-साथ पढ़ते। मैं उनका गिटार भी सुनता था। हमारे बीच नजदीकियाँ बढ़ीं और उनके मन की व्यथा और खुलकर सामने आई। मैं उदासी और विषाद के अँधेरे में डूबे उनके मन की प्रफुल्लता के प्रकाश में लाने की हर संभव कोशिश कर रहा था; हालाँकि इसकी सार्थकता मुझे दिखाई नहीं दे रही थी।

यह सही है कि यूशर के साथ अकेले में बिताए उन दिनों की याद मेरी स्मृति में हमेशा बनी रहेगी, लेकिन उनके साथ जो कुछ मैंने पढ़ा, जो काम किए, उनके बारे में मैं ठीक-ठीक कुछ नहीं कह पाऊँगा। उनके शोक-गीतों का स्वर मेरे कानों में गूँजता रहेगा। उनकी पेंटिंग चित्ताकर्षक थी, जिसकी छवि आज भी मेरी स्मृति में ताजा है। उनकी अवधारणा और डिजाइन की सादगी एवं खुलेपन को मैं शब्दों में बयाँ नहीं कर सकता। कल्पना की जो गहराई उनकी पेंटिंग में मैं महसूस कर रहा था, वह कभी मैंने फ्यूसेली की कल्पनाओं में भी नहीं महसूस की थी। उनकी चित्रात्मक अवधारणा को बहुत स्पष्ट रूप से तो नहीं, लेकिन शब्दों में उतारा जा सकता है। एक छोटे से चित्र में एक बड़े आयताकार मेहराब का आंतरिक डिजाइन प्रस्तुत किया गया था, जिससे यह संदेश मिलता था कि यह मेहराब या तहखाना पृथ्वी के धरातल के अत्यधिक गहराई में स्थित है। उसमें बाहर की ओर निकलने वाला कोई रास्ता दिखाई नहीं देता था और न ही प्रकाश का कोई कृत्रिम स्त्रोत था, फिर भी पूरे तहखाने में रोशनी फैल रही थी।

यह सही है कि यूशर के साथ अकेले में बिताए उन दिनों की याद मेरी स्मृति में हमेशा बनी रहेगी, लेकिन उनके साथ जो कुछ मैंने पढ़ा, जो काम किए, उनके बारे में मैं ठीक-ठीक कुछ नहीं कह पाऊँगा। उनके शोक-गीतों का स्वर मेरे कानों में गूँजता रहेगा।

अभी थोड़ी देर पहले मैंने उनकी विकृत श्रवणेंद्रिय के बारे में बताया,

जिसके कारण वे कुछ खास वाद्ययंत्रों से निकलने वाले सुर के अलावा और कोई संगीत नहीं सुन सकते थे, इसलिए उन्होंने खुद को गिटार से जोड़ लिया था, जो 'द हॉन्टेट पैलेस' शीर्षक से उनकी मौखिक रचनाओं को एक खास लय देता था। उनकी ऐसी ही एक मौखिक रचना मुझे बरबस याद आती है, जो कुछ इस तरह थी—

(1)

हमारी वादियों की हरियाली में,
खड़ा था वह राजमहल—
सुंदर राजमहल,
जो देवदूतों ने हमें रहने के लिया दिया था।
वह सुंदर राजमहल,
जो कभी राजसी ठाट-बाट से भर था।

(2)

जिसकी ऊँची-ऊँची छतों पर,
पीले, सुनहरे झंडे लहराते थे शान से
(बात है यह पुराने जमाने की);
शीतल, सुगंधित हवाएँ
फिजाँ में खुशबू बिखेरा करती थीं।

(3)

लोग घूमने के लिए आया करते थे,
उस खूबसूरत वादी में
और दो चमकती खिड़कियों से देखा करते थे
अंदर का नजारा—
जहाँ सुंदर, सजीले सिंहासन पर, बैठा करता था,
वहाँ का राजा।

(4)

खूबसूरत मोतियों और माणिक्य से सजे दरवाजों से
सुर–सरिता बहती थी;
जिसके मधुर संगीत में गूँजा करता था,
राजा के बुद्धि–चातुर्य का बखान।

(5)

लेकिन हाय!
तब छाने लगीं दुखों की काली–अँधेरी रात;
और धुँधलाने लगी वह चमकती शान,
जो कभी रोशनी बिखेरा करती थी;
और सबकुछ एक कहानी—
भूली–बिसरी कहानी बनकर रह गया।

(6)

इस वादी में सैलानी अब भी आते हैं,
पर लाल रोशनी में चमकती खिड़कियों से
अब उन्हें वह मधुर संगीत नहीं सुनाई देता
क्योंकि अब यहाँ वह सुर–सरिता नहीं बहती;
अब बहती है—बेसुरी सरिता,
जो मुसकराती नहीं है,
ठहाका मारकर हँसती है।

इन पंक्तियों से जो संदेश निकलता था, उसने हमारे मन में यूशर की मनोदशा से जुड़े विचारों की एक अविरल धारा उत्पन्न कर दी थी, जिसका शब्दों में वर्णन करना मेरे वश की बाते नहीं है। हाँ, मैं इतना जरूर कह सकता हूँ कि इन पंक्तियों के पीछे जो विश्वास था, वह जैसा मैं पहले संकेत कर चुका हूँ—उनके पूर्वजों केइस घर के मटमैले पत्थरों से जुड़ा था। ये पंक्तियाँ और शब्द उसी तरह व्यवस्थित थे, जिस तरह मटमैले पत्थर और उनपर लगी काई तथा

आसपास सूखे-मुरझाए पेड़ और झील का शांत पानी अपने आपमें एक व्यवस्था का रूप लेते थे।

जो सदियों से यूशर परिवार के भाग्य को प्रभावित करता रहा था। इस व्यवस्था पर या इसके पीछे के विश्वास पर कोई टिप्पणी नहीं की जा सकती थी, इसलिए मैं ऐसी कोई टिप्पणी नहीं करूँगा।

हमारी किताबें, जिनका यूशर के मन और मनोस्थिति पर अब तक गहरा प्रभाव रहा था, भी इस पूरी व्यवस्था का एक हिस्सा थीं—ग्रेसेट की 'वर्वर्ट एट चार्टरयूज', मैकियावेली की 'बेल्फेगॉर', स्वीडेनबॉर्ग की 'हैवेन एंड हेल', निकोलस क्लिम की 'सबटेरनियन वॉयेज', रॉबर्ट फ्लड की 'चिटोमैंसी' और कैंयेनेला की 'सिटी ऑफ द सन'। यूशर आज जो कुछ थे, उसमें इन पुस्तकों का योगदान था। पॉम्पोनियस मेला में ओल्ड अफ्रीका सैटायर्स और एजीपंस का वर्णन पढ़ते-पढ़ते वे घंटो विचार-मग्न रहते थे। एक पुराने चर्च की पुस्तिका थी—'द विजिला मोर्टओरम सिकंडम कोरम एक्लेसिया मैगुअंटिना'—जिसे वे बड़े चाव से पढ़ते थे।

यूशर के अनुरोध पर मैंने स्वयं उनके साथ मिलकर सारा प्रबंध कराया। जिस तहखाने में ताबूत को रखना था, वह लंबे समय से बंद पड़ा था, जिसमें हवा और रोशनी के अंदर आने के लिए कोई रास्ता नहीं था। यह तहखाना बिल्डिंग के उस हिस्से के ठीक नीचे था, जहाँ मेरे सोने का कमरा था।

इसी बीच एक शाम उन्होंने मुझे बताया कि लेडी मेडलिन नहीं रहीं। उन्होंने यह भी कहा कि वे शव को पंद्रह दिन तक सुरक्षित रखने के बाद बिल्डिंग के एक तहखाने में दफन करना चाहते हैं। भाई की ऐसी इच्छा थी और उसने ऐसा तय कर लिया था, इसलिए मैं इसपर कोई टिप्पणी नहीं कर सकता था।

यूशर के अनुरोध पर मैंने स्वयं उनके साथ मिलकर सारा प्रबंध कराया। जिस तहखाने में ताबूत को रखना था, वह लंबे समय से बंद पड़ा था, जिसमें हवा और रोशनी के अंदर आने के लिए कोई रास्ता नहीं था। यह तहखाना बिल्डिंग के उस हिस्से के ठीक नीचे था, जहाँ मेरे सोने का कमरा था। उसका इस्तेमाल बहुत कम होता था और चूँकि उसकी फर्श के एक हिस्से और पूरी आंतरिक दीवारों

पर कॉपर की परत थी, इसलिए उसका प्रयोग पाउडर या कोई ज्वलनशील चीज आदि रखने के लिए किया जाता था। उसके दरवाजे भारी लोहे के थे।

ताबूत को रखने के बाद हमने उसके ढक्कन को थोड़ा सा हटाया और मैं मृतक का चेहरा देखने लगा। भाई और बहन ने मुझे एक अलग तरह की समानता दिखाई दे रही थी, तभी यूशर के मुँह से बहुत हलकी आवाज में कुछ शब्द निकलने लगे, जिनसे मुझे यह संकेत मिला कि दोनों भाई-बहन जुड़वाँ थे और वे भावनात्मक रूप से एक-दूसरे के बहुत करीब रहे थे। हम ज्यादा देर तक उसका चेहरा नहीं देख सके। ताबूत का ढक्कन लगाकर हमने तहखाने का दरवाजा बंद कर दिया और दोनों वहाँ से निकलकर बिल्डिंग के ऊपरी हिस्से में आ गए।

इस प्रकार दुःख के कुछ दिन बीतने के बाद मैंने अपने शोक-संतप्त मित्र के व्यवहार में एक बड़ा बदलाव देखा। उनके सामान्य व्यवहार और सामान्य कार्यकलाप बदल गए थे। घर में वे एक कमरे से दूसरे कमरे में यों ही घूमते रहते थे। उनके चेहरे और आँखों की चमक जाती रही थी। कुछ बोलते थे तो उनकी आवाज काँपती थी। किसी चीज को देखने लगते तो घंटों उसी को देखते रहते।

इस प्रकार दुःख के कुछ दिन बीतने के बाद मैंने अपने शोक-संतप्त मित्र के व्यवहार में एक बड़ा बदलाव देखा। उनके सामान्य व्यवहार और सामान्य कार्यकलाप बदल गए थे। घर में वे एक कमरे से दूसरे कमरे में यों ही घूमते रहते थे। उनके चेहरे और आँखों की चमक जाती रही थी। कुछ बोलते थे तो उनकी आवाज काँपती थी। किसी चीज को देखने लगते तो घंटों उसी को देखते रहते। कभी-कभी ऐसे चौकन्ने से दिखाई देते, जैसे कोई रहस्यमयी आवाज सुनने की कोशिश कर रहे थे। उनकी मनोदशा देखकर मुझे लगा कि उनका मन किसी गंभीर समस्या से जूझ रहा है। उनकी इस मनोदशा के प्रभाव से मैं भी खुद को नहीं बचा पा रहा था। मैंने महसूस किया कि उनकी अंधविश्वासपूर्ण काल्पनिक धारणा का प्रभाव धीरे-धीरे ही सही, लेकिन मेरे मन पर भी पड़ने लगा था।

लेडी मेडलिन का ताबूत तहखाने में रखने के सातवें या आठवें दिन मुझे इसका सही-सही प्रभाव महसूस हुआ; जब रात में बिस्तर पर जाने के बाद अचानक मुझे घबराहट और बैचेनी महसूस होने लगी और घंटों बिस्तर पर करवटें बदलते रहने पर भी मुझे नींद नहीं आ रही थी। मैं सोचने लगा कि आखिर मुझे क्या हो गया। मुझे लगा कि इसका पूरा नहीं तो आंशिक कारण कमरे का मनहूस फर्नीचर और उसमें पसरा अँधेरा था, जो झंझावात की तरह मेरे बिस्तर के आसपास एवं कमरे की दीवारों पर अपना प्रभाव छोड़ रहा था। लेकिन इससे मुक्त होने के लिए मैं कुछ नहीं कर सकता था। मन में एक अजीब सा डर समा गया था, जो कमरे में पसरे अँधेरे और तूफान के कारण और भी बढ़ गया था। मैं अँधेरे में कुछ देखने और तूफान के बीच-बीच में आ रही आवाज को सुनने की कोशिश करने लगा, ये सबकुछ मैं खुद नहीं कर रहा था; जैसे कोई शक्ति मुझे ऐसा करने के लिए प्रेरित कर रही थी। तभी अचानक मुझे पता नहीं क्या हुआ, मैंने अपने कपड़े उतारकर फेंकने शुरू कर दिए और कमरे में तेज कदमों से इधर-से-उधर घूमने लगा।

लेडी मेडलिन का ताबूत तहखाने में रखने के सातवें या आठवें दिन मुझे इसका सही-सही प्रभाव महसूस हुआ; जब रात में बिस्तर पर जाने के बाद अचानक मुझे घबराहट और बैचेनी महसूस होने लगी और घंटों बिस्तर पर करवटें बदलते रहने पर भी मुझे नींद नहीं आ रही थी। मैं सोचने लगा कि आखिर मुझे क्या हो गया।

इस तरह मैंने कमरे के कुछ चक्कर लगाए होंगे, तभी मुझे कमरे के बगल से होकर जाने वाली सीढ़ियों पर किसी के पदचाप सुनाई दिए। मैं तुरंत समझ गया कि यह युशर के कदमों की आहट है। अगले ही पल वे कमरे का दरवाजा हलके से खटखटाते हुए अंदर आ गए। उनके हाथ में एक लैंप था। उनका चेहरा पहले की तरह पीला एवं मुरझाया हुआ था, लेकिन आँखों में एक अजीब सा उल्लास था। उनके आने से मैं कुछ राहत महसूस करने लगा था।

"और आपने इसे नहीं देखा?" कमरे में एक सरसरी नजर दौड़ते हुए उन्होंने कहा, "तो आपने इसे नहीं देखा? अच्छा, रुकिए अभी दिखाता हूँ।"

इतना कहकर लैंप को सावधानी से पकड़े हुए उन्होंने खिड़की का एक पल्ला खोल दिया।

हमें कमरे में तूफान का जबरदस्त झोंका महसूस हुआ। वह रात भयानक होने के साथ-साथ सुहावनी भी थी। हवा बार-बार दिशा बदल रही थी और हमारे आसपास जोरदार बवंडर बन रहा था। आसमान में बादल इतने नीचे-नीचे उमड़ रहे थे कि ऐसा लगता था, मानो बिल्डिंग की छत पर ही गिर जाएँगे। आसमान में चाँद-तारे या बिजली की चमक, कुछ भी नहीं दिखाई दे रही थी। लेकिन बिल्डिंग के चारों ओर एक ऐसी रोशनी फैल रही थी, जिसमें वाष्प के पिंड और सभी लौकिक वस्तुएँ चमक रही थीं।

"नहीं आपको ये सब नहीं देखना चाहिए।" यूशर को खिड़की के पास से लाकर एक कुरसी पर बैठाते हुए मैंने कहाँ, "ये जो कुछ आप देख रहे हैं, सब विद्युतीय प्रभाव के कारण है। खिड़की बंद कर देते हैं, क्योंकि हवा बहुत ठंडी है, जो आपके स्वास्थ्य के लिए ठीक नहीं है। मेरे पास आपके पसंद की चीज है, मैं इसे पढ़ूँगा और आप सुनिए। इस तरह हम इस भयानक रात को साथ-साथ जागकर बिता देंगे।"

"नहीं आपको ये सब नहीं देखना चाहिए।" यूशर को खिड़की के पास से लाकर एक कुरसी पर बैठाते हुए मैंने कहाँ, "ये जो कुछ आप देख रहे हैं, सब विद्युतीय प्रभाव के कारण है। खिड़की बंद कर देते हैं, क्योंकि हवा बहुत ठंडी है, जो आपके स्वास्थ्य के लिए ठीक नहीं है। मेरे पास आपके पसंद की चीज है, मैं इसे पढ़ूँगा और आप सुनिए। इस तरह हम इस भयानक रात को साथ-साथ जागकर बिता देंगे।"

मेरे पास सर लांसलॉट कैनिंग की एक पुरानी पुस्तक थी—'मैड टिस्ट;' लेकिन वास्तव में यह यूशर की पसंदीदा किताब नहीं थी। मैंने यों ही उनका मूड हलका करने के लिए कहा था। वैसे भी उस समय वहाँ हमारे पास और कुछ था ही नहीं। तो यही सोचकर मैं वह किताब पढ़ने लगा कि इससे माहौल थोड़ा सहज हो जाएगा और हमारा मन भी हलका हो जाएगा। पढ़ते-पढ़ते मैंने यूशर का हाव-भाव देखा तो मुझे लगा कि मैं अपने मकसद में कामयाब हो रहा हूँ।

मैं कहानी के उस हिस्से पर पहुँच गया था, जहाँ ट्रिस्ट के नायक ईथेलरेड को साधु की कुटिया में प्रवेश नहीं मिलता और वह बलपूर्वक कुटिया में प्रवेश करने की कोशिश करता है। कहानी कुछ इस प्रकार है—

"ईथलरेड, जो स्वभाव से एक शूरवीर था और ऊपर से शराब के नशे में भी था, ने शांतिपूर्वक साधु से बातचीत करने की बजाय अपनी गदा उठाई और दरवाजे पर प्रहार करते हुए उसे तोड़ दिया। उसकी गदा का प्रहार इतना जोरदार था कि दरवाजे के पटरे के फटने की आवाज पूरे जंगल में गूँज उठी।"

यह वाक्य पूरा होते-होते मैं रुक गया, क्योंकि वहाँ कमरे में मुझे कुछ वैसी ही आवाज आती महसूस हो रही थी, जैसी सर लांसलॉट द्वारा यहाँ वर्णित की गई है। लेकिन वह वास्तव में तूफान के कारण खिड़कियों के पल्लों पर पड़ रहे दबाव से उत्पन्न होने वाले शोर की आवाज थी।

मैं आगे की कहानी पढ़ने लगा—

"शूरवीर ईथेलरेड दरवाजा से होकर अंदर घुसा तो उसे साधु कहीं दिखाई नहीं दिया, बल्कि एक बड़ा सा पंखवाला साँप दिखाई दिया, जो आग की लपट की तरह जीभ लपलपाते हुए एक सोने के महल के दरवाजे पर रक्षक की तरह बैठा हुआ था। दीवार पर पीतल की एक चमकती ढाल टँगी थी, जिस पर लिखा था—जो विजेता यहाँ तक आकर साँप को मार देगा, वह इस ढाल को ले जाएगा।

मैं आगे की कहानी पढ़ने लगा—
"शूरवीर ईथेलरेड दरवाजा से होकर अंदर घुसा तो उसे साधु कहीं दिखाई नहीं दिया, बल्कि एक बड़ा सा पंखवाला साँप दिखाई दिया, जो आग की लपट की तरह जीभ लपलपाते हुए एक सोने के महल के दरवाजे पर रक्षक की तरह बैठा हुआ था। दीवार पर पीतल की एक चमकती ढाल टँगी थी, जिस पर लिखा था—जो विजेता यहाँ तक आकर साँप को मार देगा, वह इस ढाल को ले जाएगा।

"ईथेलरेड ने अपनी गदा उठाई और उससे साँप के सिर पर वार किया तो साँप ने एक अजीब सी चीख निकालते हुए वहीं दम तोड़ दिया। उसकी चीख की आवाज इतनी तेज थी कि ईथेलरेड को लगा, जैसे कान के परदे फट जाएँगे।"

पढ़ते-पढ़ते मैं एक बार फिर रुक गया, क्योंकि अपने आसपास कहीं से मुझे वैसी ही चीख आती सुनाई दी, जैसी कहानी को पढ़ते-पढ़ते मैं कल्पना कर रहा था। मुझे लगा, जैसे साँप की वैसी ही चीख हमारे आसपास गूँजने लगी है।

इस प्रकार दूसरी बार ऐसा संयोग देखकर मैं सचमुच हैरान रहा गया था, लेकिन मैंने अपने चेहरे पर ऐसा कोई भाव नहीं आने दिया, जिससे मेरे मित्र की घबराहट बढ़ती। उन्होंने आवाज सुनी या नहीं, यह तो मैं नहीं समझ पाया, लेकिन उनके हाव-भाव में मुझे कुछ बदलाव जरूर दिखाई दिया। उन्होंने अपनी कुरसी उठाकर दरवाजे के सामने कर ली थी और उनके होंठ हिल रहे थे, जैसे मन-ही-मन कुछ बुदबुदा रहे हों। उनका सिर आगे की ओर लटका-सा था, लेकिन मैंने कनखियों से देखा, उनकी आँखें खुली हुई थीं, जिससे मैं समझ गया कि वे सो नहीं रहे हैं। तब मैं आगे की कहानी पढ़ने लगा—

इस प्रकार दूसरी बार ऐसा संयोग देखकर मैं सचमुच हैरान रहा गया था, लेकिन मैंने अपने चेहरे पर ऐसा कोई भाव नहीं आने दिया, जिससे मेरे मित्र की घबराहट बढ़ती। उन्होंने आवाज सुनी या नहीं, यह तो मैं नहीं समझ पाया, लेकिन उनके हाव-भाव में मुझे कुछ बदलाव जरूर दिखाई दिया। उन्होंने अपनी कुरसी उठाकर दरवाजे के सामने कर ली थी और उनके होंठ हिल रहे थे, जैसे मन-ही-मन कुछ बुदबुदा रहे हों।

"साँप को अपने रास्ते से हटाकर वह शूरवीर आगे बढ़ा और चाँदी के किले की उस दीवार के पास पहुँच गया, जिस पर ढाल लटक रही थी। उसके वहाँ पहुँचते ही वह ढाल खनखनाहट की जोरदार आवाज करती हुई नीचे उसके पैरों के पास चाँदी की फर्श पर गिर पड़ी।"

मैं यह आखिरी वाक्य पढ़ ही रहा था, तभी मुझे लगा, मानो सचमुच कोई पीतल की ढाल किसी चाँदी की फर्श पर गिरी और उसके गिरने से खनखनाहट की आवाज उत्पन्न होने लगी। मैं घबराकर लगभग उछल ही पड़ा, लेकिन मैंने देखा, यूशर अपनी कुरसी पर बिल्कुल शांत बैठे थे और पथराई सी आँखों से वे ठीक सामने की ओर देखे जा रहे थे। मैंने उनके कंधे पर हाथ रखा तो एक बार को उनका पूरा शरीर हिल गया और अगले ही पल उनके होंठों पर मुसकराहट

फैलने लगी। मुझे ऐसा लग रहा था, जैसे उन्हें मेरी मौजूदगी का एहसास नहीं था। वे मन-ही-मन कुछ बुदबुदा रहे थे।

"अब इसे सुन रहे हो?...हाँ, सुन रहा हूँ और सुना भी है। कई मिनट, कई घंटे और कई दिन मैंने इसे सुना है...लेकिन किसी को कुछ बताने की मेरी हिम्मत नहीं हुई। हमने उसका शव तहखाने में रखा है। मैं कह नहीं रहा था कि मेरी ग्रहण-शक्ति बहुत तेज है? मैं बताऊँ, मैंने ताबूत के अंदर उसकी हरकत सुनी। कई दिन पहले ही मैंने सुन लिया था, लेकिन बताने की मेरी हिम्मत नहीं हुई। और अब... आज रात...ईथेलरेड...हा। हा! हा!...साधु की कुटिया के दरवाजे का टूटना पंखवाले साँप की वह आखिरी चीख और ढाल के नीचे गिरने से उत्पन्न खनखनाहट की आवाज!...उसके ताबूत का टूटना और तहखाने के ताँबे की परतवाले मेहराब के अंदर उसका हाथ-पैर मारना! काश, मैं उड़ पाता! क्या अब वह कभी लौटकर नहीं आएगी? मेरी जल्दबाजी के लिए क्या वह मुझे डाँट नहीं लगाएगी? सीढ़ियों पर क्या मैंने उसके कदमों की आहट नहीं सुनी? उसके दिल की धड़कन को क्या मैं पहचान नहीं सकता? मैडमैन!" बुदबुदाते-बुदबुदाते वे अचानक चौंक पड़े और ऐसे चीखने लगे, जैसे जान निकली जा रही हो, "मैडमैन! मैं तुम्हें बता रहा हूँ कि अब वह दरवाजे से बाहर है!"

उनकी बुदबुदाहट के साथ ही जैसे जादू हो गया, जिन पुराने, बड़े-बड़े चौखटों की ओर वे इशारा कर रहे थे, वह एक झटके के साथ ढह गया और सामने लेडी मेडलिन की छाया-आकृति दिखाई देने लगी। उनके सफेद वस्त्रों पर खून के धब्बे थे, जिसे देखकर ऐसा लग रहा था, जैसे तहखाने से बाहर निकलने के लिए वे जद्दो-जहद करके आ रही हैं।

उनकी बुदबुदाहट के साथ ही जैसे जादू हो गया, जिन पुराने, बड़े-बड़े चौखटों की ओर वे इशारा कर रहे थे, वह एक झटके के साथ ढह गया और सामने लेडी मेडलिन की छाया-आकृति दिखाई देने लगी। उनके सफेद वस्त्रों पर खून के धब्बे थे, जिसे देखकर ऐसा लग रहा था, जैसे तहखाने से बाहर निकलने के लिए वे जद्दो-जहद करके आ रही हैं। वह छाया-आकृति थोड़ी देर तक इधर-से-उधर हिलती रही और फिर एक चीख के साथ धड़ाम से अपने भाई के ऊपर गिर गई।

मैं भौचक्का होकर भागा। तूफान अभी जोर पर था और उसी तूफान में मैं पुराने पुलवाले रास्ते पर चलने लगा। तभी अचानक एक अद्भुत-सी रोशनी रास्ते में बिखरने लगी। मैं यह देखने की कोशिश करने लगा कि रोशनी कहाँ से आ रही है, क्योंकि मेरे पीछे यूशर के उस प्राचीन भवन के अलावा अगर कुछ था तो सिर्फ अँधेरा। दरअसल गहरे लाल रंग की वह रोशनी ऊपर से नीचे की ओर आ रही थी, वह अद्भुत रोशनी रक्त-वर्ण चाँद की थी। मैं उसकी ओर देख ही रहा था कि तभी अचानक जबरदस्त बवंडर आया, जिसके प्रचंड वेग से हाउस ऑफ यूशर (यूशर का घर) की दीवारें खंड-खंड होकर ढहने लगीं और पूरा माहौल एक अजीब कोलाहल से भर गया।

□

हठधर्मी का भूत

आत्मा की आंतरिक शक्ति और आवेग के विषय को लेकर अध्यात्म-विद्या के विद्वान् कोई एक सामान्य प्रवृत्ति या धारणा विकसित एवं प्रतिष्ठित कर पाने में असफल रहे हैं, जबकि एक मौलिक, तत्त्व-रूप भाव के रूप में इसका अस्तित्व है, भले ही नीतिशास्त्र के जानकार लोग इसकी अनदेखी करते रहे हों। नीतिशास्त्र के जानकार ही क्यों, हम सब इसकी अनदेखी करते रहे हैं और उसके पीछे का कारण यह है कि इसका कोई प्रकट तर्क या प्रमाण नहीं है। विश्वास के अभाव के कारण हम इसके अस्तित्व को स्वीकार नहीं कर पाते हैं। सच पूछा जाए तो इसकी अद्भुत-असाधारण कार्य-संभाव्यता के कारण ऐसा विचार हमारे मन में कभी आया ही नहीं और न ही हमने इसकी जरूरत महसूस की। हम यह नहीं समझ पाते कि अगर ऐसी कोई धारणा अस्तित्व में नहीं होती तो हम मनुष्य के जीवन के उद्देश्य, चाहे वह लौकिक हो या फिर अलौकिक, को भी नहीं समझ सकते थे। इस बात से इनकार नहीं किया जा सकता कि तत्त्व-शास्त्र और करीब-करीब सब अध्यात्म-विद्याओं का एक प्रतिष्ठित मत या संघ बना हुआ है। जानने-समझने या अवलोकन करने वाले व्यक्ति की बजाय बुद्धि व तर्क के आधार पर काम करने वाला व्यक्ति ईश्वर के स्वरूप और उद्देश्य या इच्छा की कल्पना करता है। इसी प्रकार की कल्पना के आधार पर जेहोवा ने अपनी अनगिनत मानसिक प्रणालियाँ तैयार की थीं। उदाहरण के लिए अध्यात्म-विज्ञान में हमने सबसे पहले यह माना कि (पेट भरने के लिए) मनुष्य को भोजन करना चाहिए, यह ईश्वर की इच्छा है। तब हमने मनुष्य के शरीर में भोजन करने के लिए एक विशेष अंग निश्चित किया और इस अंग के जरिए ईश्वर उसे खाने में प्रवृत्त करता है। उसके बाद हमने इसे ईश्वर की इच्छा केरूप में स्वीकार किया

कि मनुष्य को संतानोत्पत्ति करनी चाहिए। तो इस कार्य के लिए भी उसके शरीर में एक विशेष अंग का पता लगाया गया। इस प्रकार अलग-अलग कार्य के लिए अलग-अलग अंगों का पता लगाया गया और यही व्यवस्था एक आदि सिद्धांत के रूप में क्रमिक विकास को प्राप्त होती रही है और इस विषय में तत्त्व विज्ञानी अपने पूर्ववर्ती विद्वानों के पदचिह्नों पर चलते हुए मनुष्य की पूर्व-निश्चित नियति और प्रकृति या विधाता की कार्य-प्रवृत्ति के आधार पर विविध धारणाएँ स्थापित करते रहे हैं।

ईश्वर के प्रकट कार्यों में अगर हम उसकी शक्ति को नहीं पहचान सकते तो अप्रकट या अव्यक्त धारणाओं से हम उसे कैसे पहचान सकते हैं? अगर हम उसकेद्वारा रचे गए वस्तुगत प्राणियों में उसे नहीं देख सकते तो उसकी सृजन-प्रक्रिया की विविध अवस्थाओं में हम उसे कैसे देख सकते हैं?

नियम या सिद्धांत केआधार पर अनुमान की अवधारणा ने अध्यात्म-शास्त्र को एक रूढ़िवादी स्वरूप प्रदान किया है, जिसे कोई अन्य उपयुक्त शब्द न होने के कारण हम हठधर्मिता कह सकते हैं, जिसमें हम प्राय: किसी गोचर उद्‌देश्य के बिना कार्य में प्रवत्त होते हैं, या यों कह लीजिए कि कोई काम हम इसलिए करते हैं कि हमें वह काम नहीं करना चाहिए।

नियम या सिद्धांत केआधार पर अनुमान की अवधारणा ने अध्यात्म-शास्त्र को एक रूढ़िवादी स्वरूप प्रदान किया है, जिसे कोई अन्य उपयुक्त शब्द न होने के कारण हम हठधर्मिता कह सकते हैं, जिसमें हम प्राय: किसी गोचर उद्‌देश्य के बिना कार्य में प्रवत्त होते हैं, या यों कह लीजिए कि कोई काम हम इसलिए करते हैं कि हमें वह काम नहीं करना चाहिए।

सिद्धांत की बात की जाए तो कोई भी तर्क असंगत नहीं हो सकता; लेकिन व्यावहारिक दृष्टिकोण से देखा जाए तो कोई तर्क इतना ठोस भी नहीं होता। निश्चित चिंतन-प्रक्रिया और निश्चित परिस्थितियों में यह पूरी तरह से अप्रतिहत बन जाता है। हम साँस लेते हैं, जितनी सच्चाई इस बात में है, उतनी ही सच्चाई इस बात में भी है कि हर गलती या गलत कार्य केपीछे एक अभेद्य शक्ति होती है, जो हमें उस गलती की ओर प्रवृत्त करती है और यह प्रवृत्ति विश्लेषण के अंतर्गत

भी नहीं आती है। यह एक मौलिक, आवेशात्मक तत्त्व है। जब हम इसलिए किसी कार्य में प्रवृत्त होते हैं कि हमें उसमें प्रवृत्त नहीं होना चाहिए तो उस स्थिति में हमारे व्यवहार को उस तत्त्व का एक सामान्य परिष्करण कहा जाएगा, जो अध्यात्म-विज्ञान के संघर्षात्मक स्वरूप केकारण उत्पन्न होता है। परंतु यह धारणा गलत है। अध्यात्म के संघर्षात्मक स्वरूप का मूल तत्त्व है—आत्म-रक्षा, जो हमें चोट लगने से बचाता है। इसका सिद्धांत हमारे कल्याण से जुड़ा है, इसके विकास के साथ ही कल्याण या सकुशलता की इच्छा प्रवृत्त होती है। इस प्रकार सकुशल होने की इच्छा किसी ऐसे सिद्धांत से प्रवृत्त होनी चाहिए, जो संघर्ष-शक्ति का एक परिष्कृत स्वरूप हो।

जो हेत्वाभास हमने यहाँ देखा, उसे समझने के लिए अपने स्वयं के मन को टटोलना सबसे अच्छा तरीका है। जो व्यक्ति अपनी अंतरात्मा पर विश्वास करता है और उसे टटोलता है, वह इस प्रवृत्ति की मौलिकता से इनकार नहीं कर सकता। दुनिया में ऐसा कोई व्यक्ति है ही नहीं, जिसने कभी-न-कभी पीड़ा की अनुभूति न की हो। उदाहरण के लिए, कई बार हम वक्रोक्ति द्वारा सामने वाले को पीड़ा पहुँचा देते हैं, जबकि हम जानते हैं कि इससे सामने वाले को दुःख हो रहा होगा। इस प्रकार की चाह, जब हमारे मन में उठती है तो वह पहले इच्छा का रूप लेती है और फिर धीरे-धीरे वह एक अनियंत्रित आवेग का रूप ले लेती है।

हमारे सामने एक काम है, जिसे हमें जल्दी से पूरा करना है और हमें यह भी पता है कि उसमें विलंब होने पर नुकसान है। हमारे पास ऊर्जा भी है और सामर्थ्य भी तो फिर हम उस काम को आज ही शुरू करने की बजाय कल पर क्यों टालते हैं ? इसका कोई जवाब हमारे पास नहीं होता। हाँ, इसके पीछे काम करने वाले कारक-तत्त्व को हम जरूर पहचानते हैं, और वह है—हठधर्मिता।

हमारे सामने एक काम है, जिसे हमें जल्दी से पूरा करना है और हमें यह भी पता है कि उसमें विलंब होने पर नुकसान है। हमारे पास ऊर्जा भी है और सामर्थ्य भी तो फिर हम उस काम को आज ही शुरू करने की बजाय कल पर क्यों टालते हैं ? इसका कोई जवाब हमारे पास नहीं होता। हाँ, इसके पीछे काम करने वाले कारक-तत्त्व को हम जरूर पहचानते हैं, और वह है—हठधर्मिता। कल आता

है तथा उसके साथ ही आती है एक चिंता—उस काम को पूरा करने की चिंता; और इस चिंता के साथ जुड़ा होता है एक डर—यह डर कि कहीं और विलंब न हो जाए। फिर जैसे-जैसे समय बीतता है, वैसे-वैसे हमारी यह चिंता, हमारा यह डर भी बढ़ता जाता है, जिसके परिणामस्वरूप हमारे अंदर एक द्वंद्व उत्पन्न होता है—निश्चित, अनिश्चित या प्रकट तत्त्व एवं छाया के बीच द्वंद्व, जिसमें अंततः छाया-तत्त्व भारी पड़ता है और फिर हमारा संघर्ष व्यर्थ चला जाता है। तब तक देर, बहुत देर हो चुकी होती है।

हम किसी पर्वत या चट्टान पर खड़े होकर नीचे गहरी खाई में झाँकते हैं तो हम डर जाते हैं। ऐसे में हमारी सबसे पहली प्रतिक्रिया होती है, उस खतरे से खुद को दूर करना। परंतु अगर हम उस स्थिति में बने रहते हैं तो हमारे मन का डर धीरे-धीरे बढ़ता जाता है और इस प्रकार वह एक काल्पनिक छायाकृति का रूप ले लेता है, जैसे अरेबियन नाइट्स में बोतल में भरी भाप से जिन्न निकला था। यह सही है कि यह महज एक छायाकृति ही होती है, जो हमारी कल्पना से उत्पन्न होती है, लेकिन इसका प्रभाव ऐसा होता है, जो हड्डियों तक में सिहरन पैदा कर देता है। और यह डर, यह सिहरन उस कल्पना या विचार के कारण उत्पन्न होती है, जो हमें उस पर्वत या चट्टान से गहरी खाई में गिरने और उसके बाद की भयावह स्थिति, यानी मरने के बारे में सोचने के लिए हमें प्रवृत्त करती है तथा यह प्रवृत्ति ही हमें उसके पास जाने के लिए प्रेरित करती है। हमारे अंदर एक आवेश उत्पन्न होता है और उस आवेश की स्थिति में अगर हमारे पीछे कोई हमें रोकने वाला न हो या हमारे स्वयं के अंदर एक जाग्रत् भाव उत्पन्न न हो तो हम उसमें कूदकर स्वयं को समाप्त कर सकते हैं।

हम किसी पर्वत या चट्टान पर खड़े होकर नीचे गहरी खाई में झाँकते हैं तो हम डर जाते हैं। ऐसे में हमारी सबसे पहली प्रतिक्रिया होती है, उस खतरे से खुद को दूर करना। परंतु अगर हम उस स्थिति में बने रहते हैं तो हमारे मन का डर धीरे-धीरे बढ़ता जाता है और इस प्रकार वह एक काल्पनिक छायाकृति का रूप ले लेता है, जैसे अरेबियन नाइट्स में बोतल में भरी भाप से जिन्न निकला था।

अगर हम इस पूरी कार्य-प्रवृत्ति का विश्लेषण करें तो हम पाएँगे कि इसकी जड़ मनुष्य की हठधर्मिता में होती है। हम यह गलती इसलिए करते हैं, क्योंकि हमें लगता है कि ऐसा नहीं करना चाहिए; इसके आगे या पीछे कोई तर्क-संगत सिद्धांत नहीं होता है।

ऐसा मैंने इसलिए कहा कि आपको आपके प्रश्न का उत्तर दे सकूँ और यह समझा सकूँ कि मैं यहाँ कालकोठरी में क्यों हूँ, ये बेड़ियाँ मुझे क्यों पहनाई गई हैं! मैं अपनी बात स्पष्ट नहीं करता तो आप मुझे गलत समझते, मुझे पागल कहते। अब आपको यह समझने में मुश्किल नहीं होगी कि मैं उन तमाम लोगों में से एक हूँ, जो हठधर्मिता के भूत के शिकार हैं।

ऐसा मैंने इसलिए कहा कि आपको आपके प्रश्न का उत्तर दे सकूँ और यह समझा सकूँ कि मैं यहाँ कालकोठरी में क्यों हूँ, ये बेड़ियाँ मुझे क्यों पहनाई गई हैं! मैं अपनी बात स्पष्ट नहीं करता तो आप मुझे गलत समझते, मुझे पागल कहते। अब आपको यह समझने में मुश्किल नहीं होगी कि मैं उन तमाम लोगों में से एक हूँ, जो हठधर्मिता के भूत के शिकार हैं।

इतनी अच्छी तरह जान-बूझकर शायद ही कोई और काम हो सकता था। कई हफ्तों, महीनों तक मैं हत्या के लिए उपयुक्त साधन के बारे में सोच-विचार करता रहा। कई योजनाएँ बनाईं और छोड़ दीं, क्योंकि उनमें पकड़े जाने का डर था। किसी फ्रेंच पुस्तक में मैंने एक जानलेवा बीमारी के बारे में पढ़ा, जो गलती से एक मोमबत्ती में जहर का असर आ जाने से मैडम पिलाऊ को हो गई थी। यह आइडिया मुझे बिल्कुल उपयुक्त लगा। मैं जानता था कि मेरे शिकार, जिसकी मुझे हत्या करनी थी, को बिस्तर पर लेटकर पढ़ने की आदत है। मैं यह भी जानता था कि उसका कमरा सँकरा है और उसमें हवा या रोशनी आने का कोई अच्छा मार्ग नहीं है। परंतु बहुत ज्यादा विस्तार में ले जाकर मैं आपको उलझाना नहीं चाहता हूँ। किस तरह बड़ी चालाकी से मैंने उसकेबेडरूम के कैंडल-स्टैंड में रखी मोमबत्ती की जगह पर अपनी खुद की बनाई मोमबत्ती रखी, इन सब बातों के बारे में ज्यादा विस्तार से बताने की जरूरत नहीं है। अगले दिन सुबह अपने बिस्तर पर मृत पाया गया और कोरोनर ने इसे 'भगवान से भेंट के कारण मौत' बताया।

उसकी जायदाद मुझे मिल गई। उसके बाद कई साल तक सबकुछ ठीक-ठाक रहा। किसी तरह के सुराग की चिंता कभी मेरे मन में आई ही नहीं। उस मोमबत्ती को मैंने बहुत सावधानी से ठिकाने लगा दिया था। मैंने ऐसा कोई सुराग नहीं छोड़ा था, जिससे किसी को मुझपर शक हो। इस प्रकार अपनी सुरक्षा को लेकर मैं पूरी तरह से आश्वस्त था। इस पाप कर्म से मुझे जो सांसारिक धन-दौलत और खुशी मिल रही थी, उससे कहीं ज्यादा खुशी इस बात की थी कि मैं सुरक्षित हूँ। परंतु एक समय आया, जब इस सुखद अनुभूति ने एक अभिशाप का रूप ले लिया और दिन-रात मेरा पीछा करने लगी। मैं चाहकर भी इससे अपने आपको नहीं बचा पा रहा था। इस प्रकार यह अनुभूति एक अभिशाप बनकर दिन-रात मेरे दिलो-दिमाग पर छाई रही थी और अकसर एक बुदबुदाहट के रूप में होंठों पर आ जाती थीं—"मैं सुरक्षित हूँ।"

एक दिन रास्ते में चलते हुए मैं कुछ इसी तरह बुदबुदाता जा रहा था—"मैं तो सुरक्षित हूँ...मैं तो सुरक्षित हूँ...हाँ मैं तो सुरक्षित हूँ...मैं तो सुरक्षित हूँ...हाँ...मैं कोई मूर्ख थोड़े ही हूँ, जो यों ही (जुर्म) कबूल कर लूगा।"

जैसे ही ये शब्द मेरे होंठों से निकले, मेरे दिल में एक अजीब सी चुभन होने लगी; ऐसी चुभन, जिसे मैं शब्दों में बयाँ नहीं कर सकता। इस हठधर्मिता की पकड़ से मैंने अपने आपको छुड़ा तो लिया, लेकिन अब मेरा वह आत्म-कथन, जिसमें मैं बुदबुदा रहा था कि मैं मूर्ख थोड़े ही हूँ, जो यों ही (हत्या का जुर्म) कबूल कर लूँगा, मेरे सामने एक द्वंद्व बनकर खड़ा हो गया, माने जिसकी हत्या मैंने की थी और उसका भूत साक्षात् आकर मुझे मौत की ओर ले जा रहा हो।

उसकी जायदाद मुझे मिल गई। उसके बाद कई साल तक सबकुछ ठीक-ठाक रहा। किसी तरह के सुराग की चिंता कभी मेरे मन में आई ही नहीं। उस मोमबत्ती को मैंने बहुत सावधानी से ठिकाने लगा दिया था। मैंने ऐसा कोई सुराग नहीं छोड़ा था, जिससे किसी को मुझपर शक हो। इस प्रकार अपनी सुरक्षा को लेकर मैं पूरी तरह से आश्वस्त था। इस पाप कर्म से मुझे जो सांसारिक धन-दौलत और खुशी मिल रही थी, उससे कहीं ज्यादा खुशी इस बात की थी कि मैं सुरक्षित हूँ।

पहले तो मैंने आत्मा को घेरकर बैठे इस दु:स्वप्न को मन से बाहर निकालने की कोशिश की। मैं तेज-तेज कदमों से चलने लगा, फिर दौड़ने लगा। बार-बार मन में आ रहा था कि चिल्ला पड़ूँ। मैं जितना सोच रहा था, मन में उतना ही डर भरता जा रहा था। भीड़ भरे रास्ते पर मैं पागलों की तरह भागा जा रहा था। मुझे इस तरह भागते देख कुछ लोग मेरा पीछा करने लगे। अपनी जबान पर मेरा वश नहीं था तो क्या मैं अपनी जबान को काट लेता? जी हाँ, मैं अपनी जबान को काट भी लेता, लेकिन तभी मेरे कानों में एक आवाज गूँजी और मैंने कंधे पर किसी का हाथ महसूस किया। मैंने मुड़कर देखा। मेरा दम घुटा जा रहा था न मुझे कुछ दिखाई दे रहा था, न सुनाई दे रहा था, तभी पीछे से किसी की भारी-भरकम हथेली मेरी पीठ पर पड़ी। बस मेरी आत्मा में अब तक दबी बैठी राज की बात बाहर आ गई।

मैं बहुत जल्दी-जल्दी बोल रहा था, लेकिन एक-एक शब्द पूरी तरह से अर्थपूर्ण था, जिसमें अंतत: मुझे फाँसी के फंदे तक पहुँचाने का काम किया। एक ही साँस में मैं वह सबकुछ बोल गया, जो कानूनी तौर पर अपराध-सिद्धि के लिए पर्याप्त था।

और ज्यादा क्या कहूँ? आज मैं यहाँ हथकड़ी-बेड़ियों के बंधन में हूँ! कल मैं बंधन-मुक्त हो जाऊँगा!···लेकिन कहाँ?

□

लाल मौत (रेड डेथ) की महामारी

लाल मौत (रेड डेथ) की महामारी ने पूरे देश को चपेट में ले रखा था। इतनी भयानक महामारी शायद ही पहले कभी देखी गई होगी। रक्त इसका स्वरूप था और पागलपन इसकी ढाल। शरीर में दर्द होता था, चक्कर आता था और फिर रोमकूपों से खून बहने लगता था। मरीज के पूरे शरीर पर, खासकर चेहरे पर लाल धब्बे दिखाई देते थे, जिसे देखकर ही लोग उससे दूर हो जाते थे; और यह सबकुछ आधे घंटे के अंदर होता था।

इधर प्रिंस प्रॉस्परो को कोई चिंता नहीं थी। जब इस महामारी के कारण आधी रियासत खाली हो गई तो उसने अपने दरबार के सरदारों एवं नवाब-नबाबिनियों को बुलाया और उन्हें अपने साथ लेकर एकांतवास के लिए एक मठ में चला गया। मठ सुंदर और सब तरह की सुख-सुविधाओं से युक्त था, जो खास प्रिंस की पसंद के अनुसार बनाया गया था। उसके चारों ओर एक मजबूत दीवार थी, जिसमें लोहे के दरवाजे लगे थे। उसके अंदर प्रवेश करने के बाद दरबारियों ने गेट के सारे नट-बोल्ट मजबूती से जोड़ दिए; न अंदर से बाहर जाने का कोई रास्ता छोड़ा गया, न ही बाहर से अंदर आने का। अब उन्हें बाहर की दुनिया से कोई मतलब नहीं था। यह सारी तैयारी महामारी से बचने के लिए की गई थी। मठ के अंदर प्रिंस के लिए सब तरह के मनोरंजन के साधन उपलब्ध कराए गए थे। सुरा, सुंदरी, संगीत, नृत्य और मसखरी के लिए विशेष प्रबंध था।

इस प्रकार पाँच या छह महीने बीत गए। तभी प्रिंस के आदेश से दरबार में विशेष नाटक का आयोजन किया गया, जिसमें उसने अपने एक हजार मित्रों को आमंत्रित किया था।

आयोजन बहुत शानदार था, लेकिन पहले आपको उस जगह के बारे में

बता दूँ, जहाँ यह आयोजन किया गया था। चूँकि प्रिंस का शौक अजीब था, इसलिए उसकी रुचि को ध्यान में रखते हुए आयोजन के लिए हॉल भी बिल्कुल अलग तरह से बनाया गया था। पूरा हॉल सात कमरों का एक सेट था, जो कुछ इस तरह बनाए गए थे कि एक कमरे से दूसरा कमरा नहीं दिखाई देता था। हर दीवार के मध्य में एक लंबी, सँकरी खिड़की थी, जो कमरे की ओर खुलती थी; खिड़की रंगीन शीशे की थी, जिसका रंग अलग-अलग कमरे की साज-सज्जा के अनुरूप रखा गया था। पहले कमरे की साज-सज्जा नीले रंग की थी, इसलिए उसकी ओर खुलने वाली खिड़की के शीशे का रंग नीला था। दूसरे, तीसरे और चौथे कमरे की साज-सज्जा क्रमशः बैंगनी, हरी और संतरी रंग की थी, इसलिए उनकी खिड़कियों के शीशे का रंग भी क्रमशः बैंगनी, हरा और संतरी रखा गया था। इसी तरह, पाँचवें, छठे कमरे की खिड़की के शीशे का रंग क्रमशः सफेद और गहरा नीला था। सातवें कमरे की साज-सज्जा, कालीन आदि सबकुछ काले रंग का था; लेकिन उसकी खिड़की के शीशे का रंग गहरा लाल, बिल्कुल रक्त-वर्ण रखा गया था। अब आपको यह भी बता दें कि हरेक कमरों में बहुमूल्य आभूषण और हीरे-जवाहरात भरे पड़े थे; लेकिन उनमें से किसी एक कमरे में भी कोई लैंप या मोमबत्ती नहीं थी। हाँ, हर खिड़की के सामने कॉरिडोर में एक बोरसी रखी गई थी, जिसकी जलती आग से रोशनी खिड़कियों से होकर कमरों तक पहुँच रही थी। इस प्रकार पूरा दृश्य बड़ा सुंदर लग रहा था। परंतु सातवें कमरे में, जिसकी खिड़की के शीशे का रंग रक्त-वर्ण था, जो रोशनी चमक रही थी, वह इतनी अजीब और डरावनी थी कि उसके अंदर किसी की जाने की हिम्मत नहीं पड़ रही थी। इसी कमरे की एक दीवार पर एक बड़ी सी

पहले कमरे की साज-सज्जा नीले रंग की थी, इसलिए उसकी ओर खुलने वाली खिड़की के शीशे का रंग नीला था। दूसरे, तीसरे और चौथे कमरे की साज-सज्जा क्रमशः बैंगनी, हरी और संतरी रंग की थी, इसलिए उनकी खिड़कियों के शीशे का रंग भी क्रमशः बैंगनी, हरा और संतरी रखा गया था। इसी तरह, पाँचवें, छठे कमरे की खिड़की के शीशे का रंग क्रमशः सफेद और गहरा नीला था।

घड़ी टँगी थी; उसका पेंडुलम जब इधर-से-उधर डोलता था तो बड़ी नीरस सी टनटनाहट की आवाज होती थी। उसकी मिनट की सुई जब घड़ी का एक चक्कर पूरा करती थी तो उसमें एक संगीतमय ध्वनि बजती थी; इस प्रकार हर एक घंटे पर ऑर्केस्ट्रा के कलाकार अपना परफॉर्मेंस रोककर वह ध्वनि सुनने लगते थे। जब उसकी गूँज समाप्त हो जाती थी तो एक बार के लिए सबके-सब मुसकराने लगते थे और कलाकार एक-दूसरे का चेहरा देखते हुए खुसर-फुसर करने लगते थे, मानो कह रहे हों कि अगली बार वे इस ध्वनि के लिए अपना कार्यक्रम नहीं रोकेंगे; लेकिन ठीक एक घंटे बाद फिर वैसी ही ध्वनि बजती थी और फिर वे उसी तरह अपना परफॉर्मेंस रोककर उसे सुनने लगते थे।

बाकी के छह कक्षों में अच्छी-खासी तड़क-भड़क थी। सब जलसे का आनंद ले रहे थे। घड़ी ने जब अर्धरात्रि के बारह बजने का संकेत किया, तब संगीत बंद हो गया और सबकुछ पहले की तरह शांत हो गया। दीवार में टँगी घड़ी बारह बार टन-टन की आवाज करती है और आखिरी आवाज की गूँज खत्म होते ही एक बार फिर से शांति छा जाती है। तभी लोगों की नजर भीड़ में मौजूद एक मुखौटेवाली आकृति पर पड़ी, जिसकी ओर अब तक किसी का ध्यान नहीं गया था।

परंतु कुल मिलाकर सबकुछ बहुत शानदार था और प्रिंस की पसंद तो सचमुच निराली थी। उसकी पसंद को देखकर कुछ लोग उसे पागल भले कहते, लेकिन उसके समर्थकों को ऐसा नहीं लगता था; उसे सुनने, समझने और जानने की जरूरत थी।

सातों कमरों की साज-सज्जा उसी के निर्देश से संपन्न हुई थी। नाटकवाले भी उसी के निर्देश पर काम कर रहे थे। खूब तड़क-भड़क थी, ऐसी तड़क-भड़क जैसी 'हेरनानी' में देखी जाती है। सातों कमरों की शोभा हजारों सपनों की तरह लग रही थी और ऑर्केस्ट्रा का संगीत उसके साथ ताल-से-ताल मिलाता प्रतीत होता था। और फिर एक क्षण के लिए सब शांत हो जाते हैं; घड़ी की आवाज के अलावा और कुछ सुनाई नहीं देता है। फिर थोड़ी देर बाद ही फिर से संगीत गूँजने लगता है और हजारों सपने एक बार फिर से खिड़कियों के रंगीन शीशों से चमकती रोशनी में खिल उठते हैं।

परंतु सातवें कमरे में नाटक का कोई भी कलाकार कदम रखने की हिम्मत नहीं कर पाता। रात बीतती जा रही है और कमरे की खिड़की के रक्त-वर्ण शीशों से रक्तिम रोशनी अब भी उसी तरह बिखर रही है। उसमें बिछे काले रंग के तामसी कालीन पर जिसका भी पाँव पड़ता है, उसके कानों में घड़ी की टन-टन की मनहूस, नीरस ध्वनि गूँजने लगती है।

बाकी के छह कक्षों में अच्छी-खासी तड़क-भड़क थी। सब जलसे का आनंद ले रहे थे। घड़ी ने जब अर्धरात्रि के बारह बजने का संकेत किया, तब संगीत बंद हो गया और सबकुछ पहले की तरह शांत हो गया। दीवार में टँगी घड़ी बारह बार टन-टन की आवाज करती है और आखिरी आवाज की गूँज खत्म होते ही एक बार फिर से शांति छा जाती है। तभी लोगों की नजर भीड़ में मौजूद एक मुखौटेवाली आकृति पर पड़ी, जिसकी ओर अब तक किसी का ध्यान नहीं गया था। लोगों में कानाफूसी शुरू हो गई और सबके चेहरे पर एक अजीब भय छाने लगा।

अब अंदाजा लगाया जा सकता है कि उस मुखौटाधारी का रूप कैसा रहा होगा, जिसे देखकर ऐसा माहौल पैदा हो गया था। वह छद्मवेशी स्वाँग कलाकार हेरोड से बढ़कर और प्रिंस की कल्पना से भी कहीं आगे था। उदासीन-से-उदासीन व्यक्ति के दिल में भी ऐसे तार होते हैं, जो भावनाओं के प्रभाव से अछूते नहीं रहते हैं। वहाँ जलसे में जितने लोग मौजूद थे, सबको उसका पहनावा और वेश-भूषा सबकुछ अजीब लग रहा था। उसकी आकृति लंबी-चौड़ी थी और सिर से लेकर पैर तक उसका पूरा शरीर सफेद (कफन के) कपड़े से ढका था। चेहरे पर मुखौटा ऐसा था कि देखने में वह किसी मरे हुए आदमी का चेहरा लगता

अब अंदाजा लगाया जा सकता है कि उस मुखौटाधारी का रूप कैसा रहा होगा, जिसे देखकर ऐसा माहौल पैदा हो गया था। वह छद्मवेशी स्वाँग कलाकार हेरोड से बढ़कर और प्रिंस की कल्पना से भी कहीं आगे था। उदासीन-से-उदासीन व्यक्ति के दिल में भी ऐसे तार होते हैं, जो भावनाओं के प्रभाव से अछूते नहीं रहते हैं। वहाँ जलसे में जितने लोग मौजूद थे, सबको उसका पहनावा और वेश-भूषा सबकुछ अजीब लग रहा था।

था। सचमुच, उसे देखकर कोई भी धोखा खा सकता था। लोगों की बड़बड़ाहट ने रेड डेथ जैसी महामारी का रूप ले लिया था। उसके कपड़े खून से रँगे हुए थे और उसके चेहरे पर रक्त-वर्ण के धब्बे थे।

प्रिंस प्रॉस्परो ने जब इस अजीब सी आकृति को देखा तो एक बार तो बेचैनी में वह इधर-से-उधर भागने लगा; फिर अगले ही क्षण असका चेहरा गुस्से से लाल दिखाई देने लगा।

"इस तरह की अजीब मसखरी करके हमारा अपमान करने की हिम्मत किसकी हुई?" वहाँ खड़े दरबारियों से उसने पूछा, "इसे पकड़ लिया जाए और इसका मुखौटा हटाकर देखा जाए कि यह कौन है और फिर कल सुबह सूर्योदय तक इसे फाँसी पर चढ़ा दिया जाए।"

प्रिंस नीली रोशनी वाले कक्ष में था और सारे दरबारी मुँह लटकाए खड़े थे। उसकी क्रोध भरी आवाज सुनकर दरबारियों में एक बार को हड़कंप मच गया। वह मुखौटाधारी शान भरे अंदाज में प्रिंस की ओर कदम बढ़ा रहा था, लेकिन उसे पकड़ने के लिए कोई आगे नहीं बढ़ रहा था। प्रिंस के ठीक बगल से गुजरते हुए उसी तरह धीरे-धीरे एक-एक कदम रखे हुए सब कक्षों का मुआयना करने लगा।

प्रिंस नीली रोशनी वाले कक्ष में था और सारे दरबारी मुँह लटकाए खड़े थे। उसकी क्रोध भरी आवाज सुनकर दरबारियों में एक बार को हड़कंप मच गया। वह मुखौटाधारी शान भरे अंदाज में प्रिंस की ओर कदम बढ़ा रहा था, लेकिन उसे पकड़ने के लिए कोई आगे नहीं बढ़ रहा था। प्रिंस के ठीक बगल से गुजरते हुए उसी तरह धीरे-धीरे एक-एक कदम रखे हुए सब कक्षों का मुआयना करने लगा। अंत में उसे गिरफ्तार करने का अंतिम निर्णय लिया गया। परंतु तभी प्रिंस गुस्से में पागल होकर तेज कदमों से आगे बढ़ा और अपनी अब तक की कायरता को जैसे दूर फेंकते हुए तलवार खींच ली। मुखौटाधारी आकृति पहले तो पीछे हटी, जबकि प्रिंस की तलवार उसकी ओर बढ़ती जा रही थी। दोनों के बीच में मुश्किल से चार फीट का फासला रहा होगा; तभी वह आकृति एकदम रुक गई और मुकाबला करने के लिए तैयार हो गई। एक तेज चीख सुनाई दी और तलवार

नीचे कालीन पर गिर गई; उसके ऊपर ही प्रिंस प्रॉस्परो भी गिरकर निढाल हो गया। उसकी मौत से गुस्साए उसके लोग एकदम उसपर टूट पड़े। लेकिन यह क्या! वह आकृति तो एक आकृति भर थी, जिसे छुआ या पकड़ा नहीं जा सकता था। वह दीवार पर टँगी घड़ी की छाया के साथ निश्चल खड़ी थी।

अब सबको लाल मौत मौजूदगी का एहसास हो गया था, जो रात में चोरी से चहारदीवारी के अंदर घुसी थी और बोरसी में जलती आग को बुझाकर रोशनी की जगह पर अँधेरा और मौत का मातम फैला दिया था।

□

सम्मोहन की एक रोमांचक कहानी

सम्मोहन या वशीकरण को लेकर चाहे कितनी ही शंकाएँ या अविश्वास हों, लेकिन इससे जुड़े चौंकानेवाले तथ्यों को नकारा नहीं जा सकता। इस विषय पर ज्यादा तर्क-वितर्क करने की जरूरत नहीं है कि आज कोई व्यक्ति अपनी इच्छाशक्ति का प्रयोग करके किसी दूसरे व्यक्ति पर अपना प्रभाव डाल सकता है, उसे मानसिक-शारीरिक पीड़ा पहुँचा सकता है, उसे मृत्यु या मृत्यु-सम स्थिति में पहुँचा सकता है, उसकी मानसिक या बौद्धिक स्थिति को असामान्य कर सकता है, उसे भावनात्मक रूप से अपने प्रभाव में ले सकता है और इस प्रकार के बार-बार के प्रयोग से उसे पूरी तरह से अपनी इच्छा के अनुसार नचा सकता है।

मेरा मकसद अपने पाठकों को सम्मोहन या वशीकरण-विद्या के गूढ़ रहस्यों में उलझाना बिल्कुल नहीं है। मेरा मकसद इससे बिल्कुल अलग है। मैं तो बस अपनी एक बातचीत को यहाँ ज्यों-की-त्यों प्रस्तुत करना चाहता हूँ, जो मेरे और एक नींद में जागने वाले व्यक्ति के बीच में हुई थी।

मि. वैनकिर्क नाम था उस व्यक्ति का। काफी समय से मैं उसपर सम्मोहन का प्रयोग कर रहा था। कई महीनों से वह क्षय रोग से जूझ रहा था। अपनी विद्या के प्रयोग से मैंने उसपर बीमारी के प्रभाव को कम कर दिया था। पंद्रहवें दिन बुधवार था और उसी दिन मुझे उसके बिस्तर के पास बुलाया गया।

मरीज के सीने में जोर का दर्द था और वह बहुत मुश्किल से साँस ले पा रहा था। अब तक जब भी ऐसी स्थिति उत्पन्न होती थी, उसके सीने में सरसों के तेल की मालिश से उसे आराम मिल जाता था, लेकिन आज ऐसा कोई उपाय काम नहीं कर रहा था।

जब मैं उसके कमरे में पहुँचा तो उसने मुसकराकर मेरा अभिवादन किया। सीने में दर्द होने के बावजूद वह मानसिक रूप से शांत दिखाई दे रहा था।

उसने बताना शुरू किया, "आज मैंने आपको अपनी शारीरिक बीमारी के लिए नहीं बुलाया है, बल्कि यह बताने के लिए बुलाया है कि मेरे मन में कुछ शंकाएँ उठ रही हैं, जिन्हें लेकर मैं चिंता और आश्चर्य में हूँ। मैं आपको क्या बताऊँ कि आत्मा की अमरता के विषय को लेकर मेरा मन कितना शंकाग्रस्त हो रहा है। मैं इस बात से इनकार नहीं कर सकता कि जिस आत्मा के अस्तित्व को अब तक मैं नकारता रहा हूँ, उसमें सदैव एक अर्ध-भावावेश निहित रहता है। इस विषय पर मैं जितना ज्यादा सोच-विचार करता हूँ, मेरे मन की शंका उतनी ही ज्यादा बढ़ती जाती है। मुझे कुजीन की रचनाएँ पढ़ने की सलाह दी गई थी, मैंने पढ़ीं। मि. ब्राउंसल की 'चार्ल्स एलवुड' मेरे हाथ में रखी गई, जिसे मैंने खूब मन से पढ़ा। सबकुछ तर्क-संगत लगा, लेकिन पुस्तक के नायक द्वारा शुरुआत में दिए गए तर्क कुछ संदेहास्पद लगे, मुझे तो ऐसा लगा, जैसे तर्क देनेवाला खुद पूरी तरह से आश्वस्त नहीं था। संक्षेप में कहूँ तो मुझे यह धारणा बनाने में देर नहीं लगी कि अगर मनुष्य अपनी अमरता को लेकर आश्वस्त होता है तो वह उन अगोचर भावों से कभी भी आश्वस्त नहीं होगा, जो इतने समय से इंगलैंड, फ्राँस और जर्मनी के नीतिज्ञों की धारणा बने रहे हैं। अगोचर भाव मन को रंजित तो कर सकते हैं, लेकिन मन पर उनका वश नहीं होता। इच्छा तो आत्मा को स्वीकार कर सकती है, लेकिन बुद्धि कभी नहीं।

मैं दुबारा कहता हूँ कि तब मैं मन से थोड़ा-थोड़ा महसूस करता था, लेकिन बुद्धि से कभी स्वीकार नहीं किया। परंतु अब वह अनुभूति गहरी हो गई है, इतनी गहरी कि तर्क और अनुभूति में भेद करना मेरे लिए मुश्किल हो गया है। इस प्रभाव को मैं सम्मोहन प्रभाव के रूप में देख सकता हूँ। एक रूपक के उदाहरण द्वारा मैं अपना अभिप्राय स्पष्ट कर सकता हूँ।

"मैं दुबारा कहता हूँ कि तब मैं मन से थोड़ा-थोड़ा महसूस करता था, लेकिन बुद्धि से कभी स्वीकार नहीं किया। परंतु अब वह अनुभूति गहरी हो

गई है, इतनी गहरी कि तर्क और अनुभूति में भेद करना मेरे लिए मुश्किल हो गया है। इस प्रभाव को मैं सम्मोहन प्रभाव के रूप में देख सकता हूँ। एक रूपक के उदाहरण द्वारा मैं अपना अभिप्राय स्पष्ट कर सकता हूँ। मेरे मन में तर्कों की एक शृंखला है, जो मेरे असामान्य अस्तित्व को तो स्वीकार करती है, लेकिन सामान्य स्थिति में सम्मोहन की धारणा को अगर स्वीकार करती है तो सिर्फ उसके प्रभाव के माध्यम से ही स्वीकार करती है। नींद में जागने (या अर्ध-जाग्रत्) की स्थिति में कारण और प्रभाव दोनों साथ-साथ मौजूद होते हैं।

"इन सब बातों से मुझे लगता है कि सम्मोहन की स्थिति में अगर मुझसे कुछ सुविचारित प्रश्न पूछे जाएँ तो उनसे कुछ अच्छे परिणाम निकल सकते हैं। नींद में जागने की स्थिति में व्यक्ति के आत्म-ज्ञान को तो आप देखते ही आए हैं; इस आत्म-ज्ञान को प्रश्नोत्तरी विधि से शिक्षा का माध्यम बनाया जा सकता है।"

मैंने प्रयोग शुरू किया। कुछ शुरुआती प्रयोग से मि. वैनकिर्क सम्मोहन की स्थिति में आ गए। अब उनकी साँस की गति पहले से ज्यादा सामान्य हो गई थी और उन्हें देखकर ऐसा नहीं लग रहा था कि उन्हें किसी तरह की शारीरिक तकलीफ है। तब हम दोनों के बीच कुछ इस प्रकार बातचीत हुई (संकेत : 'प' यानी मैं स्वयं, 'व' यानी मि. वैनकिर्क)—

प : आप सो रहे हैं?

व : हाँ···नहीं, अभी गहरी नींद में नहीं हूँ।

प : (कुछ और प्रयोग के बाद) अब, आप नींद में हैं?

व : हाँ।

प : अपनी बीमारी के बारे में आपको क्या लगता है?

व : (थोड़ी देर बाद, बहुत कोशिश करके) मैं मर जाऊँगा।

प : मौत की कल्पना से आपको किसी तरह का डर लग रहा है?

व : नहीं, नहीं।

प : जो कुछ हो रहा है या होनेवाला है, क्या आप उससे खुश हैं?

व : अगर मैं जाग्रत् स्थिति में होता तो मैं मरना पसंद करता, लेकिन अब ऐसी कोई बात नहीं। सम्मोहन के प्रभाव से मैं मौत के करीब पहुँच गया हूँ।

प : मि. वैनकिर्क, मैं चाहता हूँ कि आप अपनी बात थोड़ा साफ-साफ बताएँ।

व : मैं कोशिश तो कर रहा हूँ; लेकिन आप ठीक से प्रश्न ही नहीं पूछ रहे हैं?

प : तो फिर क्या पूछूँ?

व : शुरुआत से पूछना शुरू कीजिए।

प : शुरुआत! लेकिन यह शुरुआत कहाँ से होती है?

व : आप जानते हैं कि शुरूआत ईश्वर से होती है। (ये शब्द धीमी आवाज में और पूरी श्रद्धा के साथ बोले गए थे।)

प : तो आप बताइए कि ईश्वर क्या है?

व : (कुछ देर रुकने के बाद) मैं नहीं बता सकता।

प : तो क्या ईश्वर आत्मा-स्वरूप नहीं है?

व : जब मैं जाग्रत् स्थिति में था, तब 'आत्मा' से आपका अभिप्राय जानता था, लेकिन अब यह मुझे एक शब्द भर प्रतीत होता है, जैसे—सत्य, सौंदर्य आदि।

प : तो क्या ईश्वर अगोचर नहीं है?

व : अगोचर कुछ भी नहीं है, यह एक शब्द भर है। यहाँ जो गोचर (पदार्थ) नहीं है, उसका कोई अस्तित्व नहीं है।

प : तो क्या ईश्वर गोचर (पदार्थ) है?

व : नहीं। (इस उत्तर से मैं चौक उठा।)

प : तो फिर क्या है?

व : (थोड़ा देर रुककर) यह बता पाना मुश्किल है। (फिर थोड़ी देर तक रुकने के बाद) वह आत्मा या रूह नहीं है, क्योंकि उसका अस्तित्व है। वह कोई पदार्थ भी नहीं है, जैसा आप समझ रहे हैं। पदार्थ-तत्त्व की अलग-अलग श्रेणियाँ हैं, जिनके बारे में मनुष्य कुछ भी नहीं जानता है। यहाँ समष्टि (समग्र) व्यष्टि (सूक्ष्म) को प्रवृत्त करता है और व्यष्टि समष्टि में व्याप्त है। उदाहरण के लिए, वातावरण विद्युतीय सिद्धांत को प्रवृत्त करता है और विद्युतीय सिद्धांत वातावरण में व्याप्त है। पदार्थ की ये श्रेणियाँ सूक्ष्म से सूक्ष्मतर होती जाती हैं। अंत में वह स्थिति आती है, जहाँ उसका और विभाजन नहीं हो सकता; वह पदार्थ की परम स्थिति होती है। ऐसा अणु-रहित पदार्थ न केवल सब वस्तुओं

में व्याप्त होता है, बल्कि सब वस्तुओं को प्रवृत्त भी करता है और इस प्रकार सब वस्तुएँ उसके अंदर व्याप्त हैं। यह पदार्थ-तत्त्व ही ईश्वर है। मनुष्य जिसके लिए 'चिंतन' का प्रयोग करता है, वह इसी तत्त्व की गतिशील अवस्था है।

प : तत्त्वविज्ञानियों का मानना है कि सब कर्म, गति और चिंतन का ही रूप हैं और गति तथा चिंतन से ही कर्म की उत्पत्ति होती है।

व : हाँ। दरअसल, गति मन की क्रिया है, न कि चिंतन की। परम-तत्त्व या ईश्वर वही है, जिसे मनुष्य मन कहता है। आत्मा-गति की शक्ति अणु-रहित पदार्थ या (परम-तत्त्व) में निहित है। कैसे है, यह मैं नहीं जानता और कभी जान भी नहीं पाऊँगा, परंतु इतना जरूर जानता हूँ कि गुण या धर्म से गति में प्रवृत्त अणु-रहित तत्त्व ही चिंतन है।

दरअसल, गति मन की क्रिया है, न कि चिंतन की। परम-तत्त्व या ईश्वर वही है, जिसे मनुष्य मन कहता है। आत्मा-गति की शक्ति अणु-रहित पदार्थ या (परम-तत्त्व) में निहित है। कैसे है, यह मैं नहीं जानता और कभी जान भी नहीं पाऊँगा, परंतु इतना जरूर जानता हूँ कि गुण या धर्म से गति में प्रवृत्त अणु-रहित तत्त्व ही चिंतन है।

प : यह जिसे आप अणु-रहित या परम-तत्त्व कह रहे हैं, उसके बारे में थोड़ा और स्पष्ट करके नहीं बता सकते क्या ?

व : जिन पदार्थों के बारे में मनुष्य जानता है, वे सब ऐसे हैं, जो इंद्रियों से निकल जाते हैं। उदाहरण के लिए, कोई धातु, लकड़ी का टुकड़ा, वातावरण, गैस, बिजली, वायु तत्त्व आदि। इन सब चीजों को हमने पदार्थ का नाम दिया है और इनकी एक सामान्य परिभाषा निश्चित कर दी है। इनमें से एक धातु और दूसरा वायु-तत्त्व—ये दो पदार्थ ऐसे हैं, जिनसे जुड़ी धारणाएँ मौलिक रूप से विशिष्ट हैं। वायु-तत्त्व के गुण-धर्म को ध्यान में रखते हुए इसे मन के साथ वर्गीकृत किया जा सकता है, लेकिन इसकी परमाणु संरचना ऐसी है, जो इसे मन की श्रेणी से अलग करती है। अब अगर परमाणु संरचना की अवधारणा को छोड़ दिया जाए तो पदार्थ के रूप में वायु-तत्त्व का अस्तित्व ही नहीं रह जाता। तो, कोई और उपयुक्त नाम न मिलने के कारण हम इसे मन की संज्ञा देते हैं। अब इससे भी ज्यादा दुर्लभ एक पदार्थ को लेते हैं—पिंड, यानी अणु-रहित या

अविभाज्य पदार्थ। परमाणु यद्यपि अत्यंत सूक्ष्म होते हैं, लेकिन दो परमाणुओं के बीच के अंतराल में उनकी सूक्ष्मता अनियमित होती है। जब परमाणुओं की संख्या ज्यादा हो जाती है तो उनके बीच का अंतराल गायब हो जाता है और उनके संयोग से एक पिंड बन जाता है। अब परमाणु संरचना की बात छोड़ दें तो पिंड की प्रकृति वही हो जाती है, जो मन की होती है। लेकिन वह अब भी पदार्थ ही है। मन कोई धारण-योग्य पदार्थ नहीं है, यानी इसे किसी यथार्थ धारणा में नहीं बाँधा जा सकता है।

प : पूर्ण संयोग की अवधारणा में मुझे एक बड़ी शंका या बाधा दिखाई देती है और वह है—आकाशीय पिंडों द्वारा अंतरिक्ष में भ्रमण के दौरान अनुभूत किया जाने वाला प्रतिरोध। यह प्रतिरोध इतना बारीक होता है कि न्यूटन की सूक्ष्म-बुद्धि भी वहाँ तक नहीं पहुँच सकी। हम जानते हैं कि पिंड की प्रतिरोधकता उसके घनत्व के अनुपात में होती है। पूर्ण संयोग का अर्थ—पूर्ण घनत्व। जब अणुओं के बीच अंतराल नहीं होता तो घनत्व भी नहीं होता। पूर्ण घनत्व वाले वायु-तत्त्व में किसी तार की गति को रोकने की शक्ति लोहे के वायु-तत्त्व से कहीं ज्यादा होती है।

पूर्ण संयोग की अवधारणा में मुझे एक बड़ी शंका या बाधा दिखाई देती है और वह है—आकाशीय पिंडों द्वारा अंतरिक्ष में भ्रमण के दौरान अनुभूत किया जाने वाला प्रतिरोध। यह प्रतिरोध इतना बारीक होता है कि न्यूटन की सूक्ष्म-बुद्धि भी वहाँ तक नहीं पहुँच सकी। हम जानते हैं कि पिंड की प्रतिरोधकता उसके घनत्व के अनुपात में होती है। पूर्ण संयोग का अर्थ—पूर्ण घनत्व।

व : जहाँ तक तारे की गति की बात है तो इस बात से कोई फर्क नहीं पड़ता कि तारा वायु-तत्त्व से होकर गुजरता है या वायु-तत्त्व तारे से होकर। खगोलशास्त्र में पुच्छल-तारों की ज्ञात अवरोधकता को वायु-तत्त्व से होकर उनके गुजरने की अवधारणा से जोड़कर देखा जाता है, जो गलत है; क्योंकि वायु-तत्त्व को भले ही दर्लभ माना जाता है, लेकिन इसमें सभी नक्षत्रों के घूमने की गति को रोकने की शक्ति है और वह भी खगोल-शास्त्रियों की कल्पना से कहीं कम समय में। एक ओर, अवरोधकता

वायु-तत्त्व के गोले से होकर तात्कालिक मार्ग पर गति करने से उत्पन्न अपेक्षित घर्षण के समान होती है। एक ओर अवरोधक-शक्ति अपने आप में पूर्ण और क्षणिक होती है; जबकि दूसरी ओर, यह असीमित रूप से संचयात्मक होती है।

प : तो क्या पदार्थ को ईश्वर के साथ जोड़कर देखने की इस पूरी अवधारणा में कुछ भी महत्त्वहीन नहीं है। (वह व्यक्ति पहली बार में मेरा प्रश्न ठीक से नहीं समझ पाया, इसलिए मुझे प्रश्न दोहराना पड़ा)

व : क्या आप बता सकते हैं कि पदार्थ को मन की अपेक्षा कम क्यों माना जाना चाहिए? आप भूल रहे हैं कि जिस पदार्थ की मैं बात कर रहा हूँ, वह अपनी उच्च सामर्थ्य के कारण दर्शन का 'मन' या 'आत्मा तत्त्व' ही है और साथ ही दर्शन का 'पदार्थ' भी है आत्म-तत्त्व की शक्ति से युक्त ईश्वर पदार्थ की पूर्णता ही है।

क्या आप बता सकते हैं कि पदार्थ को मन की अपेक्षा कम क्यों माना जाना चाहिए? आप भूल रहे हैं कि जिस पदार्थ की मैं बात कर रहा हूँ, वह अपनी उच्च सामर्थ्य के कारण दर्शन का 'मन' या 'आत्मा तत्त्व' ही है और साथ ही दर्शन का 'पदार्थ' भी है आत्म-तत्त्व की शक्ति से युक्त ईश्वर पदार्थ की पूर्णता ही है।

प : तो आपका अभिप्राय यह कि गति की स्थिति में अविभाज्य पदार्थ ही चिंतन है?

व : सामान्य तौर पर यह गति सार्वभौमिक मन का सार्वभौमिक चिंतन है। यह चिंतन ही सृजन करता है। सब सृजित वस्तुएँ ईश्वर के चिंतन का ही रूप हैं।

प : आपने कहा—'सामान्य तौर पर'।

व : हाँ, सार्वभौमिक या सर्वव्यापी मन ही ईश्वर है। नई इकाइयों के लिए पदार्थ आवश्यक है।

प : लेकिन अभी आपने 'मन' और 'पदार्थ' की बात की, जैसा तत्वविज्ञानी कहते हैं।

व : हाँ, शंका या गलतफहमी से बचने के लिए 'मन' से मेरा अभिप्राय अविभाज्य या परम पदार्थ (तत्त्व) से है और "पदार्थ" में बाकी सबकुछ आ जाता है।

प : आपने अभी कहा कि 'नई (सजीव) इकाइयों के लिए पदार्थ आवश्यक है।'

व : हाँ, क्योंकि असंयुक्त रूप में मन ही ईश्वर है। सजीव चिंतन-तत्त्व के सृजन के लिए ब्रह्म-तत्त्व या ईश्वरीय मन का विभाजन या प्रतिरूपण आवश्यक था। इस प्रकार मनुष्य व्यक्तिगत सजीव-तत्त्व के रूप में अस्तित्व में आया। संयुक्त संस्कार से अलग होने पर वही ईश्वर है। तो अविभाजित पदार्थ के प्रतिरूप की विशिष्ट गति ही मनुष्य का चिंतन-तत्त्व है; जबकि पूर्ण या परम-तत्त्व की गति ईश्वर का चिंतन-तत्त्व है।

प : आपने कहा कि शरीर से अयुक्त मनुष्य ही ईश्वर है।

व : (थोड़ा हिचकिचाते हुए) मैं ऐसा नहीं कह सकता।

प : आपने यह भी कहा कि भौतिक संस्कार से अयुक्त होने पर मनुष्य ही ईश्वर है।

व : और यह सत्य है। भौतिक संस्कार से अलग होने पर मनुष्य ही ईश्वर है; परंतु वह इस प्रकार भौतिक संस्कार से अलग नहीं हो सकता। मनुष्य एक प्राणी है और सब प्राणी ईश्वर का ही चिंतन-तत्त्व हैं। अखंडनीयता चिंतन की प्रकृति है।

प : मैं नहीं समझ पाया। आपने कहा कि मनुष्य कभी अपना शरीर नहीं छोड़ सकता।

हाँ, हमें होता है; लेकिन प्यूपा को तो नहीं होता है। हमार मूल शरीर जिस तत्त्व से बना होता है, वह उस शरीर के अवयवों के विषय-क्षेत्र के अंतर्गत ही होता है, यानी हमारे मूल अवयव उस तत्त्व के साथ अनुकूलित होते हैं, जिससे हमारे मूल शरीर की रचना होती है। लेकिन जिस तत्त्व से पूर्ण शरीर की रचना होती है, उसके साथ अनुकूलित नहीं होते हैं।

व : मैंने कहा कि मनुष्य कभी शरीर से अलग नहीं हो सकता।

प : कैसे?

व : दो शरीर होते हैं—एक मूल या आरंभिक और दूसरा पूर्ण, जिसे हम 'मृत्यु' कहते हैं, वह एक पीड़ादायक रूपांतरण है, जैसे प्यूपा का रूपांतरण तितली के रूप में होता है। हमारी वर्तमान अवस्था या प्रतिरूप प्रगतिशील और

अस्थायी है, जबकि हमारा भविष्य पूर्ण, परिपक्व है। पूर्ण जीवन ही जीवन की यथार्थ अवस्था है।

प : लेकिन तितली या प्यूपा के इस रूपांतरण का ज्ञान तो हमें होता है।

व : हाँ, हमें होता है; लेकिन प्यूपा को तो नहीं होता है। हमार मूल शरीर जिस तत्त्व से बना होता है, वह उस शरीर के अवयवों के विषय-क्षेत्र के अंतर्गत ही होता है, यानी हमारे मूल अवयव उस तत्त्व के साथ अनुकूलित होते हैं, जिससे हमारे मूल शरीर की रचना होती है। लेकिन जिस तत्त्व से पूर्ण शरीर की रचना होती है, उसके साथ अनुकूलित नहीं होते हैं। इस प्रकार पूर्ण शरीर हमारी मूल इंद्रियों से छूट या निकल जाता है और हमें सिर्फ वह आवरण ही दिखाई देता है, जो आंतरिक प्रारूप से प्राप्त होता है। पूर्ण जीवन को प्राप्त होने वाले प्राणी को इस आंतरिक प्रारूप के साथ-साथ वाह्य प्रारूप या आवरण भी दृष्टिगोचर होता है।

प : आप अकसर बताते रहे हैं कि सम्मोहन की अवस्था मृत्यु के समान होती है। ऐसा कैसे?

व : मृत्यु के समान होने का अर्थ पूर्ण या परम-जीवन के समान होना है, क्योंकि जब मैं सम्मोहन की स्थिति में होता हूँ तो उस समय मेरे मूल जीवन की इंद्रियों की गति रुक जाती है और मैं अंगों के बिना भी पूर्ण, असंयुक्त या असंगठित जीवन के माध्यम से बाह्य वस्तुओं को प्रत्यक्ष रूप से देखने लगता हूँ।

अंगों का एक ऐसा तंत्र होता है, जो व्यक्ति को पदार्थ की विशिष्ट श्रेणियों और रूपों से जोड़ता है। मनुष्य के अंग सिर्फ उसकी मूल स्थिति के साथ अनुकूलित होते हैं, उसकी पूर्ण स्थिति असंयुक्त होने के कारण सब तरह से बस एक ईश्वर की प्रकृति, यानी अविभाजित पदार्थ की गति को छोड़कर अतंत ज्ञान से युक्त होती है। पूर्ण शरीर की अवधारणा को समझने के लिए आप इसे एक समग्र मस्तिष्क मान सकते हैं।

प : असंयुक्त या असंगठित?

व : हाँ। अंगों का एक ऐसा तंत्र होता है, जो व्यक्ति को पदार्थ की विशिष्ट श्रेणियों और रूपों से जोड़ता है। मनुष्य के अंग सिर्फ उसकी मूल स्थिति के साथ अनुकूलित होते हैं, उसकी पूर्ण स्थिति असंयुक्त होने के कारण

सब तरह से बस एक ईश्वर की प्रकृति, यानी अविभाजित पदार्थ की गति को छोड़कर अतंत ज्ञान से युक्त होती है। पूर्ण शरीर की अवधारणा को समझने के लिए आप इसे एक समग्र मस्तिष्क मान सकते हैं। एक प्रकाशमान पिंड वायु-तत्त्व में कंपन गति को प्रवृत्त करता है। यह कंपन गति दृष्टि-पटल पर अपनी ही तरह की एक कंपन गति उत्पन्न करती है। फिर ऐसी ही कंपन गति चक्षु-तंतु तक, उसके बाद मस्तिष्क और फिर मस्तिष्क से अविभाज्य पदार्थ या परम-तत्त्व तक पहुँचती है।

नीहारिका, ग्रह, सूर्य और इनसे अलग अन्य पिंडों के रूप में दुर्लभ पदार्थ का संयोग मूल जीवन के अंगों की विशिष्ट प्रकृति को पोषण देने के उद्‌देश्य से ही होता है। परंतु पूर्ण जीवन से पहले मूल जीवन की आवश्यकता की पूर्ति के लिए ऐसा कोई पिंड नहीं है। प्रत्येक अवयव में एक खास तरह का जैविक, मौलिक चिंतन प्राण-तत्त्व मौजूद होता है।

इस परम-तत्त्व की गति चिंतन है और धारणा इस चिंतन-तत्त्व की प्रथम तरंग है। इसी तरह मूल जीवन और बाह्य जगत् एक-दूसरे के साथ अपना संपर्क स्थापित करते हैं। परंतु पूर्ण, असंयुक्त जीवन की स्थिति में बाह्य-जगत वायु-तत्त्व के अतिरिक्त अन्य किसी रुकावट के बिना सीधे समग्र तत्त्व या शरीर तक पहुँचता है (जो जैसा मैंने अभी बताया, मस्तिष्क की तरह के एक तत्त्व से बना है) और इस वायु-तत्त्व में समग्र शरीर अपने कंपन द्वारा उसमें व्याप्त अविभाज्य पदार्थ या तत्त्व को गतिशील करता है। अतः पूर्ण जीवन की अवधारणा को विशिष्ट अवयवों की अनुपस्थिति के हेतु माना जाना चाहिए। मूल जीवन की स्थिति में प्राणी के अवयव पूर्ण विकास की अवस्था में पहुँचने तक उसे एक सीमा में बाँधने वाले एक ढाँचे (पिंजड़ा) का काम करते हैं।

पः आपने 'मूल जीवन प्राणी' की बात की। तो क्या मनुष्य के अलावा और भी मूल चिंतन-तत्त्व मौजूद हैं?

व : नीहारिका, ग्रह, सूर्य और इनसे अलग अन्य पिंडों के रूप में दुर्लभ पदार्थ का संयोग मूल जीवन के अंगों की विशिष्ट प्रकृति को पोषण देने के उद्‌देश्य से ही होता है। परंतु पूर्ण जीवन से पहले मूल जीवन की आवश्यकता

की पूर्ति के लिए ऐसा कोई पिंड नहीं है। प्रत्येक अवयव में एक खास तरह का जैविक, मौलिक चिंतन प्राण-तत्त्व मौजूद होता है। यानी ये अवयव अपने-अपने स्थान के अनुरूप अलग-अलग विशिष्टताएँ रखते हैं। मृत्यु या जीवन के रूपांतरण के बाद पूर्ण जीवन की अवस्था को प्राप्त होने वाले ये प्राणी अपनी इच्छानुसार सबकुछ करने और कहीं भी आने-जाने में सक्षम हो जाते हैं।

प : आपने अभी कहा कि 'मूल जीवन की आवश्यकता की पूर्ति के लिए' कोई आकाशीय पिंड या तारा आदि नहीं है।' लेकिन ऐसी आवश्यकता ही क्यों है ?

अखंडता या अविभाज्यता के नियम का परिणाम पूर्णता, नकारात्मक खुशी होता है, जबकि विभाज्यता के नियम का परिणाम अपूर्णता, गलत या सकारात्मक पीड़ा होता है। जैविक जीवन और पदार्थ के नियमों की संख्या, जटिलता और समेकता या सत्त्वता द्वारा सह जाने वाले अवरोधों के माध्यम से एक निश्चित, व्यावहारिक स्तर तक नियम-भंग का सहारा लिया जाता है।

व : अजैविक (या देह रहित) जीवन में और अजैविक तत्त्व में भी ईश्वरीय इच्छाशक्ति को रोकने वाला कोई कारक नहीं होता है। ऐसे कारक की रचना के लिए जीवन और एक ही देह से भिन्न जीवन और देह-युक्त तत्त्व को एक व्यवस्था के अंतर्गत एक साथ मिलाया गया।

प : लेकिन ऐसा रोधक-तत्त्व बनाने की जरूरत ही क्या थी ?

व : अखंडता या अविभाज्यता के नियम का परिणाम पूर्णता, नकारात्मक खुशी होता है, जबकि विभाज्यता के नियम का परिणाम अपूर्णता, गलत या सकारात्मक पीड़ा होता है। जैविक जीवन और पदार्थ के नियमों की संख्या, जटिलता और समेकता या सत्त्वता द्वारा सह जाने वाले अवरोधों के माध्यम से एक निश्चित, व्यावहारिक स्तर तक नियम-भंग का सहारा लिया जाता है। इस प्रकार पीड़ा, जो देह-रहित जीवन की अवस्था के लिए असंभव है, जैविक जीवन की अवस्था के लिए संभव हो जाती है।

प : लेकिन इस प्रकार सही गई पीड़ा या दर्द किस हद तक संभव है ?

व : कोई भी चीज या तो अच्छी होती है या फिर बुरी। विश्लेषण करके

देखा जाए तो पता चलता है कि खुशी या आनंद स्वयं में पीड़ा या दर्द का विपरीत रूप है। सकारात्मक या पूर्ण खुशी का अस्तित्व नहीं होता। एक ओर जब हम खुश होते हैं तो दूसरी ओर, कहीं-न-कहीं उसके लिए दु:ख या पीड़ा भी झेल चुके होते हैं। दु:ख या पीड़ा के बिना सुख या खुशी प्राप्त ही नहीं हो सकती। परंतु ऐसा देखा गया है कि देह से अयुक्त जीवन में पीड़ा इस प्रकार की आवश्यकता नहीं हो सकती। धरती पर भोगे गए आरंभिक जीवन की पीड़ा ही मनुष्य को परलोक में पूर्ण जीवन या परम अवस्था तक पहुँचाती है।

प : आपने कहा कि 'अनंतता की यथार्थ सत्वात्मक विशालता'; इसका अर्थ मैं नहीं समझ पाया।

व : ऐसा शायद इसलिए है कि आपको 'सत्त्व' की अवधारणा पर्याप्त या सही-सही समझ नहीं है। इसे एक गुण-धर्म के रूप में नहीं, बल्कि एक मनोभाव के रूप में देखा जाना चाहिए। यह वस्तुतः पदार्थ के अपनी संरचना या संघटन के साथ अनुकूलता की अवधारणा है। धरती पर ऐसी अनेक चीजें हैं, जो शुक्र ग्रह के वासियों के लिए शून्य हो सकती हैं; इसी तरह शुक्र पर ऐसी अनेक गोचर वस्तुएँ होंगी, जिनके बारे में हमें बिल्कुल भी ज्ञान नहीं होगा। परंतु देह-रहित प्राण-तत्त्व, जिन्हें देवात्मा कहाँ जा सकता है, के लिए समग्र अविभाजित पदार्थ एक तत्त्व-स्वरूप है। यानी जिसे हम 'अंतरिक्ष' कहते हैं, वह पूरा-का-पूरा एक सत्त्व-स्वरूप है। मैंने देखा, ये बातें बताते हुए उस (नींद को जागने वाले) व्यक्ति के चेहरे पर अजीब से भाव प्रकट हो रहे थे, जिसके कारण मुझे उसे तुरंत जगाना पड़ा। जैसे ही मैंने उसे जगाया, उसके चेहरे पर एक मुसकराहट

ऐसा शायद इसलिए है कि आपको 'सत्त्व' की अवधारणा पर्याप्त या सही-सही समझ नहीं है। इसे एक गुण-धर्म के रूप में नहीं, बल्कि एक मनोभाव के रूप में देखा जाना चाहिए। यह वस्तुतः पदार्थ के अपनी संरचना या संघटन के साथ अनुकूलता की अवधारणा है। धरती पर ऐसी अनेक चीजें हैं, जो शुक्र ग्रह के वासियों के लिए शून्य हो सकती हैं; इसी तरह शुक्र पर ऐसी अनेक गोचर वस्तुएँ होंगी, जिनके बारे में हमें बिल्कुल भी ज्ञान नहीं होगा।

बिखरी और वह प्राण-हीन होकर अपने तकिए पर निढाल हो गया। मैंने देखा, प्राण निकलने के बाद एक मिनट का समय भी नहीं लगा होगा कि उसका पूरा शरीर अकड़ गया। उसकी पलकें बर्फ की तरह ठंडी हो गई थीं। तो क्या वह छाया के रूप में वहाँ मौजूद होकर मेरे साथ बातचीत कर रहा था?

□

कालकोठरी का आँखों देखा हाल

लंबे समय की कैद और उसके कारण उत्पन्न शारीरिक और मानसिक व्यथा ने मुझे बीमार, बहुत बीमार बना दिया था। बेड़ियों से जकड़े जाने के बाद जब मैं बैठा तो मुझे लगा कि शरीर में जान ही नहीं है। मेरे कानों में मृत्युदंड की घोषणा की आवाज पड़ी, और ये ही आखिरी शब्द थे, जिन्हें मैं साफ-साफ सुन पाया था। उसके बाद भी भनभनाहट की आवाज गूँजती रही, लेकिन कुछ समझ में नहीं आ रहा था। मैं काली पोशाक में बैठे जजों के होंठों की ओर देख रहा था, वे मुझे सफेद, इन कागज के पन्नों से भी ज्यादा सफेद दिखाई दे रहे थे, जिनपर मैं इन शब्दों को लिख रहा हूँ; और उनपर कठोरता, मानवीय प्रताड़ना की कठोरता साफ दिखाई दे रही थी। उन होंठों से मेरे मुकदमे में सुनाए गए फैसले के शब्द अब भी निकल रहे थे। मैंने अपने नाम का उच्चारण सुना और एक बार मैं ऊपर से नीचे तक काँप गया। तब मेरी नजर मेज पर रखी सात लंबी-लंबी मोमबत्तियों पर पड़ी। एक बार तो मुझे लगा कि ये मोमबत्तियाँ फरिश्तों के रूप में यहाँ मौजूद हैं, जो मेरी रक्षा करेंगी; लेकिन तभी अचानक मुझे अंदर से जोर का झटका महसूस हुआ, जैसे कोई बिजली का तार छू लिया हो। मोमबत्तियाँ, जिनमें मैं किसी फरिश्ते की मौजूदगी देख रहा था, वे अब जलती लौ भर रह गई थीं, जिनसे मुझे किसी तरह की मदद की उम्मीद नहीं दिखाई दे रही थी। उसके बाद मुझे ऐसा लगा, जैसे कानों में कोई संगीत का स्वर गूँज रहा हो। लेकिन जब मैं उसे महसूस करने की कोशिश करने लगा तो जजों के चेहरे मेरे सामने से अचानक गायब हो गए, मोमबत्तियाँ बुझ गईं और वहाँ रोशनी की जगह पर अँधेरे की कालिम छा गई। अब वहाँ अगर कुछ था तो बस निस्तब्धता और रात का अँधेरा था।

मैं बेसुध हो गया था; लेकिन मैं यह नहीं कहूँगा कि चेतना पूरी तरह से गायब हो गई थी। तो फिर क्या मैं गहरी नींद में था? नहीं! कई बार हम सपनों या कल्पनाओं की गहराई में इस कदर खो जाते हैं कि हमें होश ही नहीं रहता और जब हमारी नींद टूटती है तो हमें याद नहीं रहता कि हम सपना देख रहे थे। इस तरह की बेसुधी से बाहर निकलने के बाद की दो अवस्थाएँ होती हैं—पहली, आत्मिक या आध्यात्मिक अस्तित्व की अवस्था और दूसरी, भौतिक यानी शारीरिक अस्तित्व की अवस्था। अगर दूसरी अवस्था में पहुँचने पर हम पहली अवस्था को याद कर सकें तो भी कभी-न-कभी चाहे लंबे समय बाद ही वे बातें हमारे मन या दिमाग में आती हैं; और तब हम अचरज में पड़ जाते हैं कि यह बात कहाँ से या कब आई। इस तरह की बेसुधी की स्थिति में कई बार हम किसी ऐसी चीज या घटना के बारे में बहुत गहराई में जाकर सोचने लगते हैं, जिनकी ओर पहले कभी हमारा ध्यान तक नहीं जाता था। परंतु इसे वह व्यक्ति नहीं समझ सकता है, जो कभी ऐसी स्थिति में नहीं पड़ा है।

ये छाया-स्मृतियाँ उन लंबी-लंबी (मोमबत्ती की) आकृतियों की ओर संकेत करती हैं, जिनसे एक बार दिल को थोड़ा सा दिलासा मिला था और फिर, वे मुझे अँधेरे में छोड़कर गुम हो गई थीं। फिर ऐसा लगता है, जैसे एक बार को सबकुछ रुक सा गया हो, अनंत की अनंतता में डूब गया हो।

इस प्रकार की बेसुधी की स्थिति के बारे में याद करने की कोशिश करते हुए कभी मैं सफलता के सपने देखने लगता हूँ तो कभी किसी चीज या स्थिति या फिर घटना को देखकर ऐसा महसूस करता हूँ कि इसका मेरी उस बेसुधी की स्थिति से कोई-न-कोई संबंध है।

ये छाया-स्मृतियाँ उन लंबी-लंबी (मोमबत्ती की) आकृतियों की ओर संकेत करती हैं, जिनसे एक बार दिल को थोड़ा सा दिलासा मिला था और फिर, वे मुझे अँधेरे में छोड़कर गुम हो गई थीं। फिर ऐसा लगता है, जैसे एक बार को सबकुछ रुक सा गया हो, अनंत की अनंतता में डूब गया हो। उसके बाद मन में नीरसता, उत्साहहीनता का एक भाव आता है और फिर ऐसा लगता है, जैसे सब ओर पागलपन है, स्मृति का पागलपन।

फिर मेरी आत्मा ने एक साथ गति व ध्वनि महसूस की, गति मेरे दिल की धड़कन की और ध्वनि उस धड़कन की, जो मेरे कानों में पड़ रही थी। फिर सबकुछ खाली-खाली सा लगा। उसके बाद एक बार फिर वैसी ही ध्वनि और वैसी ही गति तथा एक भय उत्पन्न करनेवाली सनसनी, जिसने मेरे पूरे बदन को हिलाकर रख दिया। फिर एक झटके में ऐसा लगा, जैसे मैं अपनी चेतना में वापस आ रहा हूँ और तब स्मृति में वे सब बातें जैसे लौट आईं—मुकदमे का फैसला, जजों के चेहरे, सजा की घोषणा, बीमार कर देने वाली वह शारीरिक व मानसिक व्यथा और वह बेसुधी की स्थिति।

अभी मेरी आँखें नहीं खुली थीं। मुझे ऐसा लग रहा था, जैसे बेड़ियों से मुक्त होकर मैं पीठ के बल लेटा हुआ हूँ। हाथ फैलाया, तो वह किसी कठोर चीज पर पड़ा। कई मिनट तक उसी स्थिति में पड़ा-पड़ा सोच रहा था कि मैं कहाँ हूँ, किस हालत में हूँ। मैं आँखे खोलकर अपने आसपास देखना चाहता था, लेकिन हिम्मत नहीं पड़ रही थी; इसलिए नहीं कि आसपास की भयानक चीजों से डर लग रहा था, बल्कि मुझे डर यह लग रहा था कि कहीं ऐसा न हो कि आसपास देखने के लिए कुछ भी न हो। फिर हिम्मत करकेएक झटके में मैंने आँखें खोल दीं। मेरा डर सही निकला; वहाँ रात की निस्तब्धता एवं अँधेरे के अलावा और कुछ नहीं था। मैं अजीब सी घुटन महसूस कर रहा था। उसी स्थिति में लेटे-लेटे मैं कुछ सोचने लगा। आसपास की परिस्थितियों पर विचार करते हुए मुझे अपनी वास्तविक स्थिति का अंदाजा था कि मृत्युदंड का समय गुजर चुका है, फिर भी अब तक मैं जिंदा था। इस तरह की बातें वैसे तो कथा-कहानियों

अभी मेरी आँखें नहीं खुली थीं। मुझे ऐसा लग रहा था, जैसे बेड़ियों से मुक्त होकर मैं पीठ के बल लेटा हुआ हूँ। हाथ फैलाया, तो वह किसी कठोर चीज पर पड़ा। कई मिनट तक उसी स्थिति में पड़ा-पड़ा सोच रहा था कि मैं कहाँ हूँ, किस हालत में हूँ। मैं आँखे खोलकर अपने आसपास देखना चाहता था, लेकिन हिम्मत नहीं पड़ रही थी; इसलिए नहीं कि आसपास की भयानक चीजों से डर लग रहा था, बल्कि मुझे डर यह लग रहा था कि कहीं ऐसा न हो कि आसपास देखने के लिए कुछ भी न हो।

में ही सुनने को मिलती हैं, लेकिन वहाँ यथार्थ रूप में मेरे सामने थीं। लेकिन मैं कहाँ और किस हालत में था ?

तभी मन में एक भयानक विचार आया और मेरा रोम-रोम काँपने लगा। एक बार फिर मैं थोड़ी देर के लिए बेसुधी की स्थिति में हो गया। होश आया तो अचानक मुझे पता नहीं क्या हुआ, मैं जोर-जोर से अपना हाथ-पाँव इधर-उधर घुमाने लगा। मेरी समझ में कुछ नहीं आ रहा था, पूरा शरीर पसीना-पसीना हो गया था। अँधेरे में आगे कदम बढ़ाने की हिम्मत नहीं हो रही थी, लेकिन किसी तरह हिम्मत करके मैं आगे बढ़ा, इस उम्मीद में कि शायद कहीं थोड़ी सी रोशनी देखने को मिल जाए। कई कदम आगे चलने पर भी मुझे अँधेरे की कालिमा एवं निस्तब्धता के अलावा और कुछ दिखाई नहीं दिया। मैंने खुद को थोड़ा सामान्य करने की कोशिश की और कदम आगे बढ़ाता रहा, लेकिन दिल व दिमाग, दोनों जवाब दे रहे थे। मुझे यही लग रहा था कि इस भयानक अँधेरी कालकोठरी में मुझे भूखों मरने के लिए छोड़ दिया गया है।

तभी मन में एक भयानक विचार आया और मेरा रोम-रोम काँपने लगा। एक बार फिर मैं थोड़ी देर के लिए बेसुधी की स्थिति में हो गया। होश आया तो अचानक मुझे पता नहीं क्या हुआ, मैं जोर-जोर से अपना हाथ-पाँव इधर-उधर घुमाने लगा। मेरी समझ में कुछ नहीं आ रहा था, पूरा शरीर पसीना-पसीना हो गया था।

मेरे आगे की ओर फैले हुए हाथ किसी ठोस चीज से टकराए, जो रास्ते में खड़ी दिखाई दे रही थी, वह पत्थर की दीवार थी। मैं उसके साथ-साथ चलने लगा; लेकिन अब भी मैं उस कालकोठरी की लंबाई-चौड़ाई या ऊँचाई का कुछ अंदाजा नहीं लगा पा रहा था, क्योंकि दीवार के साथ-साथ चलते हुए मैं पूरा एक चक्कर लगाकर फिर उसी जगह पर पहुँच गया था, जहाँ से चलना शुरू किया था। मेरी जेब में एक चाकू था; मैं सोच रहा था कि इसे दीवार में घुसाकर यह अंदाजा लगाया जाए कि कहाँ से जगह बनाकर बाहर निकला जा सकता है। परंतु मेरी समझ में कुछ नहीं आ रहा था। नीचे की जमीन गीली और फिसलन भरी थी। मैंने कपड़े का एक टुकड़ा फाड़ा और उसे दीवार के साथ लंबवत् करके रख दिया। कोठरी की लंबाई-चौड़ाई का अंदाजा लगाने के लिए

मैं उसे एक निशान के रूप में प्रयोग में ला रहा था। थोड़ी देर तक मैं यों ही चक्कर लगाता रहा। उसके बाद मैं इतना थक गया था कि लड़खड़ाकर गिर गया। अब मेरी और चलने की हिम्मत नहीं थी, इसलिए वहीं पड़ा-पड़ा मैं नींद की आगोश में आ गया।

कुछ देर बाद जब आँख खुली तो हाथ आगे बढ़ाया; हाथ में मांस का एक टुकड़ा और पानी से भरा एक घड़ा लगा। मैं कुछ सोच-विचार करने की स्थिति में नहीं था, इसलिए रोटी खा ली और पानी पी लिया। उसके बाद एक बार उस कोठरी का चक्कर काटना शुरू किया। अंत में मैं उस कपड़े के टुकड़े तक पहुँचा तो हिसाब लगाया कि एक चक्कर लगाकर वहाँ तक पहुँचने में मुझे सौ कदम चलना पड़ा था। इस प्रकार मैंने अंदाजा लगाया कि उस कोठरी का परिमाप कोई पचास गज था। परंतु दीवारों में कई मोड़ थे, इसलिए मैं पूरी कोठरी के आकार का ठीक-ठाक अंदाजा नहीं लगा पाया। अब मैंने दीवार को छोड़कर अंदर के घेरे का अंदाजा लगाने का मन बनाया। बहुत सावधानी से मैं कदम आगे बढ़ा रहा था; फर्श वैसे तो पक्की थी, लेकिन फिसलनभरी थी। मैं एक सीधी लाइन में चलने की कोशिश कर रहा था। मैं लगभग दस या बारह कदम चला होगा, जब कपड़े का वह टुकड़ा मेरे पैरों में उलझ गया और मैं मुँह के बल धड़ाम से गिर पड़ा। कुछ देर तक तो मैं कुछ समझ ही नहीं पाया कि क्या हुआ और मैं फर्श पर उसी तरह पड़ा रहा। परंतु उस समय एक बात मुझे बहुत अजीब लगी कि मेरी ठुड्डी फर्श पर थी, लेकिन होंठ और सिर का ऊपरी हिस्सा फर्श को नहीं छू रहा था। मेरे माथे पर कोई चिपचिपी सी चीज लग गई थी, जिससे अजीब सी दुर्गंध आ रही थी, जैसे काफी समय से ठहरे हुए पानी में काई के सड़ जाने पर

कुछ देर बाद जब आँख खुली तो हाथ आगे बढ़ाया; हाथ में मांस का एक टुकड़ा और पानी से भरा एक घड़ा लगा। मैं कुछ सोच-विचार करने की स्थिति में नहीं था, इसलिए रोटी खा ली और पानी पी लिया। उसके बाद एक बार उस कोठरी का चक्कर काटना शुरू किया। अंत में मैं उस कपड़े के टुकड़े तक पहुँचा तो हिसाब लगाया कि एक चक्कर लगाकर वहाँ तक पहुँचने में मुझे सौ कदम चलना पड़ा था।

आती है। इधर-उधर हाथ मारा तो पाया कि मैं किसी गोलाकार गड्ढे के बिल्कुल कगार पर गिरा पड़ा हूँ। उसकी गहराई का अंदाजा लगाने के लिए मैंने उसमें एक छोटा सा ठोस टुकड़ा फेंका और उसके गिरने की आवाज को सुनने की कोशिश करने लगा। आवाज सुनकर मैंने अंदाजा लगाया कि गड्ढा गहरा है और उसमें पानी है। तभी मुझे ऊपर की ओर से जैसे दरवाजे के खुलने एवं बंद होने की आवाज सुनाई दी और उसके साथ ही एक हलकी सी रोशनी थोड़ी देर के लिए चमकी, फिर गायब हो गई।

मैं मन-ही-मन खुश हो रहा था कि उस गहरे गड्ढे में गिरकर मौत के मुँह में जाने से बच गया था। जिस जगह पर मैं गिरा था, वहाँ से अगर एक कदम भी आगे बढ़ाता तो मैं सीधे पाताल में जाता। इतनी देर जद्दो-जहद से मैं बुरी तरह थक गया था और मेरे हाथ-पैर काँप रहे थे। किसी तरह हिम्मत करके उठा और एक बार फिर दीवार की ओर जाने का रास्ता टटोलने लगा। वैसे मैं चाहता तो उस गहरे गड्ढे में कूदकर अपने सारे दुःखों से एक ही बार में छुटकारा पा लेता, लेकिन मैं इतना कायर भी नहीं था। थकावट के कारण एक बार फिर मुझे नींद आने लगी, इसलिए मैं खुद को रोक नहीं पाया और एक जगह पड़ा-पड़ा सो गया। कुछ देर बाद जब आँख खुली तो सामने पहले की तरह ही मांस का एक टुकड़ा और घड़े में पानी पाया। मुझे जोर की प्यास लगी थी, इसलिए एक ही बार में सारा पानी पी गया। पानी पीने के बाद मुझे फिर नींद आने लगी और मैं बहुत गहरी नींद में सो गया। कितनी देर तक सोता रहा, यह मुझे नहीं पता चला, लेकिन जब आँख खुली तो मुझे सबकुछ बदला-बदला दिखाई दिया—कोठरी में कहीं से रोशनी आ रही थी और आसपास की चीजें अब दिखाई देने लगी थीं।

मैं मन-ही-मन खुश हो रहा था कि उस गहरे गड्ढे में गिरकर मौत के मुँह में जाने से बच गया था। जिस जगह पर मैं गिरा था, वहाँ से अगर एक कदम भी आगे बढ़ाता तो मैं सीधे पाताल में जाता। इतनी देर जद्दो-जहद से मैं बुरी तरह थक गया था और मेरे हाथ-पैर काँप रहे थे। किसी तरह हिम्मत करके उठा और एक बार फिर दीवार की ओर जाने का रास्ता टटोलने लगा।

दीवारों का कुल घेरा पच्चीस गज से ज्यादा नहीं रहा होगा। पहले मैं जो

अनुमान लगा रहा था, वह गलत निकला। अब मैं सोच में पड़ गया था कि आखिर ऐसा कैसे हो सकता है। बहुत सोच-विचार के बाद दिमाग में बात आई कि मैंने पूर घेरे का एक चक्कर लगाने की बजाय दो चक्कर लगा लिया होगा और इस प्रकार मैंने जो सौ कदम गिन लिये थे, वह वास्तव में पचास कदम ही थे। दरअसल कपड़े के टुकड़े को निशान बनाकर मैं पहले अड़तालीस कदम चला था, इसके बाद सो गया था। उठने के बाद मैं गलती से वापस उसी दिशा में चलने लगा होगा, इस प्रकार मैंने दो चक्कर लगा लिए होंगे। इसी से गणना में गलती हुई होगी।

इसके अलावा कोठरी के आकार को लेकर भी मेरा अंदाजा गलत निकला। कोठरी वास्तव में वर्गाकार थी। दरअसल दीवारों में जगह-जगह ताखे बने हुए थे, जो अँधेरे में कोनों की तरह प्रतीत हो रहे थे। दीवारे भी लोहे या किसी अन्य धातु की बनी थीं, उनपर जगह-जगह नर-कंकाल ओर अन्य तरह की भयानक आकृतियाँ बनी थीं, जो बिल्कुल स्पष्ट दिखाई दे रही थीं; हालाँकि उनका रंग थोड़ा फीका जरूर पड़ गया था। फर्श पर नजर पड़ी तो देखा कि पूरी फर्श पत्थर की बनी थी और वह गड्ढा—जिसमें गिरने से मैं बचा था, फर्श के बीचोबीच में था।

मैं एक लकड़ी के ढाँचे पर पीठ के बल पड़ा था और एक लंबी सी पट्टी से उसी में बँधा था। हाथ-पाँव और पूरा शरीर बँधा था, बस एक बायाँ हाथ और सिर का हिस्सा इतना खुला था, जिससे मैं खा-पी सकता था। मैंने देखा, जो घड़ा मेरी बगल में रखा था, जिसमें से मैंने पानी पिया था, वह अब वहाँ नहीं था। मैं हैरान था, क्योंकि मुझे जोर की प्यास लग रही थी।

मैं एक लकड़ी के ढाँचे पर पीठ के बल पड़ा था और एक लंबी सी पट्टी से उसी में बँधा था। हाथ-पाँव और पूरा शरीर बँधा था, बस एक बायाँ हाथ और सिर का हिस्सा इतना खुला था, जिससे मैं खा-पी सकता था। मैंने देखा, जो घड़ा मेरी बगल में रखा था, जिसमें से मैंने पानी पिया था, वह अब वहाँ नहीं था। मैं हैरान था, क्योंकि मुझे जोर की प्यास लग रही थी। ऊपर नजर पड़ी तो देखा कि कोठरी की छत कोई तीस या चालीस फीट ऊँची थी। उसकी एक चौखट पर

काल (यानी समय के देवता) का चित्र बना हुआ था, जिसके हाथ में हँसिया की जगह पर एक बड़ा सा पेंडुलम था, जैसा पुरानी घड़ियों में देखने को मिलता है। वह ठीक मेरे सिर के ऊपर स्थित थी। मैं उसे भय और आश्चर्य के साथ देख रहा था; क्योंकि थोड़ी देर तक ध्यान से देखने पर मैंने पाया कि वह हिल रहा था।

तभी मुझे कुछ अजीब-सा शोर सुनाई दिया। मेरा ध्यान फर्श पर बने गड्ढे की ओर गया तो देखा कि बड़े-बड़े चूहे अजीब-सी आवाज निकालते हुए उसमें से ऊपर निकल रहे हैं। बहुत मुश्किल से उन्हें दूर भगाया।

मैं पेंडुलम के हिलने की गति को देख रहा था। उसका हिलना अब मुझे अजीब सा लग रहा था, ऐसा लग रहा था, जैसे उसके दोलन में अब युगों का अंतराल हो गया है। मैं पागलों की तरह इधर-उधर देख रहा था, पर कुछ समझ नहीं पा रहा था। तभी अचानक मैं फर्श पर गिर गया और उठने की कोशिश करने की बजाय उसी स्थिति में पड़ा-पड़ा मुसकरा रहा था।

लगभग आधा या एक घंटा के बाद मेरी नजर दुबारा उस पेंडुलम पर गई तो यह देखकर मैं हैरान रह गया कि उसके दोलन का क्षेत्र लगभग एक गज बढ़ गया था, जिससे उसकी गति भी बढ़ गई थी। मैंने देखा, उसका नीचे का अर्ध-चंद्राकार किनारा स्टील का था, जिसकी लंबाई लगभग एक फीट थी और वह किसी ब्लेड की तरह धारदार था। उसे पीतल की एक भारी छड़ से लटकाया गया था। जब वह हिलता था तो फुफकारने जैसी आवाज करता था। कोठरी की फर्श के बीचोबीच बना वह गड्ढा, जिसके बारे में अब मैं अच्छी तरह से जान गया था, मेरी सजा का ही एक हिस्सा लग रहा था, जिसमें गिरने से मैं बच गया था। तो फिर अब कौन सी नई सजा के लिए तैयार की गई थी? अपनी दुर्दशा और दुर्भाग्य के बारे में सोचता हुआ मैं मुसकरा रहा था।

मैं पेंडुलम के हिलने की गति को देख रहा था। उसका हिलना अब मुझे अजीब सा लग रहा था, ऐसा लग रहा था, जैसे उसके दोलन में अब युगों का अंतराल हो गया है। मैं पागलों की तरह इधर-उधर देख रहा था, पर कुछ समझ नहीं पा रहा था। तभी अचानक मैं फर्श पर गिर गया और उठने की कोशिश करने की बजाय उसी स्थिति में पड़ा-पड़ा मुसकरा रहा था।

उसके बाद एक बार फिर मैं कुछ समय के लिए बेसुध हो गया। काफी देर बाद जब होश में आया तो अंदर से बहुत बीमार और कमजोर महसूस कर रहा था। मुझे ऐसा लग रहा था, जैसे वहाँ कुछ प्रेतात्माएँ मौजूद थीं, जो मेरी स्थिति पर नजर रख रही थीं; इसलिए मैंने अपना बायाँ हाथ बढ़ाया तो हाथ में मांस का एक टुकड़ा आया, जो चूहों के खाने से बच गया था। उसे होंठों से लगाया तो मेरे मन में एक उम्मीद-सी जगी, खुशी की उम्मीद। हालाँकि उस समय वहाँ उम्मीद और खुशी जैसी कोई बात मेरी जिंदगी में रह ही नहीं गई थी, फिर भी एक बार को मन को कुछ दिलासा तो दे ही सकता था। परंतु अगले ही पल फिर उसी घोर निराशा के अँधेरे में डूबता महसूस करने लगा। मैं दिल, दिमाग और शरीर से खुद को पूरी तरह से अक्षम पा रहा था।

फर्श पर पड़ा-पड़ा मैं ऊपर की ओर देख रहा था। पेंडुलम ठीक मेरी लंबाई की सीध में था और लगातार इधर-से-उधर हिल रहा था। काफी देर तक मैं इसी तरह पड़ा रहा। पेंडुलम के दोलन से जो फुफकारने जैसी आवाज उत्पन्न हो रही थी, उसे सुनकर मन में एक अजीब सी सनसनी पैदा होती थी।

फर्श पर पड़ा-पड़ा मैं ऊपर की ओर देख रहा था। पेंडुलम ठीक मेरी लंबाई की सीध में था और लगातार इधर-से-उधर हिल रहा था। काफी देर तक मैं इसी तरह पड़ा रहा। पेंडुलम के दोलन से जो फुफकारने जैसी आवाज उत्पन्न हो रही थी, उसे सुनकर मन में एक अजीब सी सनसनी पैदा होती थी। बाएँ से दाएँ और पास से दूर—उसका इस प्रकार गति करना मुझे ऐसा लग रहा था, जैसे कोई चीता भागने की स्थिति में हो। इस प्रकार मन में तरह-तरह के विचार आ-जा रहे थे और मैं कभी हँसता था, तो कभी दहाड़े मारने लगता था।

मैंने अंदाजा लगाया कि पेंडुलम मेरे शरीर से तीन इंच की ऊँचाई पर था, अगर मेरा हाथ थोड़ा सा और खुलता तो मैं उसे पकड़ सकता था; लेकिन अफसोस! मेरा दाहिना हाथ तो पूरी तरह से बँधा था और बायाँ हाथ भी इस प्रकार से बँधा था कि मैं उसे और आगे तक नहीं ले जा सकता था।

निराशा और कौतूहल भरी नजरों से मैं उसे ही देखे जा रहा था। मैं जिस हालत में खुद को पा रहा था, उसे देखकर मुझे यही लग रहा था कि मौत

ही इससे अच्छी है, कम-से-कम इस मुसीबत से छुटकारा तो मिल जाएगा! लेकिन उस पेंडुलम के हिलने से कभी मन में एक उम्मीद का भाव उठता था तो कभी निराशा घेर लेती थी।

फिर मेरा ध्यान उस रस्सी जैसी पट्टी पर गया, जिससे मेरा शरीर बँधा था। बिल्कुल अलग तरह का बंधन था वह। मुझे ऐसा लग रहा था, जैसे वह रस्सी पेंडुलम के निचले अर्ध-चंद्राकार हिस्से से जुड़ी हुई थी। लेटे-लेटे मेरे मन में अजीब-अजीब से विचार आ-जा रहे थे। अपने शरीर की स्थिति को देखने के लिए मैंने सिर को थोड़ा ऊपर की ओर उठाया; मैंने देखा, मेरा पूरा शरीर उस रस्सी जैसी पट्टी से ढका हुआ था। उसके बाद जब सिर को दुबारा पहले वाली स्थिति में लाया तो अचानक मेरे मन में अजीब सा खयाल आया; कुछ वैसा ही, जैसा पिछली बार मांस के टुकड़े को होंठों से लगाने पर आया था। फर्श पर जहाँ मैं पड़ा था, उसके आसपास बड़े-बड़े चूहे बेधड़क घूम रहे थे। वे उस कुआँनुमा गड्ढे से निकलते थे और इधर-उधर भागने लगते थे। मैं सोच रहा था कि भला इन चूहों को यहाँ खाने को क्या मिलता होगा।

फिर मेरा ध्यान उस रस्सी जैसी पट्टी पर गया, जिससे मेरा शरीर बँधा था। बिल्कुल अलग तरह का बंधन था वह। मुझे ऐसा लग रहा था, जैसे वह रस्सी पेंडुलम के निचले अर्ध-चंद्राकार हिस्से से जुड़ी हुई थी। लेटे-लेटे मेरे मन में अजीब-अजीब से विचार आ-जा रहे थे। अपने शरीर की स्थिति को देखने के लिए मैंने सिर को थोड़ा ऊपर की ओर उठाया; मैंने देखा, मेरा पूरा शरीर उस रस्सी जैसी पट्टी से ढका हुआ था।

मैं चूहों को डराकर भगाने की कोशिश कर रहा था, लेकिन सब बेकार! मेरे बगल में ही जो मांस का टुकड़ा रखा था, उसे ही वे नोच-नोचकर खा रहे थे और जल्दी-जल्दी खाने के चक्कर में कभी मेरे हाथ पर और कभी उँगलियों पर चढ़ जा रहे थे। मैंने शरीर में बँधी रस्सी जैसी पट्टी से शेष बचे खाने के अंश को फर्श पर रख दिया। उसके बाद हाथ को फर्श से ऊपर की ओर उठाते हुए चुपचाप लेट गया।

चूहे मुझे इस तरह करते देख चौंक गए थे। उनमें से कुछ चूहे तो भागकर

उस कुएँनुमा गड्ढे में घुस गए, जो फर्श के बीचोबीच में था। फिर थोड़ी देर बाद मैंने देखा कि कुएँ में से एक साथ कई चूहों का झुंड निकला और लकड़ी के उस ढाँचे पर दौड़ने-भागने लगा, जिसपर मैं लेटा पड़ा था। कुछ चूहे तो दौड़ते हुए मेरे ऊपर ही चढ़ जा रहे थे। ऐसे एक-दो या चार नहीं, सैकड़ों चूहे थे। मेरे ऊपर चढ़कर कभी गले पर रेंगने लगते तो कभी होंठों पर आ जाते। सचमुच, उन्हें इस तरह अपने शरीर के ऊपर चढ़ता देखकर मन में बहुत घिन आ रही थी, इतनी कि मैं शब्दों में वर्णन नहीं कर सकता। पेंडुलम के हिलने से भी वे न तो डर रहे थे, न भाग रहे थे। मैं चुपचाप पड़ा रहा, हालाँकि अब मुझे ऐसा लग रहा था, जैसे मेरे संघर्ष का दौर अब खत्म होने वाला है और मैं आजाद होने वाला हूँ। वह पट्टी, जिससे मेरा शरीर बँधा था, मेरे शरीर से लटकने लगी थी, लेकिन पेंडुलम के हिलने से सीने पर अब भी दबाब पड़ रहा था। उसके धारदार किनारे से, पट्टी के जाल से अपने शरीर को बाहर निकाला तो कम-से-कम उस क्षण के लिए तो मैं आजाद की था।

मैंने उस लकड़ी के ढाँचे से उठकर फर्श पर कदम रखा ही था कि मेरी नजर उस पेंडुलम मशीन पर पड़ी। मैंने देखा, जैसे कोई अदृश्य शक्ति उसे ऊपर छत की ओर लिये जा रही थी। मैं हैरान था। मुझे यह भी लग रहा था कि कोई अदृश्य शक्ति मेरी एक-एक हरकत पर नजर रख रही है। मैं मौत के एक दुष्चक्र से बचकर निकला था, लेकिन अब उसके दूसरी तरह के दुष्चक्र में फँसने जा रहा था।

मैंने उस लकड़ी के ढाँचे से उठकर फर्श पर कदम रखा ही था कि मेरी नजर उस पेंडुलम मशीन पर पड़ी। मैंने देखा, जैसे कोई अदृश्य शक्ति उसे ऊपर छत की ओर लिये जा रही थी। मैं हैरान था। मुझे यह भी लग रहा था कि कोई अदृश्य शक्ति मेरी एक-एक हरकत पर नजर रख रही है। मैं मौत के एक दुष्चक्र से बचकर निकला था, लेकिन अब उसके दूसरी तरह के दुष्चक्र में फँसने जा रहा था। मैंने कोठरी में चारों ओर नजर दौड़ाई तो मुझे सबकुछ बदला-बदला सा लग रहा था, जिसकी ओर पहले मेरा ध्यान नहीं गया था। काफी देर तक मैं यों ही देखता और सोच-विचार करता रहा। मेरी समझ में

कुछ नहीं आ रहा था। इस दौरान मुझे कोठरी में आ रही रोशनी के स्रोत का पता चल गया था। वह रोशनी दीवार में बने लगभग आधा इंच चौड़े छेद से आ रही थी। मैंने उस छेद से झाँकने की कोशिश की, लेकिन कहीं कुछ भी दिखाई नहीं दे रहा था। हाँ, इतना जरूर पता चल गया कि कोठरी में जो सबकुछ बदला-बदला-सा लग रहा था, उसका कारण क्या था। मैंने पहले देखा था कि दीवारों पर बने चित्रों की रेखाएँ तो स्पष्ट थीं, लेकिन उनका रंग उतर सा गया था। लेकिन अब वह रंग पहले से कहीं ज्यादा चमकने लगा था, जिसे देखकर मैं तो क्या कोई और होता तो दाँतों तले उँगली दबा लेता। मुझे ऐसा लग रहा था, जैसे एक साथ हजारों पैशाचिक आँखें मेरी ओर देख रही हैं।

मैं यह सब देख ही रहा था कि तभी मुझे कुछ जलने की गंध महसूस हुई। वह लोहे के गर्म होने से उत्पन्न आँच की गंध थी, जिससे पूरी कोठरी में मुझे अजीब सी घुटन महसूस हो रही थी। मैं उस पिघलते लोहे से दूर हट गया। दीवारों पर बने चित्रों के रंगों की चमक जैसे हर क्षण बढ़ती ही जा रही थी। मैं कोठरी की फर्श के बीचोबीच बने कुएँ के पास चला गया, क्योंकि वहाँ ठंडक के कारण कुछ राहत-सी महसूस हो रही थी, परंतु वह राहत भी क्षणिक थी। सच कहूँ तो मुझे कहीं भी सुकून नहीं मिल रहा था। फिर अचानक मुझे पता नहीं क्या हुआ, मैं एकदम जोर से चीख पड़ा और चेहरे को हाथों से छिपाकर फूट-फूटकर रोने लगा।

लोहे के पिघलने से गरमाहट लगातार बढ़ती जा रही थी। मेरी उठने या इधर-उधर देखने की हिम्मत नहीं हो रही थी। किसी तरह हिम्मत करके मैंने ऊपर की ओर देखा। एक बार फिर मुझे कुछ रहस्यपूर्ण बदलाव घटित होता प्रतीत हो रहा था। मेरा मन बुरी तरह घबरा रहा था। कोठरी के उस भयानक से माहौल में अजीब-अजीब से बदलाब एक-एक कर घटित हो रहे थे।

लोहे के पिघलने से गरमाहट लगातार बढ़ती जा रही थी। मेरी उठने या इधर-उधर देखने की हिम्मत नहीं हो रही थी। किसी तरह हिम्मत करके मैंने ऊपर की ओर देखा। एक बार फिर मुझे कुछ रहस्यपूर्ण बदलाव घटित होता प्रतीत हो रहा था। मेरा मन बुरी तरह घबरा रहा था। कोठरी के उस भयानक से माहौल में

अजीब-अजीब से बदलाब एक-एक कर घटित हो रहे थे। पहले मैंने देखा था, कोठरी का आकार वर्गाकार था, लेकिन अब उसका आकार बदलता-सा दिखाई दे रहा था। मैं यह सब देख-देखकर हैरान था, तभी मुझे वहाँ किसी के कराहने जैसी आवाज सुनाई दी, जो बहुत डरावनी लग रही थी। देखते-ही-देखते कोठरी समचतुर्भुजाकार हो गई और इस प्रकार के रहस्यपूर्ण, डरावने बदलावों का दौर अभी खत्म नहीं हुआ था। मेरी सोचने-विचारने की शक्ति जैसे पूरी तरह से गायब हो गई थी। तभी मुझे लगा, जैसे कोठरी का मध्य भाग और चौड़ाई का हिस्सा भी उस गहरे कुएँ के ठीक ऊपर आ गया है। मैंने घबराकर पीछे हटने की कोशिश की, लेकिन पीछे दीवारें थीं। फर्श पर पैर टिकाने के लिए एक इंच जगह भी नहीं थी। मैं बिल्कुल निराश हो गया, सारी उम्मीद खो दी थी; फिर एक जोरदार चीख के साथ मैंने आँखें बंद कर लीं। मैं कुएँ के बिल्कुल कगार पर था।

तभी मुझे मनुष्यों की भुनभुनाहट जैसी आवाज सुनाई दी। फिर मुझे लगा जैसे एक साथ कई दुंदुभियाँ बजने लगी हों। मैं आँखें मूँदे उसी हालत में खड़ा रहा, एक इंच भी हिलता तो सीधा उस मौत के कुएँ में जाता। तभी अचानक मुझे लगा, जैसे किसी ने पीछे से आकर मेरे कंधे पर हाथ रख दिया हो। वे जनरल लास्ले थे। फ्रांसीसी सेना टॉलेडो में प्रवेश कर चुकी थी। अन्वेषण का काम उसके शत्रुओं के हाथों में था।

□

मेरा इकबाले-जुर्म

हाँ, मैं भीरु था और हूँ, बहुत भीरु! लेकिन इस पर कोई मुझे पागल क्यों कहे? बीमारी से मेरी इंद्रियाँ शिथिल नहीं हुई थीं, बल्कि और भी तेज हो गई थीं। सूनने की शक्ति तो कुछ ज्यादा ही बढ़ गई थी। धरती और आसमान की सब बातें मैं सुन सकता था। धरती और स्वर्ग ही क्यों, मैं तो नर्क की बातें भी सुनता था तो फिर मैं पागल कैसे हो सकता था? जरा सुनिए तो सही, कितने अच्छे तरीके से मैं पूरी कहानी सुनाता हूँ।

पहली बार दिमाग में यह विचार कैसे आया, यह बता पाना तो मुश्किल है, लेकिन एक बार दिमाग में बात आई तो वह रात-दिन छाई रहने लगी। इसके पीछे न कोई बड़ा मकसद था और न ही ऐसा कोई जुनून था। वह बूढ़ा आदमी मुझे अच्छा लगता था। उसने मेरे साथ कभी कुछ गलत नहीं किया था। मुझे उसकी धन-दौलत की कोई चाह नहीं थी। उसकी आँख! हाँ, उसकी आँख थी, जो मुझे अच्छी लगती थी। दरअसल उसकी एक आँख बिल्कुल गिद्ध की आँख की तरह थी—हलके नीले रंग की, जिसके ऊपर एक झिल्ली थी। जब भी उस आँख से वह मेरी ओर देखता था, मैं जैसे अपनी सुध-बुध खो बैठता था। धीरे-धीरे मैं इतना परेशान हो गया कि मन में उस बड़े आदमी को ही खत्म कर देने का विचार मन में आने लगा—न रहेगा बाँस, न बजेगी बाँसुरी!

अब इसके लिए आप मुझे पागल कहें तो कहते रहें। पागल लोग कुछ नहीं जानते, लेकिन मुझे तो आपने देखा ही होगा कि कितनी समझदारी से, कितनी सावधानी से मैंने काम शुरू किया था!

उसे मारने के एक सप्ताह पहले से मैं उसके साथ पहले से कुछ ज्यादा ही अपनापन और सहानुभूति जताने लगा था। मैं रोज आधी रात के समय जाता

और बहुत धीरे से उसके दरवाजे की सिटकिनी घुमाकर दरवाजा खोलता, वह भी इतना ही खोलता था, जितने से मेरा सिर अंदर चला जाए। मेरे हाथ में एक बत्ती होती थी, जिसे ऊपर से पूरी तरह से ढककर रखता था, ताकि रोशनी बाहर तक न जाए। बहुत सावधानी से मैं अपना सिर अंदर डालता था, इस डर से कि कहीं वह जाग न जाए। इस प्रकार इतनी सावधानी से सिर को अंदर करने और बत्ती की रोशनी में उसे पलंग पर लेटे देखने में मुझे लगभग घंटे भर का समय लग जाता था। तो, अब आप ही बताइए, कोई पागल आदमी इतना बुद्धिमान हो सकता है क्या? अंदर हो जाने के बाद बत्ती बिल्कुल धीमी कर देता था, इतनी धीमी कि रोशनी की एक किरण उसकी गिद्ध जैसी आँख पर न पड़ती थी और कुछ नहीं दिखाई देता था। सात रातों तक यह सिलसिला चलता रहा, लेकिन हर बार उसकी आँख मुझे बंद ही मिली। इस कारण मैं अपना काम नहीं कर पा रहा था, क्योंकि मुझे तकलीफ उस बूढ़े आदमी से नहीं, बल्कि उसकी उस गिद्ध-दृष्टि से थी। सुबह होने पर मैं बड़ा प्रसन्नचित्त होकर उसके कमरे में जाता और उसका हाल-चाल पूछता। ऐसा इसलिए करता था, ताकि उसे कभी ऐसा कोई शक न हो कि रात में, आधी रात के समय मैं उसके पास जाता हूँ।

आठवीं रात मैं दरवाजा खोलने में कुछ ज्यादा ही सावधानी बरत रहा था। घड़ी की मिनट की सुई से भी ज्यादा तेजी से मेरे हाथ काम कर रहे थे। अपनी कामयाबी की उम्मीद पर मैं बहुत खुश था। बहुत सावधानी से मैंने दरवाजा खोला और सिर दरवाजे के अंदर कर लिया। मैं यह सोच-सोचकर खुश हो रहा था कि उस बूढ़े आदमी को मेरे आने या कुछ करने की भनक तक नहीं थी।

आठवीं रात मैं दरवाजा खोलने में कुछ ज्यादा ही सावधानी बरत रहा था। घड़ी की मिनट की सुई से भी ज्यादा तेजी से मेरे हाथ काम कर रहे थे। अपनी कामयाबी की उम्मीद पर मैं बहुत खुश था। बहुत सावधानी से मैंने दरवाजा खोला और सिर दरवाजे के अंदर कर लिया। मैं यह सोच-सोचकर खुश हो रहा था कि उस बूढ़े आदमी को मेरे आने या कुछ करने की भनक तक नहीं थी। लेकिन तभी मुझे लगा, जैसे उसे मेरे वहाँ होने की आहट मिल गई थी, क्योंकि मैंने देखा, वह चौंककर बिस्तर

पर करवट बदलने लगा था। मुझे डरने की कोई जरूरत ही नहीं थी, क्योंकि कमरे में बिल्कुल अँधेरा था, इसलिए इतना तो मैं जानता था कि अँधेरे में उसकी आँखें मुझे नहीं देख सकतीं। सिर अंदर करके मैं बत्ती जलाने ही वाला था कि मेरा अँगूठा दरवाजे पर लगी टिन की चादर पर फिसल गया और बूढ़ा आदमी एकदम उठकर बैठते हुए बोल पड़ा, "कौन है ?"

मैं बिल्कुल चुपचाप था। पूरे एक घंटा तक मैं उसी स्थिति में खड़ा रहा और इस दौरान वह बूढ़ा आदमी भी बिस्तर पर बैठा ही रहा, शायद वह आहट लेने की कोशिश कर रहा था।

तभी मुझे किसी के कराहने जैसी आवाज सुनाई दी, अजीब तरह की डरावनी आवाज थी वह। वह किसी दर्द या पीड़ा में उठने वाली कराह नहीं थी, बल्कि वह आवाज मेरे सीने से निकल रही थी। उसकी गूँज मेरी रूह तक पहुँच रही थी। मैं उस आवाज को अच्छी तरह से पहचानता था। रात में, आधी रात के समय जब सारी दुनिया सोई होती थी, उस समय ऐसी आवाज मेरे सीने से निकलती थी, जो मन में एक अलग तरह का भय पैदा करती थी। मैं जान गया था कि वह बूढ़ा आदमी अभी तक जाग रहा है और आहट सुनने के बाद से वह उसी तरह बैठा हुआ है। शायद वह मन-ही-मन सोच रहा था कि चिमनी से निकलने वाली हवा से यह आवाज आई होगी या फिर कोई चूहा फर्श पर चल रहा होगा या हो सकता है कोई कीड़ा हो! वह अपने आपकों तसल्ली देने की कोशिश कर रहा था, लेकिन उसे क्या पता था कि मौत बिल्कुल उसके करीब आ पहुँची है।

तभी मुझे किसी के कराहने जैसी आवाज सुनाई दी, अजीब तरह की डरावनी आवाज थी वह। वह किसी दर्द या पीड़ा में उठने वाली कराह नहीं थी, बल्कि वह आवाज मेरे सीने से निकल रही थी। उसकी गूँज मेरी रूह तक पहुँच रही थी। मैं उस आवाज को अच्छी तरह से पहचानता था। रात में, आधी रात के समय जब सारी दुनिया सोई होती थी, उस समय ऐसी आवाज मेरे सीने से निकलती थी, जो मन में एक अलग तरह का भय पैदा करती थी।

काफी देर तक इसी तरह देखते-देखते मैंने बत्ती को बहुत हलके से जलाने

का निश्चय किया, इतने हलके से कि बस एक हलकी सी रोशनी उस गिद्ध-दृष्टि तक पहुँचे, जिसके कारण मैं इतना परेशान था। मैंने देखा, वह गिद्ध-दृष्टि आज पूरी तरह से खुली दिखाई दे रही थी; उसे देखकर मैं गुस्से से जैसे पागल हो गया। चेहरे के अलावा उसके शरीर का और कोई हिस्सा मुझे दिखाई नहीं दे रहा था, क्योंकि मैंने बत्ती की फोकस ठीक उसकी आँख पर ही कर रखा था। तभी मुझे कुछ ऐसी आवाज सुनाई दी, जैसी घड़ी की टिक-टिक से आती है। उस आवाज को भी मैं पहचानता था, यह उस बूढ़े के दिल की धड़कनों की आवाज थी, जिसे सुनकर मेरा गुस्सा और बढ़ रहा था, ठीक वैसे ही, जैसे नगाड़े की आवाज सुनकर सैनिक का जोश और बढ़ जाता है।

परंतु मैं किसी तरह की जल्दबाजी नहीं कर रहा था और बहुत सावधानी से बत्ती का फोकस उसकी आँख पर बनाए रखा। इसी बीच मैंने महसूस किया कि उसके दिल की धड़कनों से निकलने वाली आवाज भी तेज होती जा रही थी, शायद, उसकी घबराहट बढ़ गई थी और लगातार बढ़ती जा रही थी। उस घोर अँधेरी रात के सन्नाटे में मैं खुद भी तो डर रहा था; लेकिन कुछ मिनट तक मैं बहुत तसल्ली से खड़ा इंतजार करता रहा।

परंतु मैं किसी तरह की जल्दबाजी नहीं कर रहा था और बहुत सावधानी से बत्ती का फोकस उसकी आँख पर बनाए रखा। इसी बीच मैंने महसूस किया कि उसके दिल की धड़कनों से निकलने वाली आवाज भी तेज होती जा रही थी, शायद, उसकी घबराहट बढ़ गई थी और लगातार बढ़ती जा रही थी। उस घोर अँधेरी रात के सन्नाटे में मैं खुद भी तो डर रहा था; लेकिन कुछ मिनट तक मैं बहुत तसल्ली से खड़ा इंतजार करता रहा। मैंने महसूस किया कि उसके दिल के धड़कने की आवाज अब भी बढ़ती ही जा रही थी। मैं डर गया और सोचने लगा कि कहीं पड़ोसियों तक यह आवाज न पहुँच जाए तथा मेरी सारी योजना पर पानी न फिर जाए। यही सोचते-सोचते मुझे पता नहीं क्या हुआ, मैंने एकदम बत्ती की रोशनी तेज की और झट से कमरे के अंदर पहुँच गया। वह चीखा! बस वह एक ही बार चीख पाया, क्योंकि दूसरी बार चीखता, उससे पहले ही मैंने उसे पलंग से नीचे

खींच लिया और पलंग उठाकर उसके ऊपर दे मारा। मैं अपनी कामयाबी पर मन–ही–मन खुश हो रहा था। वह मर गया था, फिर भी तसल्ली करने के लिए मैंने उसके ऊपर से पलंग हटाया और उसके सीने पर हाथ रखकर देखने लगा; धड़कन बिल्कुल बंद थी। वह मर चुका था। अब उसकी वह गिद्ध–दृष्टि मुझे कभी तंग नहीं कर सकती थी।

अब भी अगर आप मुझे पागल समझ रहे हों तो मुझे पूरा विश्वास है कि लाश को जिस समझदारी और सावधानी से मैंने छिपाया, उसके बारे में सुनकर तो आप बिल्कुल ऐसा नहीं समझेंगे।

रात बीतती जा रही थी। मैंने लाश को टुकड़ों में बाँट दिया—सिर, हाथ और पैर काटकर अलग कर दिए। उसके बाद मैंने कमरे की फर्श से तीन पत्थर हटाए और लाश के सब टुकड़ों को उसके नीचे रखकर पत्थरों को वैसे–का–वैसे बैठा दिया। फर्श पर किसी तरह का कोई निशान नहीं रहने दिया, जिससे किसी को कुछ शक हो। बहुत सावधानी से सारे निशान मिटा दिए थे।

रात बीतती जा रही थी। मैंने लाश को टुकड़ों में बाँट दिया—सिर, हाथ और पैर काटकर अलग कर दिए। उसके बाद मैंने कमरे की फर्श से तीन पत्थर हटाए और लाश के सब टुकड़ों को उसके नीचे रखकर पत्थरों को वैसे-का-वैसे बैठा दिया। फर्श पर किसी तरह का कोई निशान नहीं रहने दिया, जिससे किसी को कुछ शक हो। बहुत सावधानी से सारे निशान मिटा दिए थे।

अब तक रात बीत चुकी थी। सुबह के चार बजने वाले थे, लेकिन अब भी काफी अँधेरा था। जब घड़ी में चार बजने का संकेत हुआ, तभी नीचे दरवाजें पर दस्तक हुई। मैं बेधड़क नीचे गया और दरवाजा खोल दिया। सामने तीन लोग थे, जो खुद को पुलिस अधिकारी बता रहे थे। पता चला कि रात में किसी पड़ोसी ने चीख सुनकर पुलिस को खबर की थी, जिसकी तहकीकात के लिए वे तीनों पुलिस अधिकारी आए थे। वे मकान की तलाशी लेना चाहते थे।

मैं मुसकरा रहा था। डरने की क्या बात? मैंने तीनों का अभिवादन किया और बड़े सहज भाव से उन्हें बताया कि वह चीख मेरी थी, मैं ही सपने में चीखा था। बूढ़े आदमी के बारे में मैंने बताया कि वह कहीं गया हुआ है। तलाशी के

दौरान मैं खुद उनके आगे-आगे चल रहा था, ताकि उन्हें किसी तरह का शक न हो। मैंने उन्हें उस बूढ़े आदमी की तिजोरी दिखाई, सबकुछ सुरक्षित था, कहीं कोई छेड़छाड़ नहीं हुई थी। अच्छी तरह तलाशी ले चुकने के बाद मैं उनके लिए कुरसी लाया और उसी कमरे में बिठाया, जिसमें लाश को छिपा रखा था। उसके बाद अपनी कुरसी मैंने ठीक उसी जगह पर लगाई, जहाँ लाश थी। अति उत्साह और अति विश्वास के कारण मैं यह समझ ही नहीं पा रहा था कि मैं गलती कर रहा हूँ।

मेरा आत्मविश्वास देखकर पुलिस वालों का शक दूर होता दिखाई दे रहा था। मैं बिल्कुल सहज था। पुलिसवाले बैठे-बैठे बातें करने लगे। मैं भी उनकी बातों में शरीक था। मैं अंदर से तो डरा हुआ था, लेकिन उन्हें किसी भी तरह से महसूस नहीं होने दे रहा था। इस तरह बातें करते-करते अचानक मुझे सिर में दर्द महसूस होने लगा। अब मैं मन-ही-मन सोच रहा था कि ये पुलिसवाले कितनी जल्दी यहाँ से चले जाएँ। सिर में दर्द के साथ-साथ कानों में घंटी-सी बजने लगी थी, लेकिन वे तीनों उठने का नाम नहीं ले रहे थे। मैं भी सहज होने और उनके साथ बातचीत में शामिल रहने की कोशिश कर रहा था, लेकिन कानों में घंटी का बजना लगातार बढ़ता जा रहा था। मैंने ध्यान दिया तो पाया कि आवाज मेरे कानों के अंदर से नहीं आ रही थी।

मेरा आत्मविश्वास देखकर पुलिस वालों का शक दूर होता दिखाई दे रहा था। मैं बिल्कुल सहज था। पुलिसवाले बैठे-बैठे बातें करने लगे। मैं भी उनकी बातों में शरीक था। मैं अंदर से तो डरा हुआ था, लेकिन उन्हें किसी भी तरह से महसूस नहीं होने दे रहा था। इस तरह बातें करते-करते अचानक मुझे सिर में दर्द महसूस होने लगा। अब मैं मन-ही-मन सोच रहा था कि ये पुलिसवाले कितनी जल्दी यहाँ से चले जाएँ।

मैं अंदर से घबराया हुआ जरूर था, लेकिन ऊपर से सहज, सामान्य दिखने की कोशिश में और भी जोर-जोर से बोलने लगा था। मैंने महसूस किया कि आवाज अब स्पष्ट होने लगी थी—घड़ी की टिक-टिक जैसी आवाज। हालाँकि पुलिसवालों को वह आवाज सुनाई नहीं दे रही थी, लेकिन मेरी घबराहट

बढ़ती जा रही थी। मैं मन-ही-मन सोच रहा था कि आखिर ये लोग जाते क्यों नहीं। बेचैनी और घबराहट में मैं उठा और कमरे के अंदर ही इधर-से-उधर चहलकदमी करने लगा। मैं करता भी तो क्या करता? मैंने अपनी कुरसी उठाई और उसे फर्श के पत्थरों पर रगड़ने लगा। उधर वह आवाज लगातार बढ़ती जा रही थी, लेकिन तीनों पुलिसवाले अपनी बातचीत में मशगूल थे और धीरे-धीरे मुसकरा रहे थे। अब मैं सोचने लगा कि क्या सचमुच इन लोगों को कुछ सुनाई नहीं दे रहा है। हे भगवान! नहीं, नहीं! उन्होंने सुन लिया था···उन्हें शक हो गया था··· वे मेरा मजाक बना रहे थे। मैं अंदर से एक अजीब सी बेचैनी महसूस करने लगा था। उनकी बातें, उनकी मुसकराहट अब मुझसे बरदाश्त नहीं हो पा रही थी। जी में आ रहा था कि चीखूँ, खूब जोर से चीखूँ। मैं खुद को रोक नहीं पाया और चीख पड़ा, "दुष्टो, मुझे अब और बेवकूफ मत बनाओं! मैं अपना जुर्म स्वीकार करता हूँ! यहाँ···यहाँ···इन पत्थरों को हटाओ···यह उसी के दिल की धड़कन की आवाज है!"

□

बेमौत कब्र की यात्रा

कई बार कुछ ऐसी घटनाएँ घट जाती हैं, जो डरावनी तो होती हैं, लेकिन बड़ी दिलचस्प होती हैं। उदाहरण के लिए—बेरेसिना की घटना, लिस्बन का भूकंप, लंदन की महामारी, सेंट बारथोलोमिव का नरसंहार या कलकत्ता (कोलकाता) के ब्लैक होल में एक सौ तेइस कैदियों की गला घोंटने से हुई मौत की घटना। ये सब घटनाएँ ऐसी हैं, जिनके बारे में जान-सुनकर दिल में दर्द तो उठता है, लेकिन साथ ही हमारा रोम-रोम रोमांचित हो उठता है। इन घटनाओं की सत्यता है, जो हमें रोमांचित, उत्तेजित करती है।

इनके अलावा और भी ऐसी अनेक आपदाएँ हैं, जिनका अभिलेख मौजूद है और जिनकी प्रकृति और गंभीरता बरबस ही हमारा ध्यान खींच लेती है और हमें सोचने के लिए विवश कर देती है। आपको याद होगा, मानवीय वेदनाओं की लंबी सूची में से मैंने ऐसी अनेक व्यक्तिगत वेदनाओं या आपदाओं को अपनी कहानियों का विषय बनाया है, जो इनसे भी कहीं ज्यादा दिल दहलाने वाली हैं। ऐसा देखा जाता है कि जीवन की बड़ी-बड़ी व्यथाएँ-वेदनाएँ मनुष्य द्वारा व्यक्तिगत रूप से झेली जाती हैं, सामूहिक रूप से नहीं। इसके लिए हमें उस दयालु ईश्वर का धन्यवाद करना चाहिए।

जिंदा दफन होना या करना एक ऐसी घटना है, जिसपर एकदम विश्वास नहीं होता और जिसे एक सबसे बड़ी दिल दहलाने वाली घटना माना जा सकता है। लेकिन ऐसी घटना एक बार, दो बार नहीं, बार-बार होती रही है, जिससे इनकार नहीं किया जा सकता है। जीवन और मृत्यु के बीच ऐसी कोई बहुत स्पष्ट सीमारेखा नहीं है, जो दोनों के बीच साफ-साफ अंतर कर सके। जीवन कब मौत में बदल जाता है या मौत कब जीवन का रूप ले लेती है, इसे कोई नहीं जानता!

हम जानते हैं कि कुछ बीमारियाँ ऐसी होती हैं, जिनमें जीवन के सब गोचर लक्षण गायब से हो जाते हैं और मरीज की स्थिति मृतक की जैसी हो जाती है। लेकिन ये लक्षण अस्थायी होते हैं, यानी मरीज मरा नहीं होता है, उसके जीवन की डोर टूटी नहीं होती है और एक निश्चित समयांतराल के बाद फिर से कोई रहस्यमयी तंत्र–व्यवस्था अपना काम करना शुरू कर देती है। परंतु सोचने वाली बात यह है कि इस बीच आत्मा कहाँ चली जाती है ?

ऐसे एक नहीं, कई उदाहरण देखने को मिलते हैं, जिसमें इनसान पूरी तरह से मरा नहीं होता और उसे मृत समझकर दफना दिया जाता है। मैं ऐसे कई सौ मामले गिना सकता हूँ और वह भी बाकायदा प्रमाण के साथ। अभी ज्यादा पुरानी बात नहीं है, बाल्टीमोर शहर में ऐसी ही एक घटना सामने आई थी, शायद पाठकों को याद भी होगी! एक जाने–माने वकील और कांग्रेस के सदस्य की पत्नी अचानक किसी अजीब सी बीमारी से ग्रस्त हो गई, जिसने डॉक्टरों को भी हैरानी में डाल दिया था। बहुत इलाज हुआ, पर अंततः वह मर गई या यह समझ लीजिए कि उसे मृत समझ लिया गया। यह बात किसी के भी दिमाग में नहीं थी कि वह वास्तव में मरी नहीं है। उसके शरीर में जीवन का एक भी लक्षण दिखाई नहीं दे रहा था। पूरा शरीर ठंडा पड़ गया था और धड़कन नहीं चल रही थी। दफनाने से पहले तीन दिन तक उसे सुरक्षित रखा गया और इस दौरान उसका शरीर बिल्कुल अकड़ गया था। लाश के खराब होने के डर से जल्दी से उसका अंतिम संस्कार कर दिया गया।

ऐसे एक नहीं, कई उदाहरण देखने को मिलते हैं, जिसमें इनसान पूरी तरह से मरा नहीं होता और उसे मृत समझकर दफना दिया जाता है। मैं ऐसे कई सौ मामले गिना सकता हूँ और वह भी बाकायदा प्रमाण के साथ। अभी ज्यादा पुरानी बात नहीं है, बाल्टीमोर शहर में ऐसी ही एक घटना सामने आई थी, शायद पाठकों को याद भी होगी!

उसे घर के ही एक तहखाने में दफना दिया गया और तीन साल तक उसकी ओर किसी का ध्यान नहीं गया। तीन साल के बाद पति ने किसी काम से तहखाने का दरवाजा खोला। दरवाजा खोलते ही उसने जो कुछ देखा, उससे वह हैरान रहा गया। दरवाजा एक झटके के साथ बाहर की ओर खुला और उसेपीछे से सफेद

कपड़े में लिपटी कोई चीज आकर एकदम उसकी बाहों में गिरी, वह उसकी पत्नी का कंकाल था, जो कफन में लिपटा पड़ा था।

बहुत बारीकी से विश्लेषण करने पर ऐसा लगा कि दफनाने के बाद दूसरे दिन ही वह पुनर्जीवित हो उठी थी। बाहर निकलने के लिए वह ताबूत के अंदर छटपटाई होगी, जिससे ताबूत अलमारी से फर्श पर गिरकर टूट गया होगा और उसका कफन में लिपटा शरीर ताबूत से बाहर आ गया होगा। ताबूत के अंदर तेल से भरा एक दीया रखा गया था, जो खाली मिला। नीचे जाने वाली सीढ़ियों पर ताबूत का एक टूटा हुआ टुकड़ा पाया गया, जिससे लग रहा था कि इस टूटे हुए टुकड़े से दरवाजे पर चोट करके वह बाहर के लोगों को बताना चाहती थी। किसी भी तरह से कोई रास्ता न मिलने पर अंत में वह दरवाजे के साथ ही खड़ी-खड़ी मर गई होगी।

सन् 1810 में ऐसी ही एक और घटना फ्रांस में हुई थी, जिसके बारे में पढ़कर आप खुद सोचेंगे कि हकीकत कई बार कहानी से भी ज्यादा अजीब और अविश्वसनीय होती है। यह कहानी एक अमीर घर की जवान लड़की मेडमॉयजेल विक्टोराइन लैफोरकाडे की है। वह विवाह-योग्य थी और खुबसूरत भी। उससे विवाह करने के इच्छुक लोगों में पेरिस का एक साहित्यकार या पत्रकार भी था, जिसका नाम जूलियन बुसेंट था।

सन् 1810 में ऐसी ही एक और घटना फ्रांस में हुई थी, जिसके बारे में पढ़कर आप खुद सोचेंगे कि हकीकत कई बार कहानी से भी ज्यादा अजीब और अविश्वसनीय होती है। यह कहानी एक अमीर घर की जवान लड़की मेडमॉयजेल विक्टोराइन लैफोरकाडे की है। वह विवाह-योग्य थी और खुबसूरत भी। उससे विवाह करने के इच्छुक लोगों में पेरिस का एक साहित्यकार या पत्रकार भी था, जिसका नाम जूलियन बुसेंट था। उसकी प्रतिभा से प्रभावित होकर लड़की उसे पसंद तो करती थी, लेकिन दोनों के विवाह के बीच में उनके आर्थिक और सामाजिक स्तर का अंतर आड़े आ रहा था; इस कारण उसका प्रस्ताव ठुकराकर उसने मॉन्जियर टेनेल नामक एक जाने-माने बैंकर से शादी कर ली। परंतु शादी के बाद उसका पति उसके साथ बुरा बरताब करने लगा, जिसके कारण वह

परेशान रहने लगी। इस तरह कुछ साल बीते, उसके बाद वह मर गई या यों कह लीजिए कि देखने वालों ने उसे मरा समझ लिया। उसे किसी तहखाने में नहीं, बल्कि उसके गाँव की ही एक कब्रगाह में दफन किया गया। उसकी याद में पागल, उसका निराश प्रेमी एक दिन ठीक आधी रात के समय उसकी कब्र पर जाता है और जमीन के अंदर से खोदकर उसका ताबूत बाहर निकाल लेता है। वह उसके बालों के सुंदर गुच्छों को निकालना चाहता था, इसके लिए उसने ताबूत को खोला और जैसे ही उसके बालों पर हाथ लगाया, वह लाश बनी लड़की हरकत करने लगी। उसका प्रेमी उसे उठाकर अपने घर लाया और उसकी अच्छी-से-अच्छी चिकित्सा कराई। अंत में वह पूरी तरह से पुनर्जीवित हो गई और अपने प्रेमी, जिसकी इतनी मेहनत से वह दुबारा जीवित हुई थी, को पहचानकर उसके साथ रहने लगी। वह अपने पति के पास नहीं गई और उससे अपने पुनर्जीवित होने का राज भी छिपाए रखा। अपने प्रेमी से उसे सच्चे प्रेम का सबक मिल गया था, इसलिए उसके साथ वह अमेरिका चली गई और दोनों वहीं रहने लगे। बीस साल बाद दोनों जब फ्रांस लौटे तो उस महिला की शक्ल-सूरत इतनी बदल चुकी थी कि उसके खास जानने वाले भी उसे नहीं पहचान पा रहे थे। हाँ, उसके पति, जिसके साथ उसकी शादी हुई थी, ने उसे पहली बार में ही पहचान लिया और अब वह उसपर अपनी पत्नी होने का दावा कर रहा था। मामला अदालत तक पहुँचा, लेकिन परिस्थितियाँ ऐसी थीं कि उसे पति के हक से वंचित कर दिया गया।

वह उसके बालों के सुंदर गुच्छों को निकालना चाहता था, इसके लिए उसने ताबूत को खोला और जैसे ही उसके बालों पर हाथ लगाया, वह लाश बनी लड़की हरकत करने लगी। उसका प्रेमी उसे उठाकर अपने घर लाया और उसकी अच्छी-से-अच्छी चिकित्सा कराई।

इसी तरह की एक घटना लीपसिक के 'चिरुर्जिकल जर्नल' में प्रकाशित हुई थी, जिसे किसी अमेरिकी पुस्तक विके्रता ने अनुवाद कराकर पुन: प्रकाशित कराया था।

सेना के आर्टिलरी डिवीजन का एक अधिकारी था, जो अच्छी, लंबी-चौड़ी कद-काठी का आदमी था। घोड़े से गिर जाने के कारण उसके सिर में गहरी

चोट आ गई और वह तुरंत बेहोश हो गया। डॉक्टरों ने उसकी खोपड़ी में हलका फ्रैक्चर बताया। खोपड़ी के अंदर से टूटी हुई हड्डी सफलतापूर्वक निकाल दी गई; लेकिन उसका रक्तस्राव नहीं रुक रहा था। कई तरह का इलाज किया गया, लेकिन उसकी हालत बिगड़ती ही गई और अंत में वह मर गया या यों कहिए कि उसे मरा समझ लिया गया।

उसे एक सार्वजनिक कब्रगाह में दफना दिया गया। उस दिन शुक्रवार था। इतवार वाले दिन उसकी कब्र पर बहुत सारे लोगों की भीड़ थी। लगभग दोपहर के समय भीड़ में से ही एक आदमी ने दावा किया कि जब वह उस अधिकारी की कब्र पर बैठा था तो उसे जमीन के अंदर अजीब सी हलचल महसूस हुई थी, जैसे कोई जमीन के अंदर छटपटा रहा हो। पहले तो किसी ने उसकी बात को गंभीरता से नहीं लिया, लेकिन जब वह ज्यादा जोर देने लगा तो वहाँ मौजूद लोगों ने फटाफट फावड़ा मँगवाया और कब्र को खोद डाला। ताबूत के अंदर देखा गया तो वह मरा लग रहा था; लेकिन ध्यान से देखने पर पता चला कि ताबूत का ढक्कन थोड़ा सा ऊपर की ओर उठ गया है, जिससे लग रहा था कि वह ताबूत से बाहर निकलने के लिए छटपटा रहा था।

उसे एक सार्वजनिक कब्रगाह में दफना दिया गया। उस दिन शुक्रवार था। इतवार वाले दिन उसकी कब्र पर बहुत सारे लोगों की भीड़ थी। लगभग दोपहर के समय भीड़ में से ही एक आदमी ने दावा किया कि जब वह उस अधिकारी की कब्र पर बैठा था तो उसे जमीन के अंदर अजीब सी हलचल महसूस हुई थी, जैसे कोई जमीन के अंदर छटपटा रहा हो। पहले तो किसी ने उसकी बात को गंभीरता से नहीं लिया, लेकिन जब वह ज्यादा जोर देने लगा तो वहाँ मौजूद लोगों ने फटाफट फावड़ा मँगवाया और कब्र को खोद डाला।

उसे जल्दी से अस्पताल ले जाया गया, जहाँ डॉक्टरों ने बताया कि उसमें अभी जान है। इलाज के बाद कुछ घंटों में ही वह पुनर्जीवित हो उठा और सबको पहचानकर बात करने लगा। टूटी हुई आवाज में उसने कब्र के अंदर की अपनी व्यथा के बारे में भी बताया। जो कुछ उसने बताया, उससे यह बात स्पष्ट हो

गई थी कि एक घंटा से भी ज्यादा समय तक वह चेतना में रहा था, उसके बाद अचेत हुआ था। दरअसल कब्र में थोड़ी-बहुत हवा अंदर तक पहुँच रही होगी। जब उसे कब्र के ऊपर लोगों की आहट का पता चला तो वह अंदर-ही-अंदर छटपटाने लगा, ताकि सबको पता चल जाए। उसने खुद बताया कि जमीन के अंदर उसने कुछ हलचल सी महसूस की, उसे लगा, जैसे वह हलचल उसे उस गहरी नींद से जगाने के लिए थी। परंतु नींद से जागने पर खुद को ऐसी स्थिति में पाकर वह घबरा उठा।

प्राप्त जानकारी के अनुसार, वह मरीज धीरे-धीरे ठीक हो रहा था और पूरी तरह से ठीक हो जाता, लेकिन वह कुछ गलत चिकित्सकीय प्रयोगों का शिकार हो गया। गाल्वनिक (बिजली उत्पन्न करने वाली) बैटरी लगाई गई थी, जिससे कभी-कभी रोग का आवेश बढ़ जाता है; ऐसे ही आवेश के कारण एक दिन उसकी मौत हो गई।

प्राप्त जानकारी के अनुसार, वह मरीज धीरे-धीरे ठीक हो रहा था और पूरी तरह से ठीक हो जाता, लेकिन वह कुछ गलत चिकित्सकीय प्रयोगों का शिकार हो गया। गाल्वनिक (बिजली उत्पन्न करने वाली) बैटरी लगाई गई थी, जिससे कभी-कभी रोग का आवेश बढ़ जाता है; ऐसे ही आवेश के कारण एक दिन उसकी मौत हो गई।

गाल्वनिक बैटरी का जिक्र आया तो मुझे ऐसी ही एक और विचित्र घटना की याद आ गई। सन् 1831 की बात है। लंदन का एक मुख्तार था, जिसका नाम एडवर्ड स्टैपक्टन था। वह बुखार से मर गया था, लेकिन जिन परिस्थितियों में उसकी मौत हुई थी, उसे देखते हुए उसके परिजनों ने उसकी लाश का पोस्टमार्टम कराने की माँग की, लेकिन उनकी माँग स्वीकार नहीं की गई। ऐसे मामलों में प्राय: यही होता है कि (चिकित्सकीय प्रयोग करनेवाले) डॉक्टर बाद में मौका देखकर लाश को खोदकर उसकी चीर-फाड़ करते हैं। अंतिम संस्कार के बाद तीसरी रात लाश को आठ फीट गहरी कब्र से खोदकर निकाल लिया गया और उसे एक निजी अस्पताल में रख दिया गया।

अस्पताल में रात के समय उसकी चीर-फाड़ शुरू हुई। गाल्वनिक बैटरी लगाकर एक के बाद एक कई प्रयोग किए गए, लेकिन कोई खास नतीजा नहीं

निकला। हाँ, एक-दो बार ऐसा जरूर लगा कि शरीर के अंगों में कहीं-न-कहीं थोड़ी बहुत जान है।

रात बीत चुकी थी, सवेरा होने वाला था, इसलिए प्रयोग करने वाले डॉक्टर जल्दी-से-जल्दी अपना काम निपटा लेना चाहते थे। तभी एक डॉक्टर ने बैटरी को उसकी छाती की मांसपेशियों में लगा दिया; तार जोड़ते ही वह आदमी एकदम उठ बैठा और मेज से उतरकर फर्श पर आ गया। कुछ देर तक अचरज भरी निगाहों से इधर-उधर देखने के बाद वह बोल पड़ा, पर क्या बोला, यह तो किसी की समझ में नहीं आया, लेकिन आवाज सभी ने सुनी। उसके बाद वह एकदम फर्श पर गिर पड़ा। वहाँ मौजूद सबके सब लोग हैरान थे। अब इतना तो साफ हो गया था कि स्टैपल्टन जिंदा था, भले ही उस समय वह अचेत था। कुछ आवश्यक उपाय के बाद उसकी चेतना दुबारा वापस आ गई और जल्दी ही वह स्वस्थ हो गया; लेकिन उसके पुनर्जीवित होने की बात अभी तक उसके जानने वालों से छिपाकर रखी गई थी।

प्रयोग करने वाली टीम के एक डॉक्टर मि. एस. ने इस संबंध में स्वयं बताया कि वह आदमी उस समय भी पूरी तरह से अचेत या बेजान नहीं था, जब डॉक्टरों ने उसे मृत घोषित किया था; और उस समय से लेकर फर्श पर गिरने तक उसमें हर वक्त कहीं-न-कहीं जान मौजूद थी। अस्पताल में जिंदा होकर उठ बैठने के बाद उसने जो शब्द बोले थे, वे शायद यही थे, "मैं जिंदा हूँ।"

प्रयोग करने वाली टीम के एक डॉक्टर मि. एस. ने इस संबंध में स्वयं बताया कि वह आदमी उस समय भी पूरी तरह से अचेत या बेजान नहीं था, जब डॉक्टरों ने उसे मृत घोषित किया था; और उस समय से लेकर फर्श पर गिरने तक उसमें हर वक्त कहीं-न-कहीं जान मौजूद थी। अस्पताल में जिंदा होकर उठ बैठने के बाद उसने जो शब्द बोले थे, वे शायद यही थे, "मैं जिंदा हूँ।"

यहाँ मैंने मौत से पहले इनसान को दफन किए जाने के जिन मामलों के विवरण प्रस्तुत किए, वे ऐसे मामले हैं, जिनके बारे में लोगों को किसी-न-किसी तरह पता चल गया और इनसान को बचा लिया गया। इनके अलावा कई

मामलों में हमें पता ही नहीं चल पाता। कब्रगाहों या श्मशानों में नरकंकालों के साथ छेड़छाड़ की बात अकसर सुनने-देखने में आती है, जिससे इस प्रकार की भयावह शंकाओं को बल मिलता है।

इस तरह की शंकाएँ तो भयावह होती हैं, उनसे भी कहीं ज्यादा भयावह होती है वह नर्क-यातना, जो वास्तविक मौत से पहले दफन किए जाने पर इनसान को झेलनी पड़ती है। सचमुच इससे बढ़कर दुर्भाग्यपूर्ण बात और कोई नहीं हो सकती (कब्र के अंदर) फेफड़ों पर पड़ने वाला दबाव··· जमीन की नमी···शरीर के ऊपर (कफन के) कपड़ों की कसाव···(कब्र की) जगह का संकुचित होना··· काली, अंधियारी रात···दूर-दूर तक चारों ओर सन्नाटा—इस तरह की बातों की कल्पना-मात्र से ही दिल दहल जाता है। सच यही है कि धरती पर इससे ज्यादा भयावह व पीड़ादायक जगह कोई और नहीं है। यही कारण है कि इस तरह के विषयों की ओर बरबस ही हमारा ध्यान चला जाता है। अब मैं आपको जो बात बताने जा रहा हूँ, वह मेरी अपनी निजी जानकारी और अनुभव पर आधारित है।

कई सालों तक मैं एक अजीब तरह की बीमारी से ग्रस्त रहा था (कोई और सुपरिभाषित नाम न मिलने के कारण), जिसे डॉक्टरों ने मिरगी या अपस्मार नाम दिया था। इस तरह की बीमारी के निदान का तो अब तक पता नहीं चला है, लेकिन इसके लक्षण स्पष्ट होते हैं, जिनकी गंभीरता बीमारी की स्थिति के अनुसार अलग-अलग होती है। इसमें कभी-कभी मरीज एक दिन या उससे भी कम समय के लिए पूरी तरह से सुस्त पड़ा रहता है। वह अचेतावस्था में होता है, लेकिन दिल के धड़कने का लक्षण मौजूद रहता है। शरीर में हलकी सी गरमाहट रहती है और होंठों पर शीशा लगाने पर फेफड़ों के थोड़ा-थोड़ा सक्रिय होने का पता भी चलता है। गंभीर स्थिति में मरीज सप्ताह या महीनों तक अचेत पड़ा रहता

कई सालों तक मैं एक अजीब तरह की बीमारी से ग्रस्त रहा था (कोई और सुपरिभाषित नाम न मिलने के कारण), जिसे डॉक्टरों ने मिरगी या अपस्मार नाम दिया था। इस तरह की बीमारी के निदान का तो अब तक पता नहीं चला है, लेकिन इसके लक्षण स्पष्ट होते हैं, जिनकी गंभीरता बीमारी की स्थिति के अनुसार अलग-अलग होती है।

है और सब तरह के मेडिकल टेस्ट के बावजूद कुछ पता नहीं चल पाता कि वह वास्तव में जिंदा है या मर गया है। इसमें एक खास बात यह होती है कि बीमारी धीरे-धीरे करके बढ़ती है और जो दौरे पड़ते हैं, उनकी अवधि क्रमिक रूप से बढ़ती जाती है। परंतु कुछ मामलों में ऐसा भी होता है कि पहला ही दौरा इतना गंभीर होता है कि मरीज पूरी तरह से अचेत हो जाता है और सही-सही जानकारी न हो पाने के कारण उसे मृत समझकर दफना दिया जाता है।

मेरा केस भी कुछ वैसा ही था, जैसा मेडिकल की किताबों में अकसर पढ़ने को मिलता है। कभी-कभी ऐसा होता था कि अकारण ही मेरा शरीर ऐंठने लगता था और देखते-ही-देखते मैं अर्ध-मूर्च्छित अवस्था में हो जाता था। शरीर में कहीं कोई दर्द नहीं महसूस होता था, लेकिन मैं बिना हिले-डुले यों ही पड़ा रहता था। मुझे अपने आसपास लोगों की मौजूदगी का एहसास तो होता था, लेकिन मैं कुछ कर पाने या सोच पाने की स्थिति में नहीं होता था। कुछ देर तक इसी हालत में पड़ा रहने के बाद अचानक मेरी चेतना लौट आती थी। इसके अलावा कभी-कभी ऐसा होता था कि मैं अचानक ही गिरकर बेहोश हो जाता था और हाथ-पाँव ठंडे पड़ जाते थे। फिर कई हफ्तों तक मेरे लिए सबकुछ जैसे शून्य हो जाता था, उसके बाद धीरे-धीरे करके चेतना लौटती थी। उस समय मैं कुछ वैसा ही महसूस करता था, जैसा गलियों में कड़कती सर्दी में खुले में रात बिताते किसी भिखारी को सवेरा होने पर महसूस होता है।

मेरा केस भी कुछ वैसा ही था, जैसा मेडिकल की किताबों में अकसर पढ़ने को मिलता है। कभी-कभी ऐसा होता था कि अकारण ही मेरा शरीर ऐंठने लगता था और देखते-ही-देखते मैं अर्ध-मूर्च्छित अवस्था में हो जाता था। शरीर में कहीं कोई दर्द नहीं महसूस होता था, लेकिन मैं बिना हिले-डुले यों ही पड़ा रहता था। मुझे अपने आसपास लोगों की मौजूदगी का एहसास तो होता था, लेकिन मैं कुछ कर पाने या सोच पाने की स्थिति में नहीं होता था।

एक बात ध्यान देने की यह है कि इस बीमारी से मेरे सामान्य स्वास्थ्य पर कोई असर नहीं पड़ा था, मैं पूरी तरह से स्वस्थ दिखाई देता था। हाँ, इतना जरूर

था कि मैं बहुत गहरी नींद में सोता था और जागने के बाद कई मिनट तक यों ही पड़ा रहता था, बाकी दिमाग और स्मृति बिल्कुल ठीक स्थिति में थे।

जो तकलीफ मुझे थी, वह शारीरिक न होकर मानसिक थी। मानसिक रूप से मैं बहुत परेशान रहने लगा था। अजीब-अजीब से खयाल मन में आते थे—मौत का, कब्र का, कब्रिस्तान का; इसके अलावा अनजाने में इनसान को मौत से पहले दफना दिए जाने के बारे में मैं पहले से जानता ही था, इसलिए इस तरह के खयाल रात-दिन मेरे दिमाग पर छाए रहते थे और सबकुछ सोचकर मैं अंदर से काँप उठता था। डर के मारे मैं रात में सोता ही नहीं था; डर यह कि कहीं ऐसा न हो कि सोने के बाद जागूँ तो स्वयं को कब्र के अंदर पाऊँ। और बहुत हिम्मत करके सोता भी था तो सोते ही सपनों की मायावी दुनिया में खो जाता था।

मैं उठकर बैठ गया और अपने आसपास देखने लगा, लेकिन कुछ पता नहीं चला कि मुझे जगाने वाला कौन था। मैं गिरा था और वह जगह कौन सी थी, यह सब मुझे बिल्कुल याद नहीं था। मैं बिना हिले-डुले बैठा सोच ही रहा था कि अचानक मुझे लगा कि वही ठंडा-ठंडा हाथ मेरी कलाई को पकड़कर जोर-जोर से हिला रहा है और आवाज आ रही है—"उठो! मैंने कहा न, उठो!"

ऐसे ही एक बार मुझे दौरा पड़ा और मैं अचेत हो गया। उस दौरे की अवधि सामान्य से ज्यादा थी। अचानक मुझे माथे पर ठंडे-ठंडे हाथ का स्पर्श महसूस हुआ और कानों में आवाज आई—"उठो!"

मैं उठकर बैठ गया और अपने आसपास देखने लगा, लेकिन कुछ पता नहीं चला कि मुझे जगाने वाला कौन था। मैं गिरा था और वह जगह कौन सी थी, यह सब मुझे बिल्कुल याद नहीं था। मैं बिना हिले-डुले बैठा सोच ही रहा था कि अचानक मुझे लगा कि वही ठंडा-ठंडा हाथ मेरी कलाई को पकड़कर जोर-जोर से हिला रहा है और आवाज आ रही है—"उठो! मैंने कहा न, उठो!"

"लेकिन आप कौन हैं?" मैंने पूछा।

"मैं जहाँ रहता हूँ, वहाँ किसी का कोई नाम नहीं होता।" दुखभरी आवाज में जवाब मिला, "मैं इनसान था, लेकिन अब प्रेतात्मा हूँ। मैं बहुत निर्दयी था, लेकिन

अब दयालु हो गया हूँ। तुम्हें लग रहा होगा कि मैं काँप रहा हूँ; बोलते समय मेरे दाँत चटर-चटर करते हैं। रात कितनी सर्द और भयानक है! तुम सो कैसे रहे थे? यहाँ इतनी पीड़ा है, इतना दर्द है कि मुझे तो कहीं चैन ही नहीं मिलता। उठो! मेरे साथ चलो, मैं तुम्हें इन कब्रों की दास्तान सुनाऊँगा। देखो! यह सबकुछ अजीब नहीं लग रहा है?"

मैं देखने लगा, वह अदृश्य छाया अब भी मेरी कलाई पकड़े हुए थी। उसने पता नहीं क्या किया कि देखते-ही-देखते वहाँ सारी कब्रें खुल गईं और उनके अंदर से अजीब तरह की रोशनी चमकने लगी। उसी रोशनी में मैंने देखा, ढेर सारे बेजान शरीर जैसे चिर निद्रा में सो रहे थे, लेकिन सोने वालों से ज्यादा संख्या ऐसे शरीरों की थी, जो कब्र की उस गहराई में जैसे बेचैनी, बेबशी और अशांति में समय गुजार रहे थे। मैं अचरज भरी निगाहों से इधर-उधर देख ही रहा था, तभी वह अदृश्य छाया फिर बोली, "क्या कारुणिक दृश्य नहीं है यह?" मैं कोई उत्तर दे पाता, उससे पहले उसने मेरी कलाई छोड़ दी और कब्रों के अंदर से जो रोशनी चमक रही थी, वह सब एक साथ बंद हो गई। इसके साथ ही एक साथ कई आवाजें चीख पड़ीं, "हे भगवान! क्या कारुणिक दृश्य नहीं है यह?"

मैं देखने लगा, वह अदृश्य छाया अब भी मेरी कलाई पकड़े हुए थी। उसने पता नहीं क्या किया कि देखते-ही-देखते वहाँ सारी कब्रें खुल गईं और उनके अंदर से अजीब तरह की रोशनी चमकने लगी। उसी रोशनी में मैंने देखा, ढेर सारे बेजान शरीर जैसे चिर निद्रा में सो रहे थे, लेकिन सोने वालों से ज्यादा संख्या ऐसे शरीरों की थी, जो कब्र की उस गहराई में जैसे बेचैनी, बेबशी और अशांति में समय गुजार रहे थे।

धीरे-धीरे मेरी स्थिति ऐसी हो गई कि जागने की स्थिति में भी इसी तरह के दृश्य मेरी आँखों के सामने नाचने लगे। रात-दिन, हर वक्त एक अजीब सा डर मन में समाया रहने लगा। डर के मारे मैंने घर से बाहर निकलना, कहीं आना-जाना, सब छोड़ दिया। मुझे किसी पर विश्वास नहीं होता था, यहाँ तक कि अपने खास दोस्तों पर भी नहीं। मन में हमेशा यही डर लगा रहता था कि कहीं ऐसा न हो कि किसी दिन दौरे के कारण मैं

थोड़ा ज्यादा समय के लिए अचेत हो जाऊँ और लोग मुझे मरा हुआ समझकर या फिर जानबूझकर (मुझसे छुटकारा पाने के लिए) मौत से पहले ही दफना दें। वे सब मुझे विश्वास दिलाने की बहुत कोशिश करते थे, लेकिन मेरा मन था कि किसी की कोई बात मानने को तैयार नहीं था। मैं उन्हें कसम दिलाता कि किसी भी परिस्थिति में वे मेरे शरीर को तब तक नहीं दफनाएँगे, जब तक उसे सुरक्षित रखना संभव होगा। परंतु इतने पर भी मन को विश्वास नहीं होता था और हर वक्त डर सा लगा रहता था। इस डर के चलते मैंने कई तरह की सावधानियाँ पहले से ही बरतनी शुरू कर दी थीं, उदाहरण के लिए, मैंने अपने पारिवारिक तहखाने में कुछ इस तरह का सुधार कराया था कि उसका दरवाजा अंदर से आसानी से खुल सके। इसके अलावा तहखाने के अंदर हवा और रोशनी जाने की उपयुक्त व्यवस्था कराई थी। इतना ही नहीं, खाने की व्यवस्था भी कुछ इस तरह से की थी कि ताबूत की जगह केआसपास ही खाना मिल सके। ताबूत भी इतना आरामदेह था कि उसके अंदर किसी तरह की तकलीफ न महसूस हो। और तो और तहखाने की छत में एक बड़ी सी घंटी भी टँगवा दी थी, जिसकी रस्सी ताबूत के अंदर तक जाती थी, ताकि जरूरत पड़ने पर ताबूत के अंदर से वह घंटी बजाकर लोगों को बताया जा सके। लेकिन दुर्भाग्य! नियति से बचने के लिए मनुष्य कितना भी उपाय क्यों न कर ले, पर होता वही है, जो नियति में लिखा होता है।

फिर एक दिन, जैसा पहले अकसर हुआ करता था, मुझे दौरा पड़ा और मैं अचेत हो गया; शरीर ऐंठ गया तथा जीवन और मौत के बीच कोई विशेष अंतर नहीं रह गया था। काफी देर बाद दौरे का असर खत्म हुआ और अचानक मेरी चेतना वापस लौटी। फिर मैं सोचने, याद करने की कोशिश करने लगा।

फिर एक दिन, जैसा पहले अकसर हुआ करता था, मुझे दौरा पड़ा और मैं अचेत हो गया; शरीर ऐंठ गया तथा जीवन और मौत के बीच कोई विशेष अंतर नहीं रह गया था। काफी देर बाद दौरे का असर खत्म हुआ और अचानक मेरी चेतना वापस लौटी। फिर मैं सोचने, याद करने की कोशिश करने लगा। अब मुझे अपनी स्थिति के बारे में थोड़ा-थोड़ा याद आया और सोचने लगा कि मुझे मिरगी

का दौरा पड़ा था। आप जानकर हैरान होंगे कि यह सब असल घटना नहीं थी, बल्कि उन खयालों का असर था, जिनमें मैं अकसर खोया रहता था।

ये खयाल जब मन में आए तो कुछ देर तक मैं बिना हिले-डुले यों ही पड़ा रहा। क्यों? मुझमें हिलने-डुलने की हिम्मत ही नहीं थी। बहुत हिम्मत करके मैंने आँखे खोलकर इधर-उधर देखा; चारों ओर अँधेरा, घुप्प अँधेरा था। मुझे इतना पता चल गया था कि दौरे का असर खत्म हो गया है और अब मैं बिल्कुल सामान्य हूँ; लेकिन उस अँधेरे में मैं करता भी तो क्या?

मुझे कुछ सूझ नहीं रहा था। मैं चीखने की कोशिश करने लगा, लेकिन मुँह से आवाज बाहर ही नहीं आ रही थी। सीने के ऊपर और फेफड़ों पर जैसे पहाड़ की तरह की कोई चीज लदी पड़ी थी। दाँत बैठ गए थे। अब तक शरीर के किसी अंग को हिलाने-डुलाने की मेरी हिम्मत नहीं हुई थी, लेकिन अब दोनों कलाइयों को मिलाकर मैंने उठने की कोशिश की और इस कोशिश में मैंने शरीर के ऊपरी हिस्से को लकड़ी जैसी किसी ठोस चीज से टकराता महसूस किया। अब मुझे समझने में देर नहीं लगी कि आखिरकार मैं ताबूत के अंदर था।

ताबूत का ढक्कन खोलने की कोशिश में मैं छटपटाने लगा, लेकिन ढक्कन हिल तक नहीं रहा था। ताबूत के अंदर घंटी की रस्सी का भी कही पता नहीं चल रहा था, जो मैंने सावधानी के तौर पर पहले ही तहखाने की छत पर टँगवा रखी थी। फिर अचानक ही मुझे जमीन के अंदर से अजीब-सी गंध महसूस हुई।

ताबूत का ढक्कन खोलने की कोशिश में मैं छटपटाने लगा, लेकिन ढक्कन हिल तक नहीं रहा था। ताबूत के अंदर घंटी की रस्सी का भी कही पता नहीं चल रहा था, जो मैंने सावधानी के तौर पर पहले ही तहखाने की छत पर टँगवा रखी थी। फिर अचानक ही मुझे जमीन के अंदर से अजीब-सी गंध महसूस हुई। अब मुझे पता चल गया था कि मैं अपने तहखाने में नहीं था। मैं घर से बाहर निकला होगा और अचानक दौरा पड़ने के कारण अचेत हो गया होगा और आसपास के लोगों ने मुझे मरा हुआ समझकर कुत्ते की तरह किसी साधारण सी कब्र में डालकर दफना दिया होगा।

यह सब सोचते-सोचते मन और घबराने लगा था। जब नहीं रहा गया तो

एक बार फिर जोर से चीखने की कोशिश की और इस बार चीख मुँह से बाहर निकली तथा रात के उस सन्नाटे को चीरती हुई दूर-दूर तक गूँज उठी।

"खबरदार! खबरदार!" एक आवाज आई।

"अरे, क्या बात है?" दूसरी आवाज आई।

"ओ, बाहर निकलो!" तीसरी आवाज आई।

"क्या, सियार की तरह हुआँ-हुआँ कर रहे हो?" चौथी आवाज आई। मैंने आवाज सुनी और साथ-ही-साथ महसूस किया कि कुछ लोग मुझे पकड़कर जोर-जोर से हिला रहे हैं। जाग तो मैं तभी गया था, जब मुँह से चीख निकली थी और अब इस तरह हिलाए जाने से मैं होश में आ गया था, मेरी याददाश्त वापस आ गई थी।

यह घटना वर्जीनिया में रिचमंड के निकट घटित हुई थी। दरअसल एक दोस्त को साथ लेकर मैं जेम्स नदी के किनारे गोली चलाने का अभ्यास करने गया था। वहाँ हमें रात हो गई और अचानक तूफान आ गया। एक छोटे से जहाज के केबिन में हमें रात गुजारनी पड़ी। उसमें जगह बहुत कम थी, लेकिन मुझे बहुत गहरी नींद आई। जागने के बाद मुझे हिलाने वाले लोग कोई और नहीं, बल्कि जहाज के ही कर्मी दल के लोग एवं कुछ मजदूर थे, जो जहाज से माल उतारने के लिए आए थे। जहाज पर जो माल लदा था, उसी में से अजीब सी गंध आ रही थी।

यह घटना वर्जीनिया में रिचमंड के निकट घटित हुई थी। दरअसल एक दोस्त को साथ लेकर मैं जेम्स नदी के किनारे गोली चलाने का अभ्यास करने गया था। वहाँ हमें रात हो गई और अचानक तूफान आ गया। एक छोटे से जहाज के केबिन में हमें रात गुजारनी पड़ी। उसमें जगह बहुत कम थी, लेकिन मुझे बहुत गहरी नींद आई।

रात में सोते समय नाइट कैप न होने के कारण मैंने अपना सिल्क का रूमाल सिर में बाँध लिया था, उसी से दाँत और जबड़े बैठे लग रहे थे।

परंतु उस स्थिति में जिस तरह की यातना मैंने महसूस की, वह असल कब्र के अंदर की यातना की तरह ही थी। लेकिन इसी यातनापूर्ण स्थिति के पीछे छिपे थे मेरी जिदंगी के अच्छे दिन। उसके बाद ही मेरी जिदंगी, मेरी सोच, सबकुछ

बदलना शुरू हो गया। मैं दूसरे देश में चला गया और वहाँ स्वच्छ, खुले माहौल में रहने लगा। मौत, कब्र, कब्रिस्तान जैसी बातें मन से निकालकर मैं दूसरे विषयों पर ध्यान देने लगा। अपनी मेडिकल की किताबें जला दीं। दूसरे शब्दों में कहें तो मैं अब बिल्कुल नया इनसान बन गया था और एक आम इनसान की जिदंगी बिताने लगा था। अब मेरे मन से मौत एवं कब्र की यातनाओं का डर निकल गया था और इसके साथ ही मेरे दौरे की बीमारी भी जाती रही।

कभी-कभी ऐसी स्थितियाँ आती हैं, जब इनसान की जिंदगी नर्क जैसी बन जाती है—सिर्फ सोच या कल्पना की दृष्टि से ही नहीं, बल्कि यथार्थ में भी श्मशान की इन भयावह स्थितियों को महज कल्पना नहीं माना जा सकता। श्मशान की ये भटकती आत्माएँ सोती रहें तो ही ठीक, क्योंकि इनके जागने का मतलब है इनसान की बरबादी।

□

गुमशुदा खत की तलाशी

शरद ऋतु की एक शाम मैं पेरिस में अपने मित्र सी. ऑगस्टे ड्यूपिन के पुस्तकालय में बैठा ध्यान का आनंद ले रहा था। लगभग एक घंटा तक हम दोनों में से किसी ने कोई बात नहीं की। मैं मन-ही-मन रिउ मोर्ग्यू के मामले और मैरी रोगेट की हत्या के पीछे के राज के बारे में सोच रहा था, जिसपर थोड़ी देर पहले हम चर्चा कर चुके थे। तभी संयोग से कमरे का दरवाजा खुला और पेरिस पुलिस का अधिकारी मॉन्जियर जी., जिसे हम पहले से ही जानते थे, कमरे में दाखिल हुआ।

कई साल तक हम मिले नहीं थे, इसलिए हमने बड़ी गर्मजोशी से उनका स्वागत किया। अब तक हम अँधेरे में बैठे थे, इसलिए ड्यूपिन बत्ती जलाने के लिए उठा, लेकिन मॉन्जियर के कहने पर रुक गया। मॉन्जियर ने कहा कि वह ऑफिस के एक मामले पर हमसे सलाह लेने के लिए आया है, जिसे लेकर वह बहुत परेशान था।

इस पर ड्यूपिन ने कहा, "अगर कोई ऐसी बात है, जिसके लिए रोशनी की बजाय अँधेरे की जरूरत है तो ठीक है, हम अँधेरे में ही बात करेंगे।"

कहते हुए ड्यूपिन ने एक आराम-कुरसी उसकी ओर सरका दी। वह कुरसी पर बैठ ही रहा था कि मैं पूछ पड़ा, "तो, अब क्या बात है? कोई हत्या वगैरह का मामला तो नहीं है?"

"अरे नहीं, ऐसी कोई बात नहीं है। एक आराम सा काम है और मुझे लगता है कि हम उसे आसानी से सँभाल लेंगे, लेकिन फिर सोचा कि ड्यूपिन उसके बारे में विस्तार से जानना चाहेगा, क्योंकि वह बात ही कुछ ऐसी है। सच कहूँ तो मामला है तो आसान सा, लेकिन उसके कारण हम सब चक्कर में पड़ गए हैं।"

“ऐसा कौन सा मामला है, जो आसान भी है और उसने तुम सबको चक्कर में भी डाल रखा है?” ड्यूपिन ने कहा।

“बताता हूँ,” मॉन्जियर ने कुरसी पर आराम से बैठते हुए और गहरी साँस लेते हुए कहा, “मैं पूरी बात संक्षेप में बताऊँगा, लेकिन कुछ बताने से पहले मैं तुम लोगों को सावधान कर देना चाहता हूँ, क्योंकि मामला बहुत गोपनीय है, किसी और को पता चलने की स्थिति में मेरी नौकरी खतरे में पड़ सकती है।”

“ठीक है, बताओ!” मैंने कहा।

“दरअसल मुझे व्यक्तिगत रूप से सूचना प्राप्त हुई है कि रॉयल एपार्टमेंट से एक बहुत ही महत्त्वपूर्ण दस्तावेज चोरी हो गया है। दस्तावेज चुराने वाले का पता चल गया है, उसे दस्तावेज चुराते हुए देखा गया है। यह भी पता चला है कि दस्तावेज अभी उसी के पास है।”

“यह कैसे पता चला कि दस्तावेज अभी उसके पास है?” ड्यूपिन ने पूछा।

“दरअसल दस्तावेज ऐसा है कि अगर वह किसी तीसरे अज्ञात आदमी के हाथ लग जाता है या चुराने वाला आदमी उसका दुरुपयोग करता है तो एक बहुत ही प्रतिष्ठित व्यक्ति की प्रतिष्ठा खतरे में पड़ सकती है, क्योंकि इससे उसके पास विशेष शक्ति आ जाएगी; लेकिन अभी तक ऐसा कोई संकेत नहीं मिला है। इसी से पता चलता है कि दस्तावेज अभी उसी के पास है,” मॉन्जियर ने बताया। “इसके लिए यह भी तो जरूरी है कि दस्तावेज चुराने वाले आदमी को यह जानकारी हो कि उसका संबंध किस व्यक्ति से है और इससे उसे किस तरह की शक्ति मिलने वाली है?” मैं बीच में ही बोल पड़ा।

“दरअसल दस्तावेज ऐसा है कि अगर वह किसी तीसरे अज्ञात आदमी के हाथ लग जाता है या चुराने वाला आदमी उसका दुरुपयोग करता है तो एक बहुत ही प्रतिष्ठित व्यक्ति की प्रतिष्ठा खतरे में पड़ सकती है, क्योंकि इससे उसके पास विशेष शक्ति आ जाएगी; लेकिन अभी तक ऐसा कोई संकेत नहीं मिला है। इसी से पता चलता है कि दस्तावेज अभी उसी के पास है,” मॉन्जियर ने बताया।

इस पर मॉन्जियर ने थोड़ा स्पष्ट करके बताया, “दस्तावेज वास्तव में एक पत्र है, जो उसे (एक महिला को) रॉयल एपार्टमेंट में व्यक्तिगत रूप से दिया

गया था, जब वहाँ कोई और व्यक्ति मौजूद नहीं था। पत्र चुराने वाला एक मंत्री है, जो अच्छे-बुरे, सब तरह के काम कर सकता है। जब वह महिला पत्र को पढ़ रही थी, तभी कक्ष में एक अन्य महत्त्वपूर्ण व्यक्ति पहुँच गया, जिससे वह इस पत्र की बात विशेष रूप से छिपाना चाहती थी, इसलिए उसने जल्दी से पत्र बंद कर दिया, लेकिन जल्दबाजी में वह पत्र को कहीं सुरक्षित नहीं रख पाई और मेज पर ही रख दिया, जिससे पत्र की सामग्री तो ढक गई थी, लेकिन नाम और पते वाला साइड ऊपर की ओर था। अंदर आते ही उस मंत्री की निगाह सबसे पहले उसी पत्र पर पड़ी, उसने पत्र लिखने वाले की लिखावट पहचान ली और फिर नाम-पता देखकर उसने अंदाजा लगा लिया। थोड़ी देर कुछ इधर-उधर का काम निपटाने के बाद उसने बिल्कुल वैसा ही एक पत्र अपने पास से निकाला और उसे पढ़ने की नाटक करने लगा तथा पढ़ते-पढ़ते उसे उसी पत्र के साथ रख दिया, जो मेज पर पहले से रखा था। फिर थोड़ी देर इधर-उधर की बात की और जब जाने लगा तो उसने अपने पत्र की जगह पर दूसरा पत्र उठा लिया, जो उसका नहीं था। उस महिला ने उसे ऐसा करते हुए देखा, लेकिन तब तक उसके बगल में एक और व्यक्ति आकर खड़ा हो गया था, इस कारण किसी तीसरे आदमी की मौजूदगी में वह कुछ बोल नहीं पाई। मंत्री अपना पत्र मेज पर छोड़कर चला गया।”

“हाँ,” पुलिस अधिकारी मॉन्जियर ने कहा, “इससे उसके राजनीतिक कॅरियर के लिए खतरा पैदा हो गया है और इसलिए वह पत्र को वापस पाने के लिए बहुत परेशान है। परंतु सार्वजनिक रूप से वह कुछ कर पाने की स्थिति में नहीं है, इसलिए मामले को मेरे पास लेकर आई।”

“अर्थात्, पत्र चुराने वाले को सब पता है कि वह इसका किस प्रकार दुरुपयोग कर सकता है।” ड्यूपिन ने कहा।

“हाँ,” पुलिस अधिकारी मॉन्जियर ने कहा, “इससे उसके राजनीतिक कॅरियर के लिए खतरा पैदा हो गया है और इसलिए वह पत्र को वापस पाने के लिए बहुत परेशान है। परंतु सार्वजनिक रूप से वह कुछ कर पाने की स्थिति में नहीं है, इसलिए मामले को मेरे पास लेकर आई।”

"इस काम के लिए तुमसे ज्यादा काबिल व्यक्ति और हो भी कौन सकता है," ड्यूपिन ने कहा, "अच्छा, तो तुम भी मेरी झूठी तारीफ करने लगे," मॉन्जियर ने कहा, "मैं यह सोचकर यहाँ तुम लोगों के पास आया हूँ कि हो सकता है, इस मामले पर तुम लागों का कोई सुझाव काम कर जाए।"

"जो कुछ आपने बताया उससे स्पष्ट हो जाता है कि पत्र अभी तक उस मंत्री के पास है, उसे कहीं इस्तेमाल में नहीं लाया गया है।" मैंने कहा। "हाँ," पुलिस अधिकारी मॉन्जियर ने कहा, "इसी अनुमान के आधार पर मैंने सबसे पहले उस मंत्री के होटल की अच्छी तरह से तलाशी ली। इस काम में हमारी सबसे बड़ी चिंता यह थी कि तलाशी के बारे में उसे जानकारी नहीं होनी चाहिए थी, क्योंकि पता चल जाने पर खतरा था।"

"पेरिस पुलिस तो वैसे भी इस तरह की जाँच के काम में बहुत कुशल है।" मैंने कहा।

"हाँ, तभी तो मुझे विश्वास था। इसमें मंत्री की एक कमजोरी का मैंने फायदा उठाया। दरअसल वह मंत्री अकसर रात-रात भर घर से बाहर रहता है। उसके नौकर अपने मालिक के आवास से थोड़ी दूरी पर सोते हैं और रात में अकसर शराब पीकर सो जाते हैं। तुम्हें तो पता है, मेरे पास एक ऐसी चाबी है, जिससे पेरिस का कोई भी चैंबर खोला जा सकता है। पिछले तीन महीने से हर रात मैं उसके होटल में जाता रहा हूँ और होटल के कोने-कोने तलाशी ले चुका हूँ। ऐसी कोई जगह नहीं छोड़ी, जहाँ उस पत्र के होने की संभावना थी।"

"जो कुछ आपने बताया उससे स्पष्ट हो जाता है कि पत्र अभी तक उस मंत्री के पास है, उसे कहीं इस्तेमाल में नहीं लाया गया है।" मैंने कहा। "हाँ," पुलिस अधिकारी मॉन्जियर ने कहा, "इसी अनुमान के आधार पर मैंने सबसे पहले उस मंत्री के होटल की अच्छी तरह से तलाशी ली। इस काम में हमारी सबसे बड़ी चिंता यह थी कि तलाशी के बारे में उसे जानकारी नहीं होनी चाहिए थी, क्योंकि पता चल जाने पर खतरा था।"

"ऐसा भी तो हो सकता है कि मंत्री ने पत्र को अपने पास न रखकर किसी और जगह पर छिपाकर रखा हो!" मैंने कहा।

"ऐसा संभव है," ड्यूपिन ने कहा, "मौजूदा परिस्थितियों को देखते हुए—कोर्ट का मामला और अन्य मामले, जिनमें उस मंत्री का नाम आ रहा है, यही लगता है कि पत्र अगर उसके पास होता तो वह अब तक उसे नष्ट कर चुका होता।"

"हाँ, सच बात है," मैंने कहा, "पत्र बिल्डिंग में ही कही होना चाहिए, क्योंकि मंत्री द्वारा उसे अपने पास रखकर घूमने की संभावना नहीं दिखाई देती।"

इस पर पुलिस अधिकारी मॉन्जियर ने कहा, "मेरे सामने उसकी दो-दो बार तलाशी ली जा चुकी है।"

"अच्छा अपनी तलाशी के बारे में थोड़ा विस्तार से बताओ।" मैंने कहा।

"मैंने बिल्डिंग के एक-एक कमरे की अच्छी तरह से तलाशी ली। इस तरह के काम का वैसे भी मेरा पुराना अनुभव रहा है। एक-एक कमरे के फर्नीचर, अलमारी, ड्रॉअर आदि की तलाशी ली गई। अनुभवी और प्रशिक्षित पुलिस एजेंट की नजर से गुप्त-से-गुप्त अलमारी भी नहीं बच सकती, यह बात तो आप जानते ही होंगे। कुरसी, मेज, गद्दे—सबको खोल-खोलकर देखा गया। कई बार लोग लकड़ी की मेज या बेड के ऊपर के ढक्कन में जगह बनाकर उसमें चीजें छिपा देते हैं और फिर ढक्कन को ऊपर से बराबर करके दुबारा वैसे लगा देते हैं, इसलिए कुरसी, मेज और बेड के ऊपर का हिस्सा हटाकर अच्छी तरह से देखा गया।"

"ऐसा भी तो हो सकता है कि मंत्री ने पत्र को अपने पास न रखकर किसी और जगह पर छिपाकर रखा हो!" मैंने कहा।

"ऐसा संभव है," ड्यूपिन ने कहा, "मौजूदा परिस्थितियों को देखते हुए—कोर्ट का मामला और अन्य मामले, जिनमें उस मंत्री का नाम आ रहा है, यही लगता है कि पत्र अगर उसके पास होता तो वह अब तक उसे नष्ट कर चुका होता।"

"इस तरह लकड़ी के बोर्ड में जगह बनाकर उसमें कोई चीज रखने पर उसमें कुछ-न-कुछ जगह तो रह जाती है, जिससे आवाज भी तो आती है।" मैंने कहा।

"खाली जगह में रुई या कपड़ा वगैरह भर दिया जाता है, इससे आवाज

आने की गुंजाइश नहीं रह जाती।" पुलिस अधिकारी मॉन्जियर ने कहा।

"लेकिन पत्र तो कागज का छोटा सा टुकड़ा होता है, जिसे गोल-गोल लपेटकर किसी भी कुरसी, मेज या पलंग आदि में छिपाया जा सकता है, तो आप सारी कुरसी, मेज या पलंग को तोड़-तोड़कर तो नहीं देख सकते?" मैंने कहा।

"नहीं, बिल्कुल नहीं। इसके लिए हमने एक बहुत ही शक्तिशाली माईक्रोस्कोप की व्यवस्था की थी, जिसकी सहायता से हमने एक-एक कुरसी, अन्य फर्नीचर की लकड़ी और उसके जोड़ों को बारीकी से देखा। किसी फर्नीचर में अगर ऐसी कोई छेड़छाड़ की गई होती तो हमें तुरंत दिखाई दे जाता। वह माइक्रोस्कोप ऐसा था कि धूल का एक कण भी उससे देखने पर सेब के बराबर आकार का दिखाई देता।"

नहीं, बिल्कुल नहीं। इसके लिए हमने एक बहुत ही शक्तिशाली माईक्रोस्कोप की व्यवस्था की थी, जिसकी सहायता से हमने एक-एक कुरसी, अन्य फर्नीचर की लकड़ी और उसके जोड़ों को बारीकी से देखा। किसी फर्नीचर में अगर ऐसी कोई छेड़छाड़ की गई होती तो हमें तुरंत दिखाई दे जाता। वह माइक्रोस्कोप ऐसा था कि धूल का एक कण भी उससे देखने पर सेब के बराबर आकार का दिखाई देता।

"आप लोगों ने गद्दे, कालीन, चादर, परदे और चेहरा देखने के आईने को भी चेक कर लिया होगा?" मैंने कहा।

"हाँ, बिल्कुल! इन सब चीजों को देखने के बाद हमने बिल्डिंग की तलाशी शुरू की। इसके लिए हमने पूरी बिल्डिंग को अलग-अलग हिस्सों में बाँटकर अलग-अलग क्रमांक दे दिया था, ताकि कोई हिस्सा छूटने न पाए। फिर उसी माइक्रोस्कोप से बिल्डिंग के एक-एक इंच की तलाशी ली गई। इतना ही नहीं, अगल-बगल के दो और मकानों की भी हमने इसी तरह तलाशी ली।"

"अगल-बगल के दो और मकानों की भी? इस काम में तो आप लोगों को बहुत मुश्किल आई होगी?" मैंने कहा।

"हाँ, लेकिन मामला भी बहुत महत्त्वपूर्ण है।"

"मकानों के आसपास की जमीन में देखा?"

"हाँ, आसपास की जगह सब पक्की है। हमने बहुत सावधानी से ईंटों के बीच-बीच की जगह में उसी माइक्रोस्कोप की सहायता से देखा।"

"अच्छा, आप लोगों ने उस मंत्री की लाइब्रेरी में रखी किताबों और कागज-पत्रों में देखा?"

"बिल्कुल, हमने एक-एक किताब का एक-एक पन्ना खोलकर देखा। इतना ही नहीं, किताबों के कवर की मोटाई भी देखी; अगर कवर या जिल्द में कोई छेड़छाड़ की गई होती तो माइक्रोस्कोप से देखने पर पता चल जाता।"

"गलीचे के नीचे और फर्शों पर देखा?"

"मुझे लगता है तुम ठीक कह रहे हो। अच्छा, ड्यूपिन, तुम्हें क्या लगता है?"
"मैं तो यही कहूँगा कि पूरी बिल्डिंग की एक बार फिर से तलाशी ली जाए।" ड्यूपिन ने कहा।
"उसका कोई फायदा नहीं है, क्योंकि अब मुझे निश्चित रूप से लग रहा है कि वह पत्र होटल के अंदर तो नहीं है।"

"निस्संदेह, हमने एक-एक गलीचा हटाकर देखा, फर्श पर माइक्रोस्कोप रखकर देखा।"

"दीवारों में और तहखानों में देखा?"

"हाँ, सब जगह देखा।"

"फिर तो तुम्हारा यह अनुमान गलत लगता है कि पत्र बिल्डिंग के अंदर कहीं है।" मैंने कहा।

"मुझे लगता है तुम ठीक कह रहे हो। अच्छा, ड्यूपिन, तुम्हें क्या लगता है?"

"मैं तो यही कहूँगा कि पूरी बिल्डिंग की एक बार फिर से तलाशी ली जाए।" ड्यूपिन ने कहा।

"उसका कोई फायदा नहीं है, क्योंकि अब मुझे निश्चित रूप से लग रहा है कि वह पत्र होटल के अंदर तो नहीं है।"

"तो फिलहाल और कोई बेहतर सुझाव तो मेरे पास नहीं है," ड्यूपिन ने कहा, "वैसे क्या तुम्हारे पास पत्र का सही-सही विवरण है?"

"हाँ, बिल्कुल।" पुलिस अधिकारी मॉन्जियर ने कहा और एक डायरी में देखकर चोरी हुए पत्र का आंतरिक एवं बाहरी हुलिया बताने लगा। उसेबाद वह हमसे विदा लेकर चला गया। लगभग एक महीने के बाद वह एक बार फिर

हमारे पास आया। इस बार भी उसने हमें पहले की तरह ही व्यस्त पाया। कुरसी पर बैठने के बाद कुछ इधर-उधर की बातें करने लगा।

मैंने कहा, "लेकिन मि. मॉन्जियर, उस चोरी हुए पत्र का क्या हुआ? मुझे तो लगता है कि आखिर में आपने मान लिया होगा कि उस मंत्री तक पहुँचना बहुत मुश्किल काम है।"

"जैसा ड्यूपिन ने सुझाव दिया था, मैंने पूरी बिल्डिंग की दुबारा जाँच-पड़ताल की, लेकिन कहीं कुछ नहीं मिला।"

"वैसे, इस काम के लिए पुरस्कार क्या रखा है?" ड्यूपिन ने कहा।

"बहुत बड़ा पुरस्कार है, पर कितना पुररकार है, यह तो मैं नहीं बताऊँगा, लेकिन इतना जरूर कहूँगा कि जो कोई वह पत्र मुझे लाकर दे सकेगा, उसे मैं पचास हजार फ्रैंक का चेक अपने पास से दूँगा। सच कहूँ तो उस पत्र का महत्त्व दिन-प्रतिदिन बढ़ ही रहा है।"

"वैसे, मुझे ऐसा लगता है कि इस मामले में तुमने अभी तक अपना पूरा जोर नहीं लगाया। अर्थात् इसमें अभी कुछ और कर सकते थे!" ड्यूपिन ने कहा।

"कैसे?"

"किसी पेशेवर सलाहाकार की मदद ले सकते थे। एबरनेथी की कहानी याद है तुम्हें?"

"नहीं।"

"एक कंजूस अमीर आदमी था, जिसने मेडिकल यानी चिकित्सा से संबंधित सलाह के लिए एबरनेथी की सेवा ली थी। इसके लिए उसने एक प्राइवेट कंपनी में बात की और एक काल्पनिक मरीज के नाम से अपनी बीमारी डॉक्टर को बताई।

"एक कंजूस अमीर आदमी था, जिसने मेडिकल यानी चिकित्सा से संबंधित सलाह के लिए एबरनेथी की सेवा ली थी। इसके लिए उसने एक प्राइवेट कंपनी में बात की और एक काल्पनिक मरीज के नाम से अपनी बीमारी डॉक्टर को बताई।

"मान लीजिए, मरीज में फलाँ-फलाँ लक्षण है तो डॉक्टर, ऐसे में आप उसे क्या सलाह देंगे?" उस कंजूस ने कहा।

"मान लीजिए, मरीज में फलाँ-फलाँ लक्षण है तो डॉक्टर, ऐसे में आप उसे क्या सलाह देंगे?" उस कंजूस ने कहा।

"मैं तो सलाह लेने के लिए तैयार हूँ," पुलिस अधिकारी ने कहा, "और उसके लिए मैं पैसे भी देने को तैयार हूँ। इस मामले में मेरी मदद करने वाले को मैं पचास हजार फ्रैंक दूँगा।"

इस पर ड्यूपिन ने ड्रॉअर खोला और उसमें से एक चेक-बुक निकालते हुए कहा, तो ठीक है, पचास हजार फ्रैंक का एक चेक भर दो। चेक पर साइन करते ही मैं वह पत्र तुम्हारे हाथ में दे दूँगा।"

ड्यूपिन की बात सुनकर मैं चौंक पड़ा और पुलिस अधिकारी मॉन्जियर की आँखें फटी-की-फटी रह गईं। कुछ देर तक तो वह कुछ बोल ही नहीं पाया। फिर स्वयं को सामान्य करते हुए एक चेक लिया और उसमें पचास हजार फ्रैंक की रकम भरकर तथा साइन करके ड्यूपिन को थमा दिया। ड्यूपिन ने चेक में भरी राशि को सावधानी से देखा और फिर उसे अपने पॉकेट-बुक में सँभाल कर रख दिया। उसके बाद मेज के अंदर से एक पत्र निकाला और उसे पुलिस अधिकारी मॉन्जियर की ओर बढ़ा दिया। मॉन्जियर ने काँपते हाथों से पत्र को पकड़ा और जल्दी-जल्दी उसकी सामग्री एवं लिखावट को देखने लगा। फिर मुँह से एक शब्द भी बोले बिना उसने एक झटके से दरवाजा खोला और झट से कमरे से बाहर निकल गया।

पेरिस पुलिस अपने काम में बहुत कुशल है, इसलिए जब मॉन्जियर ने होटल की बिल्डिंग की तलाशी के बारे में सारी बात बताई तो मुझे विश्वास हो गया कि कम-से-कम तलाशी में तो कोई खामी नहीं होनी चाहिए। तलाशी के लिए जो तरीका इन लोगों ने अपनाया था, उससे मैं आश्वस्त हो गया कि पत्र अगर बिल्डिंग के अंदर कहीं होता तो वह इन लोगों की नजरों से नहीं बच सकता था।

उसके जाने के बाद ड्यूपिन बताने लगा, "पेरिस पुलिस अपने काम में बहुत कुशल है, इसलिए जब मॉन्जियर ने होटल की बिल्डिंग की तलाशी के बारे में सारी बात बताई तो मुझे विश्वास हो गया कि कम-से-कम तलाशी में तो कोई खामी नहीं होनी चाहिए। तलाशी के लिए जो तरीका इन लोगों ने अपनाया था,

उससे मैं आश्वस्त हो गया कि पत्र अगर बिल्डिंग के अंदर कहीं होता तो वह इन लोगों की नजरों से नहीं बच सकता था।"

उसकी बातें सुनकर मैं हँस रहा था, लेकिन वह पूरी तरह से संजीदा लग रहा था।

वह आगे बताने लगा, "इस प्रकार के तरीके अपने आप में अच्छे थे और उनके क्रियान्वयन में भी कोई कमी नहीं थी। दरअसल मामले की प्रकृति ऐसी है कि यहाँ इस तरह के तरीके कारगर नहीं थे और इनके प्रयोग में वह या तो बहुत गहराई में चला गया या फिर ऊपर-ऊपर ही रह गया। यहाँ जरूरत थी अनुमान की कुशलता की और विरोधी (यानी जिसके खिलाफ तलाशी चल रही थी) के इरादे को भाँपने की कुशलता की। इस तरह के अनुमान पर आधारित बच्चों का एक खेल होता है, जो कंचों से खेला जाता है। एक खिलाड़ी के हाथ में कुछ कंचे होते हैं; वह दूसरे खिलाड़ी से पूछता है कि कंचों की संख्या सम है या विषम? दूसरा खिलाड़ी अगर सही-सही अनुमान लगाता है तो वह एक कंचा जीत जाता है; अन्यथा एक कंचा हार जाता है।

ऐसे ही एक आठ वर्षीय स्कूली लड़के को मैं जानता हूँ, जिसका अनुमान कौशल बड़ा जबरदस्त है। बहुत आसान सा तरीका है। मान लीजिए, सामने वाला लड़का अपनी मुट्ठी में रखे कंचों की संख्या के बारे में पूछता है और वह स्कूली लड़का (जिसकी मैं बात कर रहा हूँ) बोलता है—'विषम', जो गलत निकलता है। इस प्रकार वह एक कंचा हार जाता है।

ऐसे ही एक आठ वर्षीय स्कूली लड़के को मैं जानता हूँ, जिसका अनुमान कौशल बड़ा जबरदस्त है। बहुत आसान सा तरीका है। मान लीजिए, सामने वाला लड़का अपनी मुट्ठी में रखे कंचों की संख्या के बारे में पूछता है और वह स्कूली लड़का (जिसकी मैं बात कर रहा हूँ) बोलता है—'विषम', जो गलत निकलता है। इस प्रकार वह एक कंचा हार जाता है। अब सामने वाला लड़का सोचता है कि मैंने कंचों की संख्या विषम रखी थी तो वह अनुमान नहीं लगा पाया और मैं जीत गया, इसलिए दूसरी बार भी वह कंचों की संख्या विषम ही रखता है। इधर वह स्कूली लड़का इस बार भी 'विषम' बताता है, क्योंकि उसे लगता है कि लड़के की चालाकी एक

बार काम कर गई, इसलिए दूसरी बार भी वही चालाकी लगाएगा। इस प्रकार वह जीत जाता है। इस तरह यह पूरा खेल अनुमान की चतुराई पर आधारित है।"

"अर्थात् अनुमान की कामयाबी इस बात पर निर्भर करती है कि आप सामने वाले के बुद्धि-कौशल को कितना समझ पाते हैं!" मैंने कहा।

"हाँ," ड्यूपिन ने कहा, "इस बारे में जब मैंने उस लड़के से बात की और पूछा कि कैसे वह इस तरह सही-सही अनुमान लगा लेता है तो उसका जवाब था—जब मुझे यह जानना होता है कि सामने वाला लड़का कितना होशियार या कितना बेवकूफ है तो इसके लिए मैं अपने चेहरे पर बिल्कुल वैसे ही भाव लाने की कोशिश करता है, जैसे उस लड़के के चेहरे पर होते हैं; और फिर देखता हूँ कि मेरे मन-मस्तिष्क में कैसे भाव या विचार उठते हैं। सचमुच बड़ा सटीक तरीका है। रोशे फूकॉल्ट, ला बूगिव, मैकियावेली और कैंपेनेला, इन सबके काम करने का तरीका इसी सिद्धांत पर आधारित रहा था।"

"और अनुमान की सटीकता इस बात पर निर्भर करती है कि अनुमान लगाने वाला सामने वाले की बुद्धि को कितना समझ या पकड़ पाता है।" मैंने कहा।

अब यहाँ देखो, पुलिस अधिकारी मॉन्जियर ने क्या दिया? पूरी बिल्डिंग को अलग-अलग खंडो में बाँट दिया और उन्हें अलग-अलग क्रमांक दे दिया, फिर माइक्रोस्कोप की सहायता से इतनी बारीकी से एक-एक इंच जगह की तलाशी ली। यह तरीका महज सिद्धांत पर आधारित था, इसमें व्यावहारिकता की कमी थी।

"हाँ," ड्यूपिन ने कहा, "अब यहाँ देखो, पुलिस अधिकारी मॉन्जियर ने क्या दिया? पूरी बिल्डिंग को अलग-अलग खंडो में बाँट दिया और उन्हें अलग-अलग क्रमांक दे दिया, फिर माइक्रोस्कोप की सहायता से इतनी बारीकी से एक-एक इंच जगह की तलाशी ली। यह तरीका महज सिद्धांत पर आधारित था, इसमें व्यावहारिकता की कमी थी। इन लोगों के मन में यह बात नहीं आई कि कुरसी, मेज के अंदर, पलंग के नीचे या दीवार में कोई चीज छिपाना बिल्कुल ही सामान्य तरीका है, जो कोई भी साधारण-से-साधाराण इनसान अपना सकता है। अर्थात् इन लोगों ने उस चालाक मंत्री को बेवकूफ समझने की गलती कर दी।

ये लोग लीक से हटकर नहीं सोच पाए। इन लोगों ने मंत्री को सिर्फ एक कवि समझा, जबकि सच यह है कि वह कवि होने के साथ-साथ एक गणितज्ञ भी है। मैं उसे जानता हूँ।”

इस पर मैंने कहा, “जैसा मैं जानता हूँ, वे दो भाई हैं और दोनों अच्छे-खासे विद्वान् हैं। इस मंत्री ने डिफरेंसियल कैलकुलस पर एक पुस्तक भी लिखी है। वह कवि नहीं, बल्कि गणितज्ञ है।”

“तुम गलत समझ रहे हो। मैं उसे अच्छी तरह से जानता हूँ। वह कवि भी है और गणितज्ञ भी। सिर्फ गणितज्ञ के रूप में वह इतनी होशियारी नहीं लगा सकता था।” ड्यूपिन ने कहा।

“क्या बात कर रहे हो? गणितज्ञों की तर्कशक्ति और बुद्धि चातुर्य का तो कोई जवाब ही नहीं होता।” मैंने कहा।

“यही तो गलती हो रही है। दरअसल गणितज्ञों की तर्कशक्ति तेज जरूर होती है, लेकिन उनका बुद्धि-चातुर्य व्यावहारिकता पर आधारित न होकर सिद्धांतों पर आधारित होता है, इस कारण ऐसी गलती अकसर हो जाती है।” ड्यूपिन ने कहा।

“तुम गलत समझ रहे हो। मैं उसे अच्छी तरह से जानता हूँ। वह कवि भी है और गणितज्ञ भी। सिर्फ गणितज्ञ के रूप में वह इतनी होशियारी नहीं लगा सकता था।” ड्यूपिन ने कहा।

“क्या बात कर रहे हो? गणितज्ञों की तर्कशक्ति और बुद्धि चातुर्य का तो कोई जवाब ही नहीं होता।” मैंने कहा।

“अर्थात् तुम तो गणितज्ञों के भी विरोधी निकलें!” मैंने कहा।

“अरे नहीं, मैं गणितज्ञों की नहीं, बल्कि गणितीय सिद्धांत की बात कर रहा हूँ,” ड्यूपिन ने कह, “दरअसल गणित आकार व परिमाण का शास्त्र है और गणितीय तर्क आकार एवं परिमाण के संदर्भ में ही लागू होता है। गणितीय सिद्धांत और नियम व्यावहारिक संदर्भ में सही साबित नहीं होते। उदाहरण के लिए, आकार और परिमाण के संबंध में जो सिद्धांत गणित में लागू होता है, वह व्यावहारिक जीवन में भी लागू हो, ऐसा जरूरी नहीं है। इसी तरह विज्ञान के सिद्धांत भी हैं, जो रासायनिक संबंधों के लिए तो सही हो सकते हैं, लेकिन जीवन के व्यवहार में वे सही साबित नहीं होते। परंतु गणितज्ञ और भौतिक विज्ञानी यही मान बैठते हैं कि ये सब सिद्धांत सार्वभौमिक उपयोग के हैं, यानी इन्हें कहीं भी,

किसी भी संबंध में लागू किया जा सकता है। बस यहीं उनसे गलती हो जाती है।

"अर्थात् मैं यही कहना चाहता हूँ कि वह मंत्री अगर महज एक गणितज्ञ होता तो पुलिस अधिकारी मॉन्जियर को इस काम में मेरी मदद की जरूरत नहीं पड़ती।" ड्यूपिन ने आगे कहा, "गणितज्ञ होने के साथ-साथ वह एक कवि भी है, इसलिए मैंने जो तरीके अपनाए, वे उसकी बुद्धि-सामर्थ्य और परिस्थितियों के अनुरूप थे। इतना ही नहीं, वह कपट-योजना में भी कुशल है, इसलिए स्वाभाविक रूप से सामान्य पुलिसिया तरीकों से वाकिफ होगा। यहा बात मेरे दिमाग में आ गई थी कि होटल की तलाशी के बारे में उसे किसी-न-किसी तरह पहले से जानकारी हो गई थी। जहाँ तक रात में उसके अकसर घर से बाहर रहने की बात है, तो मैं समझता हूँ कि यह उसकी चालाकी और कपट योजना का ही हिस्सा था। अगर पत्र बिल्डिंग के अंदर कहीं छिपाकर रखा होता तो वह इस तरह रात-रात भर घर से बाहर नहीं रहता। और फिर वह इतना बेवकूफ तो नहीं हो सकता कि इतना संवेदनशील दस्तावेज होटल में किसी ऐसी जगह छिपाकर रखेगा, जो पुलिस तलाशी की पहुँच के अंदर हो। तुम्हें याद होगा, पहली बार जब वह पुलिस अधिकारी हमारे पास आया था, उस समय मैंने कहा था कि यह रहस्य जितना स्पष्ट है, शायद उतना ही परेशान करने वाला है। इस बात पर वह एकदम से हँसने लगा था।"

गणितज्ञ होने के साथ-साथ वह एक कवि भी है, इसलिए मैंने जो तरीके अपनाए, वे उसकी बुद्धि-सामर्थ्य और परिस्थितियों के अनुरूप थे। इतना ही नहीं, वह कपट-योजना में भी कुशल है, इसलिए स्वाभाविक रूप से सामान्य पुलिसिया तरीकों से वाकिफ होगा। यहा बात मेरे दिमाग में आ गई थी कि होटल की तलाशी के बारे में उसे किसी-न-किसी तरह पहले से जानकारी हो गई थी।

"हाँ, मुझे याद है। बहुत खुश लग रहा था वह।

ड्यूपिन ने आगे कहा, "दरअसल, भौतिक दुनिया के ऐसे बहुत से सिद्धांत हैं, जिन्हें अभौतिक दुनिया के साथ भी जोड़ दिया गया है; और कई बार किसी तर्क को पुष्ट करने के लिए भी उनका प्रयोग किया जाने लगता है। उदाहरण के लिए, जड़त्व का सिद्धांत भौतिक-विज्ञान और तत्त्व-विज्ञान दोनों के लिए एक

समान लगता है। जिस प्रकार भौतिक-विज्ञान में यह नियम सत्य है कि भारी वस्तु को गतिशील करना हल्की वस्तु की अपेक्षा कहीं ज्यादा मुश्किल होता है; उसी प्रकार, तत्त्व विज्ञान में यह नियम सत्य है कि ज्यादा बुद्धि-सामर्थ्य वाले व्यक्ति को समझाना कम बुद्धि-सामर्थ्य वाले व्यक्ति की अपेक्षा कहीं ज्यादा मुश्किल होता है। अच्छा, क्या तुमने कभी ध्यान दिया है कि दुकानों पर लगने वाले साइन बोर्डों में किस तरह के साइन-बोर्ड की ओर लोगों का ध्यान ज्यादा जाता है?"

"इस ओर तो मैंने कभी ध्यान ही नहीं दिया।" मैंने जवाब दिया।

"इसी तरह का एक दिमागी खेल है, जो एक चार्ट या मानचित्र पर खेला जाता है," ड्यूपिन ने कहा, "इसमें एक व्यक्ति चार्ट या मानचित्र में से कोई एक शब्द बोलता है (जो किसी शहर, राज्य, नदी या साम्राज्य आदि का नाम हो सकता है) और दूसरे व्यक्ति को वह नाम मानचित्र में ढूँढ़ना होता है। अगर नाम पूछने वाला व्यक्ति नौसिखुआ है तो वह छोटा-से-छोटा नाम पूछता है, क्योंकि उसे लगता है कि छोटा शब्द होने के कारण उसे ढूँढ़ना मुश्किल होगा, जबकि होशियार व्यक्ति ऐसा नाम पूछेगा, जिसके अक्षर मानचित्र के एक ओर से शुरू होकर दूसरी ओर तक जाते हैं। इसमें राज की बात यह है कि कोई चीज ढूँढ़ने के लिए व्यक्ति प्रायः खुले में या साफ दिखाई देने वाली चीजों की ओर ध्यान नहीं देता है, बल्कि बारीक और छिपी हुई चीजों की ओर ज्यादा ध्यान देता है। यही बात दुकानों पर लगने वाले साइन-बोर्ड पर भी लागू होती है। छोटे, रंग-बिरंगे नाम की ओर लोगों का ध्यान जल्दी जाता है, जबकि अधिक अक्षरों या बड़े नाम वाले साइन-बोर्ड पर कम लोगों का ध्यान जाता है, यह बात शायद पुलिस अधिकारी के मन में नहीं आई। इस संभावना की ओर उसका ध्यान की नहीं गया कि मंत्री ने पत्र को कहीं छिपाकर रखने की बजाय बिल्कुल खुले में ही कहीं रखा हो सकता है, ताकि किसी को किसी तरह का शक न हो।

अगर नाम पूछने वाला व्यक्ति नौसिखुआ है तो वह छोटा-से-छोटा नाम पूछता है, क्योंकि उसे लगता है कि छोटा शब्द होने के कारण उसे ढूँढ़ना मुश्किल होगा, जबकि होशियार व्यक्ति ऐसा नाम पूछेगा, जिसके अक्षर मानचित्र के एक ओर से शुरू होकर दूसरी ओर तक जाते हैं।

"चूँकि पुलिस अधिकारी ने बिल्डिंग की तलाशी में कोई कोर-कसर नहीं छोड़ी, इससे यह बात साफ थी कि पत्र को बिल्डिंग में कहीं छिपाकर नहीं रखा गया है। दूसरी बात, अगर वह मंत्री उस पत्र को किसी अच्छे उद्देश्य के लिए प्रयोग में लाने के इरादे में होता तो उसे अपने पास रखकर चलता। अब अगर पत्र बिल्डिंग के अंदर छिपाकर नहीं रखा गया था और मंत्री के पास भी नहीं था तो बात साफ थी कि उसे किसी ऐसी जगह पर रखा गया था, जहाँ कोई तलाशी लेने की जरूरत ही न समझे।

"यही सब बातें सोचकर एक दिन सुबह-सुबह मैं हरे रंग का चश्मा लगाकर उस मंत्री से मिलने उसके होटल में गया। वह घर पर ही था। उसे दिखाने के लिए मैं उसके साथ बातचीत में दिलचस्पी ले रहा था, लेकिन मेरा ध्यान इधर-उधर की चीजों, मेजों या उनपर रखे कागज-पत्रों पर था। हरा चश्मा मैंने इसलिए लगा रखा था, ताकि उसे विश्वास में ले सकूँ कि मेरी आँखें कमजोर हैं। जहाँ वह बैठा था, उसके पास ही एक मेज पड़ी थी, जिसपर कुछ किताबें, कागज-पत्र और एक-दो वाद्ययंत्र पड़े थे। मैंने बहुत ध्यान से देखा, लेकिन कोई संदेहास्पद चीज नजर नहीं आई।

"यही सब बातें सोचकर एक दिन सुबह-सुबह मैं हरे रंग का चश्मा लगाकर उस मंत्री से मिलने उसके होटल में गया। वह घर पर ही था। उसे दिखाने के लिए मैं उसके साथ बातचीत में दिलचस्पी ले रहा था, लेकिन मेरा ध्यान इधर-उधर की चीजों, मेजों या उनपर रखे कागज-पत्रों पर था।

"कमरे में घूमते हुए मेरी नजर पेस्ट-बोर्ड के एक कार्ड-रैक पर पड़ी, जिसमें तीन-चार खाने थे। मैंने देखा, उसमें पाँच-छह विजिटिंग कार्ड और एक पत्र पड़ा था। पत्र गंदा सा लग रहा था और बीचोबीच से दो हिस्सों में फटा सा भी लग रहा था, लेकिन खास बात यह थी कि दोनों हिस्से अलग होने की बजाय एक डिजाइन सा बना रहे थे, उसपर काले रंग की मुहर थी और पता स्वयं मंत्री का था, जो किसी महिला की लिखावट में लग रहा था। ऐसा लग रहा था, जैसे बहुत लापरवाही से उसे रैक में सबसे ऊपर वाले खाने में डाल दिया गया था।

"उसे देखते ही मैंने अंदाजा लगाया कि हो-न-हो यह वही पत्र है, जिसकी

हमें तलाश है। पुलिस अधिकारी ने पत्र का जो हुलिया बताया था, उससे अलग हुलिया था इस पत्र का, क्योंकि यहाँ मुहर काले रंग की और बड़ी थी, जबकि उसमें (जिस पत्र की तलाश थी) मुहर छोटी और लाल रंग की थी। इसके अलावा यहाँ पत्र पर लिखा पता किसी महिला की लिखावट में लग रहा था, जिसके अक्षर छोटे-छोटे थे, जबकि यहाँ पते की लिखावट साफ और अक्षर बड़े-बड़े थे। हाँ, पत्र का आकार जरूर मिलता-जुलता था, परंतु पत्र की स्थिति और उसको रैक में लापरवाही से डालने के तरीके को देखकर एक बार मन में यह शक आना स्वाभाविक था कि देखने वाले को धोखा देने के लिए ही शायद ऐसा किया गया था, ताकि उसे बेकार समझकर कोई उसकी ओर ध्यान न दे।

"मैं उसे बातचीत में उलझाता जा रहा था और इस बीच मेरा ध्यान पत्र पर ही था। ध्यान से देखने पर मैंने पाया कि पत्र के किनारे सामान्य से कुछ ज्यादा कटे हुए लग रहे थे। ऐसा लग रहा था, जैसे किनारों को उल्टा और सीधा, दोनों ओर से मोड़कर काट दिया गया था। कुल मिलाकर मैंने यही निष्कर्ष निकाला कि देखने वाले को धोखा देने के लिए पत्र का हुलिया बदल दिया गया था और उसपर दुबारा मुहर लगाई गई थी। मंत्री से विदा लेकर मैं चल पड़ा, पर अपनी सुँघनी की डिब्बी मैंने जान-बूझकर वहीं मेज पर छोड़ दी थी।

मैं उसे बातचीत में उलझाता जा रहा था और इस बीच मेरा ध्यान पत्र पर ही था। ध्यान से देखने पर मैंने पाया कि पत्र के किनारे सामान्य से कुछ ज्यादा कटे हुए लग रहे थे। ऐसा लग रहा था, जैसे किनारों को उल्टा और सीधा, दोनों ओर से मोड़कर काट दिया गया था।

"अगले दिन सुबह फिर मैं उसकेपास गया और पिछले दिन की बातचीत को आगे बढ़ाते हुए अपनी सुँघनी की डिब्बी ढूँढ़ने लगा, तभी अचानक होटल की खिड़कियों के नीचे से पिस्तौल चलने जैसी आवाज आई और उसके साथ ही, कुछ घबराए हुए लोगों की चीख भी सुनाई दी। मंत्री एकदम एक खिड़की की ओर भागा और उसे खोलकर नीचे की ओर देखने लगा। इधर मौका पाकर मैंने जल्दी से वह पत्र निकालकर जेब में रख लिया और उसकी जगह पर दूसर पत्र रख दिया, जो मैं घर से विशेष रूप से तैयार करके ले गया था।

"नीचे गली में जो हलचल सुनाई पड़ी थी, वह मेरी योजना का ही एक हिस्सा थी। इसके लिए एक आदमी को पैसे देकर नशे की हालत में गली में बवाल करने केलिए तैयार किया गया था। मंत्री जब वापस आया, तब तक मैं पत्र को अपने पास सुरक्षित रख चुका था और उसकी जगह पर वैसा ही दिखने वाला दूसरा पत्र रख चुका था।"

इस पर मैंने कहा, "लेकिन जब पहली बार में तुमने पत्र को देख लिया था तो उसी समय उसे क्यों नहीं उठा लिया? उसके लिए इतना सब करने की क्या जरूरत थी?"

"दरअसल मंत्री रसूख वाला व्यक्ति है और होटल में उसके बहुत सारे आदमी होते हैं। ऐसे में अगर मैं जोर-जबरदस्ती करने की कोशिश करता तो बात बढ़ जाती और इससे मेरी अपनी छवि धूमिल होने का भी डर था, क्योंकि पेरिस के अच्छे लोगों में मेरी जो इज्जत है, वह नहीं रह जाती। इसके अलावा इस मामले को मैं थोड़ा राजनीति की दृष्टि से भी देख रहा था। मैं उस महिला के हित में सोच रहा था, जिसका यह पत्र था। इस पत्र के कारण अठारह महीने तक मंत्री ने उस महिला को दबाकर रखा। अब चूँकि उसे यह तो पता नहीं है कि पत्र उसके पास नहीं है, इसलिए वह पहले की तरह ही महिला को दबाने और अपनी मनमानी चलाने की कोशिश करेगा, इस प्रकार उसकी राजनीतिक छवि बुरी तरह बिगड़ जाएगी और अंततः वह सबकी नजर से गिर जाएगा। मुझे उस मंत्री के प्रति कोई सहानुभूति नहीं है, क्योंकि उसने अनुचित काम किया है, इसलिए वह योग्य होत हुए भी सिद्धांतहीन इनसान है। हाँ, अब मैं जरूर जानना चाहूँगा कि उस महिला के सामने खुद को कमजोर पाकर जब वह उस पत्र को खोलकर देखेगा तो उसके मन पर क्या बीतेगी!"

"क्यों? क्या तुमने पत्र में कोई ऐसी बात लिखी है?" मैंने आश्चर्य से पूछा।

"दरअसल पत्र को सादा छोड़ना तो ठीक नहीं था। वियना में एक बार उसने मेरे साथ चालाकी दिखाई थी, तब मैंने कहा था कि मैं इसे याद रखूँगा। तो अब वह यह जरूर जानना चाहेगा कि आखिर वह कौन व्यक्ति है, जो उससे भी ज्यादा होशियार है। मैंने पत्र में ऐसा संकेत दे दिया है; और वैसे भी वह मेरी लिखावट पहचानता है।

□

एलेनोरा

मैं एक ऐसी दौड़ में शामिल हूँ, जो कि कल्पना की ताकत और उत्साही जुनून के लिए प्रसिद्ध है। एक आदमी ने मुझे पागल कहा है; लेकिन यह सवाल अभी तक सुलझा नहीं है कि पागलपन बड़ा है अथवा बुद्धिमत्ता बड़ी है, चाहे वह गौरवशाली हो, चाहे वह सब गहरा हो, एक गलत विचार से मन की सोच गलत हो जाती है और दिमाग विचलित होकर बदलता रहता है। जो लोग दिन में सपने देखते हैं, वे कई चीजों से परिचित होते हैं, वे केवल रात में सपने देखनेवालों से बचते हैं। अपनी गहन दृष्टि से वे अनंत काल में होनेवाली घटनाओं को देख पाते हैं और रोमांच, उत्सुकता में खोज करते हुए जान जाते हैं कि वे एक महान् रहस्य के कगार पर हैं। इसी खोज में, वे ज्ञान की कुछ बातें सीखते हैं, जो अच्छा भी है, लेकिन कभी-कभी ज्यादा ज्ञान प्राप्त कर लेना भी बुरा हो जाता है। हालाँकि ज्ञान के प्रकाश के इस बड़े सागर में घुसकर हम या तो कभी बहुत ही सिद्धांतहीन हो जाते हैं अथवा बहुत करुणामय हो जाते हैं या फिर कोई साहसिक कार्य कर जाते हैं, जैसा कि भूगोलवेत्ता न्युबियन ने कहा था, "एग्रेसि सुंट मारे तेनेब्रुम, ईओ एसेट एसेप्टेटुरी में क्विड।"

तब हम खुद को ही कहते हैं कि हम पागल हो गए हैं। मैं स्वीकार करता हूँ कि तब मेरी मानसिक स्थिति के दो अलग पहलू होते हैं, पहली स्थिति तो कारणों के साथ बिल्कुल स्पष्ट होती है, जिसमें मेरे भीतर कोई कविवाद नहीं होता, जो कि मेरी स्मृतियों से संबंधित होती है, जिनके कारण मेरे जीवन के एक नए युग की शुरुआत हुई थी और दूसरी वह, जिसमें बहुत सारे भ्रम होते हैं, परछाइयाँ होती हैं, जो मेरे वर्तमान से संबंध रखते हैं, जिनसे मेरे आनेवाले एक नए युग की स्मृतियाँ बननेवाली हैं। इसलिए मैं पहले जो गुजर गया, उसके बारे में बताऊँगा।

आप मेरा विश्वास करें, क्या मैं उस समय से संबंधित हो सकता हूँ। केवल मुझे उसी बात का श्रेय दें, जितना कि आपको उचित लगे, क्योंकि अगर आपको संदेह है तो आप फिर यह पहेली नहीं समझ सकते।

वह, जिसे मैं अपने बचपन में बहुत प्यार करता था और जिसके बारे में सोचकर अब मैं, खासतौर पर शांति से अपनी स्मृतियों को कलमबद्ध करता हूँ, वह मेरी दिवंगत माँ की बहन की इकलौती बेटी थी। मेरी मौसेरी बहन का नाम एलेनोरा था। हम लोग रंगीन घास की घाटियों के बीच चमकते हुए सूरज के नीचे हमेशा साथ में रहते थे। कोई भी कभी भी उस वादी की तरफ नहीं आता था, क्योंकि यह वादी चारों ओर से घिरी विशाल पहाड़ियों के बीच में स्थित थी और इसके चारों ओर के पहाड़ों को देखकर लगता था, मानो यह लटके हुए से हों। यह एक प्यारा सा कोना था, जहाँ सूरज की रोशनी, यानी धूप नहीं आती थी। इसके आसपास के क्षेत्र में कोई रास्ता नहीं बनाया गया था, जिसके कारण हमें जंगल के असंख्य पेड़ों के बीच से गुजरते हुए, खूबसूरत सुगंधित फूलों पर चलते हुए उन्हें कुचलते हुए अपने खुशहाल घर तक पहुँचना होता था। बाकी दुनिया से अनजान इस घाटी में हम अकेले ही रहते थे—मैं, मेरी मौसेरी बहन और उसकी माँ।

> ***वह एक वृत्ताकार इलाका था, जो पहाड़ों के परे ऊपरी छोर पर अस्पष्ट क्षेत्रों से घिरा हुआ-सा था, जहाँ एक सँकरी, गहरी नदी रेंगती हुई बह रही थी, जिसका जलमार्ग एलेनोरा की खूबसूरत आँखों की गहराई से भी ज्यादा घुमावदार व पेचीदा था। वहाँ का वातावरण बहुत ही शांतिपूर्ण था, सबकुछ जैसे बिल्कुल थमा हुआ, बहती हुई खूबसूरत नदी, जिसे हम 'शांत नदी' के नाम से बुलाते थे। उसके प्रवाह में एक मौन का अहसास होता था।***

वह एक वृत्ताकार इलाका था, जो पहाड़ों के परे ऊपरी छोर पर अस्पष्ट क्षेत्रों से घिरा हुआ-सा था, जहाँ एक सँकरी, गहरी नदी रेंगती हुई बह रही थी, जिसका जलमार्ग एलेनोरा की खूबसूरत आँखों की गहराई से भी ज्यादा घुमावदार व पेचीदा था। वहाँ का वातावरण बहुत ही शांतिपूर्ण था, सबकुछ जैसे बिल्कुल थमा हुआ, बहती हुई खूबसूरत नदी, जिसे हम 'शांत नदी' के नाम से बुलाते थे।

उसके प्रवाह में एक मौन का अहसास होता था। वह बिना किसी ध्वनि के बहती जा रही थी, जैसे इधर से साथ छोड़ उधर की ओर बढ़ रही हो। उसके पास इतने साफ पत्थर थे, जिन पर लेटकर हम उसे टकटकी लगाकर देखते रहते थे। वहाँ कोई हलचल या उथल-पुथल नहीं थी। उस जगह के प्रत्येक पड़ाव का अपना एक शानदार आनंदमय अनुभव था।

नदी के किनारे के छोटे-छोटे नाले अपने सुगम प्रवाह के लिए भयावह रास्तों से होकर गुजरते हैं और अपनी सीमा से अलग होकर दूसरी दिशा में बहने लगते हैं और बहते हुए नीचे धाराओं की गहराई में जाकर वे तल में मोती जैसे साफ कंकड़-पत्थरों की सतह तक पहुँच जाते हैं। वहाँ नदी से लेकर पहाड़ों तक समूची वादी में चारों तरफ खूबसूरत जगहों के ऐसे नजारे देखने को मिलते थे, जहाँ हरी मुलायम, नरम, मोटी घास एक समानांतर कालीन की तरह बिछी हुई थी, हर तरफ वैनीला की सुगंध फैली रहती थी, चारों तरफ बिखरे छोटे-छोटे पीले फूल, बैंगनी रंग के डेजी के फूल और लाल रंग के अस्फोडल की प्राकृतिक छटा के उस बेहद सुंदर नजारे को देखकर मन मयूर जैसे नाच उठता था और ईश्वर की बनाई कृति को देखकर प्रकृति से प्यार हो जाता था।

इसके अलावा इधर-उधर, पतले तनेवाली लंबी घासों के शानदार जंगल उगे हुए थे, जो सरसरी तौर पर सीधे खड़े होने के बजाय तिरछे-से थे और दोपहर के समय घाटी के बीच में आनेवाली रोशनी की तरफ जैसे अनुग्रहपूर्वक झुके-से लगते थे; यह दृश्य देखकर भी मन की तरंगें उछलने लगती थीं। उसकी छाप आबनूस और चाँदी के उज्ज्वल रंगों की आभा की तरह बहुत चमकदार और रंग-बिरंगी सी थी, जो एलेनोरा के गालों से भी ज्यादा मुलायम थे।

इसके अलावा इधर-उधर, पतले तनेवाली लंबी घासों के शानदार जंगल उगे हुए थे, जो सरसरी तौर पर सीधे खड़े होने के बजाय तिरछे-से थे और दोपहर के समय घाटी के बीच में आनेवाली रोशनी की तरफ जैसे अनुग्रहपूर्वक झुके-से लगते थे; यह दृश्य देखकर भी मन की तरंगें उछलने लगती थीं। उसकी छाप आबनूस और चाँदी के उज्ज्वल रंगों की आभा की तरह बहुत चमकदार और

रंग-बिरंगी सी थी, जो एलेनोरा के गालों से भी ज्यादा मुलायम थे। लेकिन पहाड़ी की चोटी पर लंबे समय से फैली हुई हरी पत्तियों को जब हवा का झोंका उड़ाकर चारों तरफ फैला देता था, तो उन पत्तियों की विशाल आकृति को देखकर ऐसा लगता था, मानो सीरिया के विशालकाय साँप अपने देवता सूर्य को नमन कर रहे हों।

इसी घाटी में लगभग 15 सालों तक मैं और एलेनोरा हाथ-में-हाथ डालकर घूमते रहे, जब तक कि प्यार ने हमारे दिल में जगह नहीं बनाई थी। वह एक शाम का समय था, जब तीसरी बार हम एक-दूसरे के प्यार की लालसा में पेड़ के नीचे आलिंगनबद्ध होकर बैठे थे; जैसे दो सर्प एक-दूसरे से लिपटे हुए हों। हम चुपचाप बैठे हुए नदी के पानी में अपना प्रतिबिंब देख रहे थे। हमने उस पूरे खूबसूरत दिन में एक-दूसरे से एक शब्द भी नहीं कहा। हमारे शब्द आनेवाली सुबह के बारे में सोचकर और डरकर कम हो रहे थे। हमने पानी की लहरों पर भगवान् इरोस का चित्र बनाया और अब हमें लग रहा था कि जैसे हमारे भीतर हमारे पुरखों की उग्र आत्माएँ जाग्रत् हो रही थीं। सदियों से जो परंपराओं का जुनून चला आ रहा था, उसने हमें अलग कर दिया था, क्योंकि हमारा एक होना उन लोगों के साथ खिलवाड़ करना था, जो एक समान रूप से एक जाति से संबंधित होते थे। लेकिन उस शाम घाटी की रंग-बिरंगी घास पर हमने चैन की साँस ली और आनंद की अनुभूति की। वहाँ की सभी चीजों में जैसे एक बदलाव आ गया था, जो बहुत अलग था। वहाँ के उन पेड़ों पर सितारों की आकृति के अनोखे चमकीले फूल उग आए थे, जिन पर पहले कभी कोई फूल नहीं खिलते थे। हरे रंग के कारपेट के निशान और गहरे हो गए थे और जब एक-एक करके, सफेद डेजियों के फूल सूख रहे थे तो उनकी

इसी घाटी में लगभग 15 सालों तक मैं और एलेनोरा हाथ-में-हाथ डालकर घूमते रहे, जब तक कि प्यार ने हमारे दिल में जगह नहीं बनाई थी। वह एक शाम का समय था, जब तीसरी बार हम एक-दूसरे के प्यार की लालसा में पेड़ के नीचे आलिंगनबद्ध होकर बैठे थे; जैसे दो सर्प एक-दूसरे से लिपटे हुए हों। हम चुपचाप बैठे हुए नदी के पानी में अपना प्रतिबिंब देख रहे थे।

जगह उस दस-बाई-दस की जगह पर रूबी जैसे गहरे लाल रंग के एस्फोडेल के फूल उग आए थे। तभी हमारे मार्ग में लंबे राजहंसों और आसमान में उड़ते हुए समलैंगिक पक्षियों के जोशीले झुंड से जैसे जीवन उत्पन्न हो गया, उनके शान से इठलाते हुए लाल रंग के पंखों को देखना हमारे लिए अब तक अनदेखा था। सुनहरी और रुपहली रंग की मछलियाँ नदी में उछल-उछलकर बह रही थीं। मन के अंदर की प्रफुल्लता धीरे-धीरे करके मधुर लोरी के रूप में बाहर निकल रही थी, जो आयोलस की वीणा के माधुर्य की तुलना में एलेनोरा की आवाज में अधिक उत्कृष्ट लग रही थी। अब हम बादलों के झुंड के पीछे छिपे लाल और सुनहरे रंग के उस शुक्रतारे की भव्यता को निहार रहे थे, जिसे हमने लंबे समय तक डूबते देखा था; जब तक पहाड़ों और नदियों के बीच किनारे न मिले तो उन्हें कैसे आराम मिलेगा, कुछ वैसा ही हाल हमारा था; वातावरण की उस भव्यता और शोभा ने हम पर एक जादू सा कर दिया था और हम जैसे हमेशा-हमेशा के लिए एक-दूसरे में घुलते जा रहे थे, कैद होते जा रहे थे।

एलेनोरा की सुंदरता और मासूमियत एक सेराफिम एंजेल की तरह थी, वह एक कुँआरी कन्या थी; जो कृत्रिमता से कोसों दूर थी और फूलों के बीच अपनी छोटी सी निर्दोष जिंदगी गुजार रही थी। उसके भीतर कोई छल-कपट नहीं था, सिर्फ एक बहुत गहरा जुनूनी अहसास था, जो सिर्फ दिल से महसूस किया जा सकता था। और उसने मुझे अपने दिल की गहराइयों से देखा, जब हम घाटी में रंग-बिरंगी घास पर साथ में चल रहे थे।

एलेनोरा की सुंदरता और मासूमियत एक सेराफिम एंजेल की तरह थी, वह एक कुँआरी कन्या थी; जो कृत्रिमता से कोसों दूर थी और फूलों के बीच अपनी छोटी सी निर्दोष जिंदगी गुजार रही थी। उसके भीतर कोई छल-कपट नहीं था, सिर्फ एक बहुत गहरा जुनूनी अहसास था, जो सिर्फ दिल से महसूस किया जा सकता था। और उसने मुझे अपने दिल की गहराइयों से देखा, जब हम घाटी में रंग-बिरंगी घास पर साथ में चल रहे थे। हमारे इस फैसले से जो बदलाव हुए थे, हम उसके बारे में बात कर रहे थे।

उस दिन एक-दूसरे से लिपटे हुए, उसके बारे में लंबी बातचीत करने के

दौरान एकबारगी उसकी आँखों में आँसू आ गए और वह उदास हो गई कि कहीं यह मानवता के खत्म होने से पहले के आखिरी पल तो नहीं, जो वे बिता रहे थे। वह उस पल केवल उन्हीं दुःख भरी बातों को लेकर बैठ गई, जो हमारी बातों के बीच में बार-बार उन छवियों जैसी उभर रही थी, जैसे कवि शिराज के गीतों के वाक्यांश की हर प्रभावशाली भिन्नता में बार-बार घटित होती थी।

वह जानती थी कि वह अब चंद दिनों की ही मेहमान है, क्योंकि मौत ने उसे हाथ पकड़कर गले लगा लिया था और शायद उसे इतना प्यारा सिर्फ मरने के लिए बनाया गया था। हालाँकि उसे कब्र में दफनाए जाने से बहुत डर लगता था, जो उसने मुझे एक गोधूलि शाम को झिलमिल तारों के नीचे शांत नदी के किनारे बताया था। वह यह सोचकर बहुत उदास थी कि उसे भी उस खूबसूरत रंग-बिरंगी घासवाली घाटी में दफनाया जाएगा। मैं हमेशा के लिए सबकुछ त्यागकर अपने खुशहाल प्यार के सहारे अकेला ही खुश रह लूँगा। इस दुनिया की किसी भी लड़की के साथ तुम्हारा प्यार नहीं बाँटूँगा। मैंने खुद को पूरी तरह एलेनोरा के कदमों में रख दिया था और उससे कहा, "तुम सुकून से स्वर्ग जा सकती हो, मैं तुम्हारा ही रहूँगा और तुम्हारे अलावा इस दुनिया की किसी भी युवती से शादी के बंधन में नहीं बँधूँगा। तुम्हारा वह समर्पण, गहरा प्यार, जिससे तुमने मेरा जीवन धन्य कर दिया, मैं हमेशा तुम्हारी उन प्यार भरी यादों को सहेजकर रखूँगा। और मैंने जो यह कठोर प्रण लिया है, उसका और हमारे इस रिश्ते का साक्षी मैं इस पूरे ब्रह्मांड को बनाता हूँ। और जो अभिशाप मैंने उसके लिए और अपने लिए माँगा है, मुझे उस वादे को हेल्यूजन के संत के समक्ष पूरा करने के लिए साबित करना होगा, अगर मैं उस वादे को पूरा नहीं कर

वह जानती थी कि वह अब चंद दिनों की ही मेहमान है, क्योंकि मौत ने उसे हाथ पकड़कर गले लगा लिया था और शायद उसे इतना प्यारा सिर्फ मरने के लिए बनाया गया था। हालाँकि उसे कब्र में दफनाए जाने से बहुत डर लगता था, जो उसने मुझे एक गोधूलि शाम को झिलमिल तारों के नीचे शांत नदी के किनारे बताया था। वह यह सोचकर बहुत उदास थी कि उसे भी उस खूबसूरत रंग-बिरंगी घासवाली घाटी में दफनाया जाएगा।

पाया तो मुझे उसके लिए जो भयानक दंड भुगतना होगा, वह मैं यहाँ पर नहीं बता सकता।" मेरी ये सब बातें सुनकर और मेरे प्रण के बारे में जानकर एलेनोरा की चमकदार आँखें और भी ज्यादा चमक उठीं, गर्व से उसका सीना फूल गया और सिहरते हुए उसकी आँखों में आँसू भर गए, लेकिन उसने मेरे इस प्रण को स्वीकार कर लिया (क्योंकि वो एक बच्चे जैसी थी)। इसने उसकी मौत को आसान बना दिया और उसने मुझसे कहा कि अब मैं शांति से मर सकूँगी, क्योंकि मैंने उसकी आत्मा की शांति के लिए जो कुछ भी किया है, उस पर वह यहाँ से जाने के बाद भी मुझ पर नजर रखेगी। उसें अगर वापस आने की अनुमति मिलेगी तो वह मुझे रात को दिखाई भी देगी। लेकिन अगर स्वर्ग मृत आत्माओं को ऐसी शक्ति प्रदान नहीं करता होगा, तो वह मुझे अपने संकेतों से मेरे पास होने का अहसास करवाएगी; जैसे शाम को मेरे ऊपर छूकर जाती हवा के बहाने अथवा उस हवा में स्वर्गदूतों की धूपदानी के इत्र की खुशबू भरकर, जिसमें मैं साँस ले रहा था। इन शब्दों के साथ उसकी जुबान पर एक मुसकराहट थी कि उसने अपने जीवन काल में निर्दोष जिंदगी जी है।

अभी तक मैं बहुत विश्वास के साथ कह सकता हूँ कि मैं अपनी जिंदगी के जितने व्यवधान थे, उनको पार करके अपनी जिंदगी के दूसरे चरण में पहुँच गया हूँ। मैं अनुभव करता हूँ कि अभी भी उसकी परछाइयाँ मेरे दिमाग पर हावी रहती हैं और मेरा दिमाग उन अभिलेखों पर विश्वास करने में संदेह करता है। लेकिन मुझे करने दो, वक्त तेजी से गुजरता गया और फिर मैं भी रंग-बिरंगी घासों से भरी इस घाटी में ही बस गया था, लेकिन अब सब चीजों में एक-दूसरे तरह

अभी तक मैं बहुत विश्वास के साथ कह सकता हूँ कि मैं अपनी जिंदगी के जितने व्यवधान थे, उनको पार करके अपनी जिंदगी के दूसरे चरण में पहुँच गया हूँ। मैं अनुभव करता हूँ कि अभी भी उसकी परछाइयाँ मेरे दिमाग पर हावी रहती हैं और मेरा दिमाग उन अभिलेखों पर विश्वास करने में संदेह करता है। लेकिन मुझे करने दो, वक्त तेजी से गुजरता गया और फिर मैं भी रंग-बिरंगी घासों से भरी इस घाटी में ही बस गया था, लेकिन अब सब चीजों में एक-दूसरे तरह का बदलाव आ गया था।

का बदलाव आ गया था। सितारों जैसे दिखनेवाले फूल गायब हो गए थे और अब पेड़ों की टहनियों में तब्दील हो गए थे। हरे रंग की घास का कारपेट अब मुरझा गया था। लाल रंग के अस्फोडल के फूल भी एक-एक करके अब मुरझा गए थे। उनकी उस 10 बाई 10 की जगह पर एक गहरा अँधेरा था। बैंगनी रंग के आँख जैसे दिखनेवाले फूल भी अब झड़ गए थे और उनकी जगह अब ओस की बूँदें जमने लगी थीं। हमारी जिंदगी यहाँ से अलग हो गई थी। लंबे राजहंस अब हमारे रास्ते पर सामने नहीं आते थे, लाल रंग के पंखोंवाले समलैंगिक पक्षियों के जोशीले झुंड भी अब उदासीपूर्वक उड़ते हुए पहाड़ियों की तरफ वापस जा रहे थे। और सुनहरी और रुपहली मछलियाँ अब भी भोजन की तलाश में मीठी नदी की तलहटी में तैरती दिख जाती थीं, लेकिन वहाँ से वापस नहीं आ रही थीं। और आयोलस की वीणा की वह सुरीली धुन, जो हवा से भी तेज थी और उसकी तुलना में एलेनोरा की आवाज अधिक उत्कृष्ट थी, अब धीरे-धीरे-धीरे उसकी आवाज भी कम होती जा रही थी। नदी का बहाव भी अब अपनी ही खामोशी को तोड़ता हुआ कलकल करते हुए बहने लगा था। पहाड़ों की चोटी के ऊपर तैरते बादलों के विशाल झुंड के बीच छिपा हुआ शुक्रतारा भी अब कभी-कभार ही दिखता था, लेकिन उसकी भव्यता भी पहले जैसी नहीं रही थी। विविधता भरी रंग-बिरंगी घासों की घाटी की खूबसूरती भी अब पहले जैसी नहीं रही थी।

अभी भी मैं एलेनोरा से किया हुआ वादा नहीं भूला हूँ और न ही यह कि कैसे मैंने परियों के झूला झूलने की आवाज सुनी और पूरी घाटी के अंदर फैली स्वर्गदूतों की धूपदानी के इत्र की पवित्र सुगंध को महसूस किया है और अकेले

अभी भी मैं एलेनोरा से किया हुआ वादा नहीं भूला हूँ और न ही यह कि कैसे मैंने परियों के झूला झूलने की आवाज सुनी और पूरी घाटी के अंदर फैली स्वर्गदूतों की धूपदानी के इत्र की पवित्र सुगंध को महसूस किया है और अकेले में, जब मेरा दिल जोर से धड़कता है तो हवा धीरे से मेरे पास आकर मेरे माथे को सहलाती है, मुझे मुलायमता से अपनी बाँहों में भर लेती है और अस्पष्ट सी गुनगुनाती हुई सी प्रतीत होती है।

में, जब मेरा दिल जोर से धड़कता है तो हवा धीरे से मेरे पास आकर मेरे माथे को सहलाती है, मुझे मुलायमता से अपनी बाँहों में भर लेती है और अस्पष्ट सी गुनगुनाती हुई सी प्रतीत होती है। ये कुछ अलग-अलग आवाजें रात को हवा में भर जाती थीं। केवल-और-केवल एक ही बार ऐसा हुआ कि मैं अपनी नींद से अचानक ऐसे उठा; जैसे कोई अपनी मौत से उठता है; मुझे ऐसा अहसास हुआ, जैसे किसी पवित्र आत्मा ने मेरे होंठों का चुंबन लिया हो।

लेकिन मेरे मन के भीतर एक शून्य-सा भर गया था, जिसने इस प्यार को मानने से इनकार कर दिया था। जिस प्यार के लिए मैं इतना तरस गया था, अब मैं उससे बाहर निकल रहा था, क्योंकि एलेनोरा की यादें मेरे दिल को बहुत दर्द देती थीं, इसीलिए मैंने इस दुनिया को जीतने के लिए हमेशा के लिए इस व्यर्थ अशांत जगह को छोड़ दिया था।

फिर मैंने खुद को एक अजीब से शहर में पाया था, जहाँ सभी चीजें उन मधुर स्वप्नों की भाँति थीं, जैसा कि मैंने लंबे समय तक कभी उस रंग-बिरंगी घासोंवाली घाटी में अपने सपनों में देखी थी। वहाँ के राजदरबार का नजारा बहुत ही भव्य, तड़क-भड़कपूर्ण और वैभवशाली था। हथियारों की गड़गड़ाहट, महिलाओं की बेपनाह खूबसूरती को देखकर मेरे दिमाग पर एक नशा-सा छा गया था। हालाँकि अभी तक मेरी आत्मा मेरी सभी प्रतिज्ञाओं की सत्यता को साबित कर चुकी है और आज भी रात की खामोशी में मुझे एलेनोरा की उपस्थिति के संकेत महसूस होते थे। अचानक वे सारी अभिव्यक्तियाँ, जो मेरे सामने चल रही थीं, वे सब खत्म हो गईं और मेरी आँखों के सामने अँधेरा छा गया, फिर मैं एकदम सन्नाटे में खड़ा रहा। मैं बेहद डरा हुआ वहाँ खड़ा रहा, उन भयानक विचारों के साथ, जो मेरे दिमाग में चल

फिर मैंने खुद को एक अजीब से शहर में पाया था, जहाँ सभी चीजें उन मधुर स्वप्नों की भाँति थीं, जैसा कि मैंने लंबे समय तक कभी उस रंग-बिरंगी घासोंवाली घाटी में अपने सपनों में देखी थी। वहाँ के राजदरबार का नजारा बहुत ही भव्य, तड़क-भड़कपूर्ण और वैभवशाली था। हथियारों की गड़गड़ाहट, महिलाओं की बेपनाह खूबसूरती को देखकर मेरे दिमाग पर एक नशा-सा छा गया था।

रहे थे; जो मुझे वहाँ से कुछ दूर एक अज्ञात जगह पर राजा के समलैंगिक दरबार में ले गए, जहाँ पर मैं काम करता था। वहाँ मैंने एक कुँआरी युवती की सेवा की थी, उसका सौंदर्य एक बार फिर मेरे दिल में उतर गया था और बिना किसी प्रतिरोध या झिझक के उत्साहपूर्वक मैं उसके सामने पूरी तरह नतमस्तक हो जाता था और उसके तीव्र तथा प्रबल प्रेम की इबादत में खो जाता था। क्या वास्तव में मुझे उससे वैसा ही जुनूनी प्यार हो गया था, जैसा कि घाटी की उस युवा लड़की के साथ हुआ था? क्या मैं उसके पास जाकर वैसे ही मदहोश हो जाता था, उसके प्यार की आराधना में परमानंद प्राप्त करता था, जिसके लिए मैंने अपना पूरा जीवन लगा दिया था। मेरा सर्वस्व, मेरी आत्मा, मेरा दिल, मेरे आँसू सबकुछ एर्मेंगार्डे के चरणों में पूर्णतया समर्पित हो गए थे। एर्मेंगार्डे! ओह, वह एक दिव्य देवदूत सरीखी थी; और उस प्रतीति में मेरे पास और कोई नहीं था; जब भी मैं उसकी गहरी मदहोश कर देनेवाली आँखों में देखता था तो मैं सिर्फ उन्हीं के बारे में और उसके बारे में सोचता था।

मैंने जो वचन दिया था, अब मैं उसके श्राप से भयभीत नहीं था, मुझमें अब कोई अप्रसन्नता नहीं थी। लेकिन रात की खामोशी में एक बार फिर मैंने उसका आह्वान किया था, जिसने मुझे त्याग दिया था और मैंने खिड़की की सलाखों के पार कुछ धीमी सी साँसों की आवाज सुनी थी। साथ ही, वह मीठी सी परिचित आवाज, जो मुझसे कह रही थी, "शांति से सो जाओ! अब तुम्हारे हृदय पर एर्मेंगार्डे का प्यार राज करता है, उसकी प्रभुता है, तुम्हारे भावुक दिल से अब मैं अनुपस्थित हूँ, इसलिए अब तुम उस प्रतिज्ञा से मुक्त हो, जो तुमने एलेनोरा के लिए ली थी और जिसके लिए तुम्हें स्वर्ग में जाना जाता है।"

□

बेरेनिस

1835

दुःख कई प्रकार के होते हैं। पृथ्वी की दुर्दशा के भी बहुत रूप होते हैं। क्षितिज के वृत्तखंड चौड़े तथा थोड़े से पृथक् होते हैं, फिर भी वे इंद्रधनुष के रूप में व्यापक क्षितिज को समेटते हुए, अलग होते हुए भी गहराई से मिश्रित होते हैं। इस तरह की सुंदरता से मैंने एक प्रकार के अंतहीन प्यार की गहराई को प्राप्त किया है, कुछ उसी प्रकार जैसे दुःख भरी मुसकान के साथ शांति पाठ करना। लेकिन जैसा कि नैतिकता में बुराई अच्छाई का एक परिणाम होती है, इसलिए यथार्थ में खुशी की अधिकता से दुःख का जन्म होता है। या तो अतीत के पलों को याद करना आज की पीड़ा है अथवा वेदना, जो कि परम आनंद से उत्पन्न होती है।

मेरा बपतिस्मत नाम एगियस है। मैं अपने परिवार का उल्लेख नहीं करूँगा। फिर भी मेरे पुराने, विषादपूर्ण, पैतृक हवेली की तुलना में लंबे समय से ज्ञात अन्य कोई भवन यहाँ की भूमि पर नहीं हैं। हमारी श्रेणी को दूरदर्शी लोगों की जाति कहा गया है और कई विचित्र विवरणों में; परिवार की हवेली के स्वरूप में, मुख्य सैलून के भित्तिचित्रों में, शयनकक्ष की कलाकृतियों में, शस्त्रागार की विभिन्न प्रकार की छेनियों में, लेकिन विशेष रूप से गैलरी के प्राचीन चित्रों में, पुस्तकालय कक्ष की साज-सज्जा में और आखिर में, पुस्तकालय की बहुत अनूठी सामग्रियों के स्वरूप में; ये सब विश्वास को कायम करने के लिए पर्याप्त प्रमाण से काफी अधिक हैं।

मेरे शुरुआती वर्षों की स्मृतियाँ उस शयनकक्ष के साथ और उसके संस्करणों के साथ जुड़ी हुई हैं, जो मैं बाद में कहूँगा, अभी नहीं। यहीं मेरी माँ की मृत्यु

हुई थी। यहीं मैं पैदा हुआ था, लेकिन यह कहना बिल्कुल व्यर्थ है कि मैं इससे पहले नहीं रहा था, क्योंकि आत्मा का कोई पूर्व अस्तित्व नहीं है। आप इससे इनकार करते हैं ? आइए, हम इस मामले पर बहस न करें। खुद को जानकर, मैं और नहीं जानना चाहता हूँ। हालाँकि कल्पित बातों की स्मृतियाँ—आध्यात्मिक और अर्थपूर्ण आँखें, संगीतमय ध्वनियाँ, उदासी, एक स्मृति, जो नकारी नहीं जा सकती; परछाईं रूपी यादें, एक अस्पष्ट, परिवर्तनशील, अनिश्चित, अस्थिर साए की तरह हैं; जिनसे छुटकारा पाने की दुष्करता मेरे कारणों के प्रकाश में विद्यमान होगी।

मैं उस शयनकक्ष में पैदा हुआ था, इसलिए ऐसा लग रहा था कि जैसे लंबी रातों से जाग रहा हूँ, लेकिन ऐसा नहीं था। गैर-बराबरी नहीं थी। हालाँकि एक बार कल्पना की दुनिया में विचरते हुए, मैंने अपने चारों ओर के भूमि बहुल क्षेत्रों में परियों के महल, जंगली उपनिवेशों में मठवासियों की विद्वत्ता को देखा; यह अनोखा नहीं है कि मैं हैरान हूँ कि हैरत भरी आँखों से अपने चारों ओर एक चौंका देनेवाला नजारा देखा।

मैं उस शयनकक्ष में पैदा हुआ था, इसलिए ऐसा लग रहा था कि जैसे लंबी रातों से जाग रहा हूँ, लेकिन ऐसा नहीं था। गैर-बराबरी नहीं थी। हालाँकि एक बार कल्पना की दुनिया में विचरते हुए, मैंने अपने चारों ओर के भूमि बहुल क्षेत्रों में परियों के महल, जंगली उपनिवेशों में मठवासियों की विद्वत्ता को देखा; यह अनोखा नहीं है कि मैं हैरान हूँ कि हैरत भरी आँखों से अपने चारों ओर एक चौंका देनेवाला नजारा देखा। मैंने अपने लड़कपन को किताबों में खपा दिया था और मेरी जवानी अय्याशी में नष्ट हो गई। लेकिन यह अद्भुत है कि जैसे-जैसे वर्ष गुजरते गए, तो युवावस्था के मध्यम दौर में मैंने स्वयं को अपने पिता की हवेली में पाया। यह अद्भुत है कि मेरे जीवन के पड़ाव पर क्या ठहराव आया; इसके अलावा, कैसे रूढ़िवाद मेरे आम विचारों के चरित्र पर हावी हुआ। दुनिया की वास्तविकताओं ने मुझे दृष्टि के रूप में और केवल दर्शन के रूप में प्रभावित किया, जो संपूर्ण रूप से स्वयं में अपने आप में एक अस्तित्व है, जबकि सपनों के धरातल के उद्दंड विचारों ने बदले में हर दिन मेरे अस्तित्व की सच्चाई को नकारा।

बेरेनिस और मैं चचेरे भाई-बहन थे और हम अपने पैतृक घर में एक साथ बड़े हुए थे। फिर भी हम अलग-अलग हो गए। मेरी सेहत ठीक नहीं रहती थी और हमेशा उदास रहता था। वह फुर्तीली, सुंदर और ऊर्जा से भरी हुई थी, जीवन की राहों पर बेफिक्री से घूमा करती थी और पहाड़ी के किनारे स्थित मठ के एकांतवास में पढ़ाई करना पसंद करती थी, जबकि मैं अपने मन की पीड़ा के साथ प्रबल आसक्त आत्मा और कष्टदायक शरीर के साथ अपने आप में ही खोया रहता था या फिर घंटों तक उसकी काले कौओं की तरह खामोश उड़ान को देखा करता था। मैं उसका नाम पुकारता हूँ—बेरेनिस! और यादों के धुँधले खँडहरों से उस ध्वनि पर एक हजार गुना गूँज चौंका देती है! आह! स्पष्ट रूप से उसकी छवि मेरे सामने है, जैसा कि उसके प्रसन्नता भरे आनंद के शुरुआती दिनों में था! ओह! अभी तक भव्य शानदार सौंदर्य! ओह! अर्नहेम की झाड़ियों के बीच सुंदर तरुणी! ओह! फव्वारों के बीच जलपरी! और फिर यह सब रहस्य और आतंक से भरी एक ऐसी कहानी है, जिसे नहीं बताया जाना चाहिए। मैं उस पर हैरान था; बीमारी, एक घातक बीमारी; अरब के मरुस्थल की धूल भरी आँधी की तरह उसके ढाँचे पर पसरी हुई, बहुत सूक्ष्मता से उसके मन, उसकी आदतों और उसके चरित्र को विकृत करते हुए, एक तरीके से उसके ऊपर हावी हो रही थी, जिससे उसकी परेशानी भी उसके व्यक्तित्व की पहचान बन रही थी। अफसोस! विध्वंसक आया और चला गया और वह पीड़िता, जाने कहाँ थी। मैं उसे नहीं जानता था और लंबे समय तक नहीं जानता था कि वह बेरेनिस है।

> ***उस घातक, असंवेदनशील और अनेक विकृतियों से भरी उस बीमारी ने मेरी चचेरी बहन को शारीरिक और मानसिक तौर पर भयानक रूप से प्रभावित किया था, इसे मिर्गी के एक प्रकार के रूप में सबसे अधिक कष्टप्रद और बाधा के रूप में उल्लेखित किया जा सकता है। सुषुप्ति की यह अवस्था बहुत हद तक उस सकारात्मक विघटन से मिलती-जुलती है और जिसमें आत्म-विस्मृति सबसे अधिक चौंकानेवाले उदाहरणों में था।***

उस घातक, असंवेदनशील और अनेक विकृतियों से भरी उस बीमारी ने

मेरी चचेरी बहन को शारीरिक और मानसिक तौर पर भयानक रूप से प्रभावित किया था, इसे मिर्गी के एक प्रकार के रूप में सबसे अधिक कष्टप्रद और बाधा के रूप में उल्लेखित किया जा सकता है। सुषुप्ति की यह अवस्था बहुत हद तक उस सकारात्मक विघटन से मिलती-जुलती है और जिसमें आत्म-विस्मृति सबसे अधिक चौंकानेवाले उदाहरणों में था। इस समय के दौरान मेरी बीमारी, मुझे कहा गया है कि मुझे इसे किसी अन्य नाम की संज्ञा नहीं देनी चाहिए; मेरी बीमारी, फिर मुझ पर तेजी से बढ़ी और आखिरकार मान लिया गया कि मैं किसी उपन्यास के असामान्य पात्र के असाधारण चरित्र की तरह एकोन्माद का रोगी हूँ। पल-पल और हर घंटे इसका विस्तार और गतिशीलता का प्रभाव, अत्यंत प्रभुत्व के साथ बढ़ रहा है, जिससे इसके फैलाव को समझ पाना मुश्किल हो रहा है। यह एकोन्माद, जिसकी विकृतियों में एक रुग्ण चिड़चिड़ापन भी शामिल है, जिसे दूर करने के लिए आध्यात्मिक विज्ञान के अनुसार अपने मन को चौकस रखने की आवश्यकता होती है, अगर मुझे ऐसा करना पड़ेगा तो अवश्य करूँगा। इस बात की संभावना अधिक है कि मुझे समझा नहीं गया है; लेकिन मुझे डर है कि वास्तव में, यह केवल मेरे मामले में, मन की विकल उत्कटता को व्यक्त करने के लिए किसी भी तरह से संभव नहीं है, इसलिए तंत्रिका तीव्रता के घनीभूत समुचित विचारों और ध्यान की शक्तियों (तकनीकी रूप से कहने योग्य नहीं) के साथ खुद को, एक सामान्य पाठक की तरह ब्रह्मांड के सबसे सामान्य वस्तुओं के चिंतन में व्यस्त और डुबोए रखा।

लंबे समय तक बिना उकताए घंटों तक मेरा ध्यान में लीन रहना या किसी पुस्तक की नक्शासाजी में दर्ज तरकीबों को समझना; गरमी के दिनों के एक बेहतर हिस्से में तल्लीन रहना; कढ़ाईदार परदे की छाया को एक विचित्र तिरछे अंदाज में दरवाजे पर गिरते हुए देखना; दीपक की स्थिर लौ या आग के अंगारों को देखने में रात भर के लिए अपने आप को खो देना··

लंबे समय तक बिना उकताए घंटों तक मेरा ध्यान में लीन रहना या किसी पुस्तक की नक्शासाजी में दर्ज तरकीबों को समझना; गरमी के दिनों के एक बेहतर हिस्से में तल्लीन रहना; कढ़ाईदार परदे की छाया को एक विचित्र तिरछे

अंदाज में दरवाजे पर गिरते हुए देखना; दीपक की स्थिर लौ या आग के अंगारों को देखने में रात भर के लिए अपने आप को खो देना; दिन भर कल्पनाओं से दूर रहने के लिए फूलों की खुशबुओं का उपयोग करना; नीरसता से बचने के लिए कुछ सामान्य शब्दों को संकेत द्वारा ध्वनि तक बार-बार पुनरावृत्ति करना, जब तक मन में उत्पन्न कोई भी विचार दूसरों तक प्रेषित करना बंद न हो; गतिवान या शारीरिक अस्तित्व की सभी भावनाओं को खोने के लिए लंबे समय तक दृढ़तापूर्वक पूर्ण शारीरिक संबंधों के विच्छेदन के माध्यम से, जो मानसिक स्थिति से प्रेरित सबसे सामान्य और कम-से-कम हानिकारक संकाय थे; इस तरह के कुछ विश्लेषण या स्पष्टीकरण वास्तव में पूरी तरह से अनोखे नहीं हैं, फिर भी कुल मिलाकर निश्चित रूप से अनियमित तौर पर पसंद हैं।

फिर भी मुझे कोई गलतफहमी नहीं है। जैसा कि माना जा सकता है, सभी मानव जाति के लिए जुगाली करने की प्रवृत्ति आम है और विशेष रूप से उत्साही कल्पना के व्यक्ति अनुचित, जोशीले और विकृत ध्यान में अधिक लिप्त हो जाते हैं, जबकि मनुष्य को तुच्छ वस्तुओं से उत्साहित होकर स्वयं के स्वभाव को अन्य चरित्र में उलझाना नहीं चाहिए। यह भी नहीं है कि इस तरह की प्रवृत्ति की एक चरम स्थिति या अतिशयोक्ति होती है, लेकिन मुख्य और अनिवार्य रूप से अलग-अलग होती है। उदाहरण के तौर पर, एक सपने देखनेवाला या किसी वस्तु के प्रति रुचि रखनेवाला उत्साही, स्पष्ट रूप से आमतौर पर तुच्छ नहीं होता, लेकिन इस विषय-वस्तु को समझने का नजरिया, अनगिनत सुझावों के जंगल में अकसर खो जाता है, जैसे कि दिन में देखे जानेवाले सपनों की विलासिता अकसर सपने की समाप्ति पर पूरी तरह से गायब हो जाती है और भुला दी जाती है। मेरे मामले में प्राथमिक वस्तु हमेशा की तरह तुच्छ थी, हालाँकि मेरी विचलित

फिर भी मुझे कोई गलतफहमी नहीं है। जैसा कि माना जा सकता है, सभी मानव जाति के लिए जुगाली करने की प्रवृत्ति आम है और विशेष रूप से उत्साही कल्पना के व्यक्ति अनुचित, जोशीले और विकृत ध्यान में अधिक लिप्त हो जाते हैं, जबकि मनुष्य को तुच्छ वस्तुओं से उत्साहित होकर स्वयं के स्वभाव को अन्य चरित्र में उलझाना नहीं चाहिए।

दृष्टि से एक अपवर्तित और अवास्तविक महत्त्व की बात थी। यदि कुछ कटौती की गई थी; और उन कुछ उचित रूप से एक केंद्र के रूप में मूल वस्तु पर लौट रहे हैं। ध्यान कभी आनंददायक नहीं थे; और भावनाओं की समाप्ति पर पहला कारण, अब तक दृष्टि से बाहर होने से अलौकिक रूप से अतिशयोक्तिपूर्ण लाभ प्राप्त किया था, जो व्याधि की प्रचलित विशेषता थी। मेरे साथ, दिन में सपने देखनेवाली कल्पनाओं के साथ, मन की शक्तियों का विशेष रूप से अधिक उपयोग किया गया है, जैसा कि मैंने पहले कहा है, एक शब्द में 'चौकस'।

यदि वास्तव में मेरी किताबें, इस युग में विकार को उकसाने का काम नहीं करतीं, तो बड़े पैमाने पर यह माना जाता कि उनकी कल्पनाशील और असंगत प्रकृति अपने आप में क्रमरहित गुणों की विशेषता से अलग है। दूसरों के बीच में मुझे अच्छी तरह याद है, महान् इतालवी कोयलियस सेकुंडस क्यूरीओ का ग्रंथ 'भगवान् के धन्य साम्राज्य की सीमा' (डी एम्प्लिट्यूडिन बीटी रेजनी डी), सेंट ऑस्टिन का महान् कार्य 'सिटी ऑफ गॉड', और टर्टुलियन का 'डी कार्ने क्रिस्टी', जिसमें विरोधाभासी वाक्य 'वह भगवान् का बच्चा है' (मोर्टुअस इस्ट देइ फिलियस); 'वह पुत्र विश्वसनीय है : क्योंकि यह महत्त्वहीन है', (इस्ट क्विया इन्टुम इस्ट : एट सेपुलस रिसुर्रेक्सिट); 'गुलाब का वह फूल दफन है' (सर्टिफ इस्ट क्विया इम्पॉसिबल एस्ट); की निरर्थक जाँच-पड़ताल ने मेरे कई हफ्तों की मेहनत और अविभाजित समय पर कब्जा कर लिया था। मेरा मानना है कि टॉलेमी हेफेस्टियन द्वारा बोले गए शब्द समुद्र में स्थित उस खड़ी चट्टान सदृश हैं, जो लगातार पानी और हवाओं के भयंकर रोष तथा मानव हिंसा के हमलों का विरोध करती है और केवल एस्फोडेल फूल के स्पर्श से काँपती है; जिससे यह दिखता है कि केवल नगण्य चीजें वस्तुओं को अपने संतुलन से हिला सकती

मेरा मानना है कि टॉलेमी हेफेस्टियन द्वारा बोले गए शब्द समुद्र में स्थित उस खड़ी चट्टान सदृश हैं, जो लगातार पानी और हवाओं के भयंकर रोष तथा मानव हिंसा के हमलों का विरोध करती है और केवल एस्फोडेल फूल के स्पर्श से काँपती है; जिससे यह दिखता है कि केवल नगण्य चीजें वस्तुओं को अपने संतुलन से हिला सकती हैं।

हैं। हालाँकि एक लापरवाह विचारक के लिए यह संदेह से परे मामला दिखाई दे सकता है कि बेरेनिस की तकलीफदेह व्याधि से उत्पन्न परिवर्तन उसकी मानसिक अवस्था को प्रभावित करने के अलावा मुझे भी उन वस्तुओं का उपयोग करने के लिए समर्थ बनाएगा, जिस तीव्र और असाधारण ध्यान के अभ्यास की प्रकृति मेरे पास है; इस बात को समझने में थोड़ी परेशानी हुई, क्योंकि अभी तक किसी भी मामले में ऐसा नहीं था। मेरी दुर्बलता के विशद अंतराल में उसकी विपदा ने वास्तव में मुझे दिल की गहराई तक दर्द दिया और उसके सुंदर और सौम्य जीवन के अवशेषों को गहराई से ध्यान में रखते हुए, मैं बार-बार विचारों की गहनता में नहीं डूबा, लेकिन इस कटुता पर जरूर हैरान था कि काम करने के लिए उसके द्वारा इतनी अजीब क्रांति को अचानक लाया गया था। हालाँकि इन विचारों ने मेरी बीमारी को उन्माद का हिस्सा नहीं बनाया, बल्कि ऐसे थे, जैसे कि मानव जाति के साधारण जनसमूह के लिए घटित परिस्थितियों में हुआ होगा। सच तो यह है कि मेरे स्वयं के चरित्र के लिए मेरा विकार कम महत्त्वपूर्ण था, लेकिन अधिक चौंकानेवाले परिवर्तनों में प्रकट होकर बेरेनिस की व्यक्तिगत पहचान की सबसे भयावह विकृति के रूप में विलक्षण भौतिक ढाँचे में बदल गया था।

उसकी अद्वितीय सुंदरता के सबसे बेहतरीन दिनों के दौरान निश्चित रूप से मैंने उससे कभी प्यार नहीं किया। मेरे अस्तित्व की अजीब विसंगति में मेरे साथ उसकी भावनाएँ कभी दिल से नहीं थीं और मेरी भावनाएँ हमेशा मन की थीं। सुबह के धुँधलके से लेकर दोपहर में जंगल की झिलमिली परछाइयों के बीच और रात में मेरे पुस्तकालय की खामोशी में मैंने उसे एक जीवंत और सजीव रूप में देखा था।

उसकी अद्वितीय सुंदरता के सबसे बेहतरीन दिनों के दौरान निश्चित रूप से मैंने उससे कभी प्यार नहीं किया। मेरे अस्तित्व की अजीब विसंगति में मेरे साथ उसकी भावनाएँ कभी दिल से नहीं थीं और मेरी भावनाएँ हमेशा मन की थीं। सुबह के धुँधलके से लेकर दोपहर में जंगल की झिलमिली परछाइयों के बीच और रात में मेरे पुस्तकालय की खामोशी में मैंने उसे एक जीवंत और सजीव रूप में देखा था। लेकिन बेरेनिस एक ख्वाब के रूप में थी, पृथ्वी की

एक प्राणी के रूप में नहीं थी। लेकिन इस तरह के सबसे विस्मयकारी अटकलों का विश्लेषण करने के लिए एक विषय के रूप में प्यार एक वस्तु के रूप में नहीं है और एक अमूर्त के रूप में प्रशंसा की बात नहीं है। अब जब मैं उसकी उपस्थिति से झेंप गया, तो उस पर एक नजर डालकर आगे बढ़ गया। अभी तक मैं उसकी दु:खदायी और उजाड़ हालत को सोचता रहा था। मैंने मन-ही-मन कहा कि वह मुझसे लंबे समय से प्यार करती थी और एक बुरे पल में मैंने उससे शादी की बात की।

जब हमारे विवाह की अवधि करीब आ रही थी तो मौसम के अनुसार वर्ष की सर्दियों में उस बेमौसम गरम दोपहर के समय, शांत और धुँधलके दिन में, मैं लाइब्रेरी के अंदरूनी हिस्से में गया और अकेले बैठ गया। लेकिन जैसे ही मैंने अपनी आँखें ऊपर उठाईं तो देखा कि बेरेनिस मेरे सामने खड़ी थी।

जब हमारे विवाह की अवधि करीब आ रही थी तो मौसम के अनुसार वर्ष की सर्दियों में उस बेमौसम गरम दोपहर के समय, शांत और धुँधलके दिन में, मैं लाइब्रेरी के अंदरूनी हिस्से में गया और अकेले बैठ गया। लेकिन जैसे ही मैंने अपनी आँखें ऊपर उठाईं तो देखा कि बेरेनिस मेरे सामने खड़ी थी।

"जिस तरह जोव सर्दियों के मौसम के दौरान दो बार सात दिनों की गरमी देता है, पुरुषों ने इस समशीतोष्ण समय को मेहरबान और आनंदमय दिनों की धात्री कहा है।"

—साइमोनाइड्स

क्या यह मेरी खुद की उत्साहित कल्पना थी या वातावरण के धुँधलेपन का प्रभाव था अथवा कक्ष का अनिश्चित धुँधलका था अथवा वे स्याह परदे, जो उसके चारों ओर छितरे हुए थे। जो इसके कारण इतनी खराब और अप्रत्यक्ष रूप से एक रूपरेखा है, मैं बता नहीं सकता। उसने कोई शब्द नहीं बोला, दुनिया के लिए मैं एक शब्दांश नहीं बोल सकता था। एक बर्फीला धुआँ मेरे सामने से गुजर गया। चिंता की अधूरी भावना ने मुझको बेहद परेशान किया। एक अतृप्त जिज्ञासा ने मेरी आत्मा को बेचैन कर दिया और कुरसी पर वापस आकर मैं कुछ समय

तक बिना रुके अपनी आँखों से उसके व्यक्तित्व पर बरसता रहा। अफसोस! इसका आवेग बहुत ज्यादा था। अवसाद की रेखा मेरे चेहरे पर लंबी खिंच गई।

उसका माथा उन्नत, लेकिन बहुत पीला था और सिर के बालों की लटें आंशिक रूप से उस पर लहरा रही थीं, जैसे कि किसी खोखले मंदिर को एक चमकीले पीले रंग से ढक दिया गया हो। आँखें बेजान और वासनारहित प्रतीत हो रही थीं, पुतली स्थिर थीं और उसके काँच के घेरे अनैच्छिक रूप से सिकुड़ गए थे, होंठ भी पतले और सिकुड़े हुए थे। उसने एक भेद भरी मुसकान फेंकी और बेरेनिस के पृथक् दाँत झलक उठे, बदले हुए बेरेनिस ने खुद को मेरे विचार से धीरे-धीरे प्रकट किया। क्या ईश्वर पर कभी विश्वास नहीं करना चाहिए या मैं ही था, जो ऐसा करते हुए मर गया था।

फिर मुझ पर एकोन्माद का पूरा प्रकोप आया और मैंने इसके विचित्र और अडिग प्रभाव के विरुद्ध व्यर्थ संघर्ष किया। बाहरी दुनिया की गुणित वस्तुओं में इन दाँतों के लिए मेरे पास कोई विचार नहीं था। इनके लिए मैंने एक उन्मादी इच्छा के साथ कामना की। अन्य सभी मामले और सभी अलग-अलग रुचियाँ अपने एकल अवलोकन में लीन हो गईं।

दरवाजे के बंद होने ने मुझे परेशान कर दिया और ऊपर देखते हुए मैंने पाया कि मेरा चचेरी बहन कक्ष से चली गई थी। लेकिन मेरे मस्तिष्क के विकार कक्ष से वह नहीं गई थी; न ही उसके सफेद दाँतों के बीभत्स वर्णक्रम दूर हुए थे। उसके दंतवल्क की सतह पर न तो कोई एक धब्बा था और न ही कोई निशान; किनारों में भी कोई ठीका नहीं। लेकिन उसकी मुसकान की उस अवधि ने मेरी स्मृति में एक पर्याप्त छाप छोड़ दी थी। मैंने उन्हें देखा और अब इससे भी अधिक असमान रूप से मैं उन्हें याद कर रहा हूँ। पीले होंठों के बीच से झाँकते हुए विकृत रूप से विकसित दाँत! वे यहाँ-वहाँ थे, स्पष्ट; लंबे, संकीर्ण और अत्यधिक सफेद दाँत!

फिर मुझ पर एकोन्माद का पूरा प्रकोप आया और मैंने इसके विचित्र और अडिग प्रभाव के विरुद्ध व्यर्थ संघर्ष किया। बाहरी दुनिया की गुणित वस्तुओं में इन दाँतों के लिए मेरे पास कोई विचार नहीं था। इनके लिए मैंने एक उन्मादी इच्छा के साथ कामना की। अन्य सभी मामले और सभी अलग-अलग रुचियाँ

अपने एकल अवलोकन में लीन हो गईं। वे अकेले ही मानसिक दृष्टि से अपने एकमात्र व्यक्तित्व में उपस्थित थे और मेरे मानसिक जीवन का सार बन गए। मैंने उन्हें हर हलके में ठहराया। मैंने उन्हें हर रवैये में बदल दिया। मैंने उनकी विशेषताओं का सर्वेक्षण किया। मैं उनकी खासियत पर फिदा था। मैंने उनकी रचना पर विचार किया। मैंने उनके स्वभाव में परिवर्तन पर ध्यान दिया। मैं एक संवेदनशील और भावुक शक्ति की कल्पना में उन्हें सौंपा गया था और जब होंठों द्वारा यह व्यक्त किया जाता था, तो यह नैतिक अभिव्यक्ति की क्षमता थी। मैडसेले सैले के बारे में यह अच्छी तरह से कहा गया है, "क्यू टस सेस पेस एटाइंट डेस सेंटीमेंट्स"; और बेरेनिस तथा मैं उस 'क्यू टाउट एस.एस. सेस डेंट्स एटीएंट देस एडीस' पर अधिक गंभीरता से विश्वास करते थे। देस एडीस यही वह मूढ़ विचार था, जिसने मुझे नष्ट कर दिया! देस एडीस—आह इसलिए भी था कि मैंने उसे बहुत पागलपन से प्यार किया! मुझे लगा कि यह उनका अधिकार है, जो मुझे विवेक प्रदान करके स्वस्थ कर सकता है और मुझे वापस शांति दे सकता है।

और इस तरह वह शाम मेरे ऊपर आकर खत्म हो गई और फिर अँधेरा आया, फैला और चला गया और दिन फिर से खराब हो गया और एक दूसरी रात की दास्तान अब चारों ओर बिना रुके इकट्ठा हो रही थी और फिर मैं भी उस एकांत कमरे में तपस्या के भाव में ध्यानमग्न हो गया, लेकिन अभी भी दाँतों का छायाचित्र एक के बाद एक अपनी सबसे ज्वलंत घृणित विशिष्टता, भयानकता के साथ, कक्ष की बदलती रोशनी और छाया के बीच तैरता रहा। मेरे सपनों की लंबाई एक डरावनी और

और इस तरह वह शाम मेरे ऊपर आकर खत्म हो गई और फिर अँधेरा आया, फैला और चला गया और दिन फिर से खराब हो गया और एक दूसरी रात की दास्तान अब चारों ओर बिना रुके इकट्ठा हो रही थी और फिर मैं भी उस एकांत कमरे में तपस्या के भाव में ध्यानमग्न हो गया, लेकिन अभी भी दाँतों का छायाचित्र एक के बाद एक अपनी सबसे ज्वलंत घृणित विशिष्टता, भयानकता के साथ, कक्ष की बदलती रोशनी और छाया के बीच तैरता रहा।

निराशाजनक रोने की आवाज से टूट गई और फिर एक विराम के बाद, परेशान, दु:ख भरे, दर्द से कराहनेवाले स्वरों को सुनकर, मैं अपनी सीट से उठा और पुस्तकालय के दरवाजे को खोलकर देखा, तो बाहर ड्योढ़ी में खड़े नौकर-नौकरानी सभी आँखों में आँसू भरे खड़े थे। मुझे बताया गया, बेरेनिस नहीं रही। उसे सुबह-सुबह मिर्गी का दौरा पड़ा था और रात के समापन तक वह हमेशा के लिए कब्र में सोने के लिए तैयार हो गई थी। दफन की सभी तैयारियाँ पूरी हो गई थीं।

मैंने दोबारा खुद को पुस्तकालय में अकेले बैठे हुए पाया। ऐसा लग रहा था कि मैं एक भ्रमित और रोमांचक सपने से तुरंत नवजाग्रत् हुआ था। मुझे पता था कि अब आधी रात हो गई थी और मैं अच्छी तरह से जानता था कि सूरज के अस्त होने के साथ ही बेरेनिस दफन हो गई होगी। लेकिन उस उदास समय में कुछ सोचने-विचारने की कम-से-कम कोई ठीक-ठाक समझ मुझे नहीं थी। फिर भी इसकी स्मृति डरावनी थी, जो भयानक से भी अधिक भयानक और अस्पष्टता से भी अधिक डरावने आतंकवाली थी। मेरे जीवन के अभिलेखों में यह एक भयावह पृष्ठ के रूप में दर्ज था, जो धुँधले, अस्पष्ट, डरावने तथा अकल्पनीय स्मरणशक्ति के साथ लिखा गया था। मैंने उसे फिर से तब तक व्यर्थ में नष्ट करने का प्रयास किया, जब तक मेरे कानों में एक दिवंगत महिला आत्मा की तीखी और चुभन भरी आवाज गूँज रही थी। मैंने एक कारनामा किया था, यह क्या था! मैंने जोर से चिल्लाकर खुद से सवाल पूछा और फुसफुसाते हुए कमरे की गूँज ने मुझे जवाब दिया, "यह क्या था?"

मैंने दोबारा खुद को पुस्तकालय में अकेले बैठे हुए पाया। ऐसा लग रहा था कि मैं एक भ्रमित और रोमांचक सपने से तुरंत नवजाग्रत् हुआ था। मुझे पता था कि अब आधी रात हो गई थी और मैं अच्छी तरह से जानता था कि सूरज के अस्त होने के साथ ही बेरेनिस दफन हो गई होगी। लेकिन उस उदास समय में कुछ सोचने-विचारने की कम-से-कम कोई ठीक-ठाक समझ मुझे नहीं थी।

मेरे पासवाली मेज पर एक दीपक जल रहा था और उसके पास में एक छोटा सा बॉक्स रखा था। यह कोई याद रखने लायक पात्र नहीं था, क्योंकि

मैंने इसे पहले भी अकसर देखा था, यह परिवार के चिकित्सक की संपत्ति थी; लेकिन यह वहाँ मेरी मेज पर कैसे आया और मैं इसके बारे में जानकर क्यों चौंक गया? इन बातों का कोई हिसाब नहीं था और तभी मेरी नजर एक किताब के खुले पन्नों पर पड़ी, उसमें एक वाक्य को रेखांकित किया गया था। कवि इब्न जायत के लिखे वे शब्द विलक्षण, लेकिन सरल थे—"डाइसबेंट मिही सोडेल्स सी सेपुलच्रम एमाइक विसितरेम, क्रास माइज एलीकेंटुलम फ्रंट लेवाटस।" जैसा कि मैंने अवलोकन किया, फिर क्यों मेरे सिर के बाल अपने आप खड़े हो जाते हैं और मेरे शरीर का रक्त मेरी रगों में जम जाता है?

पुस्तकालय के दरवाजे पर हलके से थपथपाने की आवाज आई और मानो जैसे पीली कब्र में ठेकेदार रूपी एक नौकर ने दबे पाँव प्रवेश किया। वह भयभीत और डरा हुआ लग रहा था; उसने मुझसे काँपते हुए शुष्क और धीमे स्वर में कुछ कहा। उसने क्या कहा? कुछ टूटे हुए वाक्य, जो मैंने सुने। उसने रात के सन्नाटे को विचलित करनेवाली एक विक्षिप्त आवाज के बारे में बताया। आवाज की दिशा में खोजने पर वे स्वर किसी कुनबे के मजमे की तरह प्रतीत हो रहे थे। तभी उसके स्वर रोमांच से बढ़ गए और उसने मुझे फुसफुसाते एक कब्र के बारे में कहा। फिर वहाँ खुदाई करके हमने मैले-कुचैले कपड़ों में लिपटे एक विकृत शरीर को बाहर निकाला। वह अभी भी साँस ले रहा था, अभी भी धड़क रहा था, अभी भी जीवित था।

फिर उसने कपड़ों की ओर इशारा किया। वे मैले थे और खून से सने हुए थे। मैं कुछ नहीं बोला, फिर उसने धीरे से मेरा हाथ पकड़ा। उस पर मनुष्य के नाखूनों के निशान थे। उसने दीवार के विपरीत किसी वस्तु पर मेरा ध्यान आकर्षित किया, कुछ मिनटों तक मैंने इसे देखा, यह एक कुदाल थी। एक चीख के साथ मैं मेज पर जा बैठा और उस बक्से को पकड़ लिया, जिस पर वह लेटा था। लेकिन मैं इसे खोलने के लिए मजबूर नहीं कर सकता था। कँपकँपाहट में इसे पकड़ना मुझे भारी पड़ गया और यह मेरे हाथों से फिसलकर गिर गया और एक कर्कश ध्वनि के साथ उसके टुकड़े-टुकड़े हो गए। वहाँ फर्श पर दंत शल्यचिकित्सा के कुछ उपकरण मिश्रित होकर लुढ़क रहे थे और हाथीदाँत सदृश बत्तीस सफेद छोटे पदार्थ इधर-उधर बिखरे पड़े थे।

□

बोतल में मिली पांडुलिपि

मुझे मेरे देश और अपने परिवार के बारे में कुछ नहीं कहना है। कमजोर आचरण और एक लंबी अवधि के दौरान मैं एक से प्रेरित हुआ तो दूसरे से दूर होता गया। मुझे शिक्षा प्रदान करने के लिए खुले ढंग से, निस्संकोच तरीके से पैतृक धन का उपयोग किया गया था और मेरे मन की चिंतनशील समझ ने मुझे उन बातों को व्यवस्थित करने में सक्षम बनाया, जो प्रारंभिक अध्ययन और कड़ी मेहनत से तैयार हुई थीं। सभी चीजों से अलग हटकर, जर्मन नीति-उपदेशकों की सहज हाजिर-जवाबी और उनकी वाक्पटुता प्रशंसनीय थी, जबकि मेरी आदतों में बेवकूफी और कर्कशता शामिल थी, अत: मुझे लगा कि मुझे भी उनकी तरह का सहज व्यवहार करने में कृत्रिम रूप से सक्षम होना चाहिए।

मुझे अकसर मेरी प्रतिभा के लिए निंदावाद का सामना करना पड़ा है; कल्पनाशीलता की कमी का होना मुझ पर एक अपराध की तरह आरोपित किया गया है और मेरे विचारों को प्रसिद्ध दार्शनिक पिरहो के दर्शन की तरह हर समय बदनाम किया गया है। वास्तव में, भौतिक दर्शन एक मजबूत विकल्प है। मैं डरता हूँ कि इस विकल्प का थोड़ा-थोड़ा रंग बहुत ही मामूली रूप में मेरे मन पर भी चढ़ा हुआ है; मेरा मतलब है कि उस विज्ञान के सिद्धांतों के लिए कम-से-कम इस तरह की घटित घटनाओं के संदर्भ में चर्चा करने के लिए यह एक अति संवेदनशील स्वभाव है। कुल मिलाकर, कोई भी व्यक्ति अंधविश्वास की तुलना में खुद को सच्चाई की गंभीर प्रवृत्ति से दूर करने के लिए कम उत्तरदायी नहीं हो सकता। इसके बजाय मैंने सोचा है कि एक अविश्वसनीय कहानी को आधार बनाने के बजाय एक अनगढ़ कल्पना की सकारात्मकता पर विचार किया जाना चाहिए, जो किसी भूले-बिसरे पत्र या किसी ओछी काल्पनिकता पर आधारित न

होकर उसकी तुलना में मन के स्पष्ट अनुभवों पर आधारित होना चाहिए।

कई साल विदेश यात्रा में बिताने के बाद, मैं 18 वर्ष की उम्र में¨ बटाविया के बंदरगाह से जावा के समृद्ध और आबादीवाले द्वीप में सुंडा द्वीपों के द्वीपसमूह की यात्रा पर रवाना हुआ। मैं बतौर यात्री गया था और मुझे कोई उत्साह नहीं था, सिवाय एक घबराहट भरी उग्र बेचैनी के, जिसने मुझे बेहद परेशान कर दिया।

हमारा जहाज लगभग चार सौ टन का एक सुंदर जहाज था, जो ताँबे से बाँधा गया था और बंबई के मालाबार सागौन से बनाया गया था। उसे लाहडिव द्वीपों से कपास-ऊन और तेल के साथ माल दिया जाता था। हमारे पास बोर्ड कॉयर, गुड़, घी, कोकोनट्स और अफीम के कुछ पैकेट भी थे। गोदाम काफी बेतरतीब सा था, जिस कारण सारे पात्र तितर-बितर हो रखे थे।

हमारा जहाज लगभग चार सौ टन का एक सुंदर जहाज था, जो ताँबे से बाँधा गया था और बंबई के मालाबार सागौन से बनाया गया था। उसे लाहडिव द्वीपों से कपास-ऊन और तेल के साथ माल दिया जाता था।

हमें सफर के दौरान साँस लेने के लिए बेहद कम मात्रा में हवा मिल पा रही थी; अत: सफर की नीरसता को खत्म करने के लिए हम कई दिनों तक जावा के पूर्वी तट के किनारे खड़े रहे; हमारे द्वीप पर हम कुछ छिटपुट छीना-झपटी की घटनाओं के बाद किसी अन्य घटना के घटित हुए बिना प्रासंगिक बैठक के लिए रुके थे।

एक शाम, तफरील पर झुककर उत्तर-पश्चिम में मैंने एक बहुत ही विलक्षण और अलग-थलग बादल देखा; जो अपने रंग के कारण कुछ अलग ही नजर आ रहा था; ऐसा दृश्य मैंने बटाविया से हमारे प्रस्थान के बाद पहली बार देखा था। मैंने इसे सूर्यास्त तक ध्यानमग्न होकर देखा, जब इसका विस्तार यकायक पूर्व और पश्चिम की ओर हो गया तो क्षितिज में यह एक वाष्पनुमा संकीर्ण पट्टी की तरह दिखने लगा; जो किसी समुद्र तट के एक निचले लंबे किनारे की तरह लग रही थी। शीघ्र ही मेरा ध्यान चंद्रमा की धुँधली सी—लाल आकार और समुद्र के अनोखे स्वरूप ने अपनी ओर आकर्षित कर लिया था। उत्तरवर्ती दिशा में एक तीव्र गति से बदलाव हो रहा था, पानी सामान्य से कुछ अधिक पारदर्शी लग रहा था। हालाँकि मैं साफ तौर पर नीचे तलहटी को देख सकता था, अभी तक आगे

बढ़ते हुए मैंने जहाज को 90 फीट की गहराई के अंदर पाया था। लोहा गरम होने से उत्पन्न होनेवाली धधक के कारण हवा अब असहनीय रूप से गरम हो गई थी, जिसके कारण साँस छोड़ने से भाप जैसा अहसास हो रहा था। जैसे-जैसे रात होती गई, हवा की हर लहर थमती गई, लेकिन एकदम शांत होना असंभव बात थी। जहाज के पिछले हिस्से पर मोमबत्ती की एक लौ बिना किसी थरथराहट के जल रही थी और उसकी कंपन का पता लगाने की संभावना के लिए उँगली और अँगूठे के बीच एक लंबे बाल को लटका दिया गया। हालाँकि जैसा कि कप्तान ने कहा कि उसे खतरे का कोई संकेत नहीं दिख रहा है और चूँकि हम किनारे तक पहुँचने की ओर बढ़ रहे थे, उसने पाल खोलने और लंगर डालने का आदेश दिया। क्रू, जिसमें मुख्य रूप से मलेशियाई शामिल थे, वे बिना किसी निगरानी के डेक के ऊपर खुद से ही सावधानीपूर्वक चढ़े। मैं बिना किसी अमंगल के पूर्वाभाव के नीचे गया। वास्तव में, हर दृश्य बदलने के साथ ही मुझे अरबी आँधी की आशंका सताती रही। मैंने कप्तान को अपने डर के बारे में बताया; लेकिन उसने मेरे द्वारा कही गई बातों पर ध्यान नहीं दिया और जवाब दिए बिना ही मुझे छोड़कर आगे बढ़ गया। हालाँकि मेरी बेचैनी ने मुझे सोने नहीं दिया और फिर आधी रात को मैं डेक पर गया। जैसे ही मैंने साथ वाली सीढ़ी के ऊपरी चरण पर अपना पैर रखा, तो मैं एक जोरदार शोर से चौंक गया, मानो कोई चक्की-पहिया तीव्र गति से चल रहा हो और इससे पहले कि मैं इसे समझ पाता, मैंने पाया कि जहाज के केंद्र में स्पंदन हो रहा है। अगले ही पल झाग के एक जंगल ने हमें अपने स्थान से उछालकर बीम के किनारे फेंक दिया और समूचे जहाज के अगले और पिछले भाग के ऊपर एक झपट्टे की तरह बह गया।

हालाँकि जैसा कि कप्तान ने कहा कि उसे खतरे का कोई संकेत नहीं दिख रहा है और चूँकि हम किनारे तक पहुँचने की ओर बढ़ रहे थे, उसने पाल खोलने और लंगर डालने का आदेश दिया।

भारी मात्रा में आए उस आँधी के झकोरे का एक चरम आवेश, जहाज का रक्षक साबित हुआ। हालाँकि पानी पूरी तरह से जहाज में प्रवेश कर चुका था, लेकिन वह मस्तूल के बोर्ड से बाहर भी निकल गया था। आँधी के भारी दबाव के कारण हमारा जहाज समुद्र के ऊपर एक गुलाब के फूल की तरह कुछ देर तक

डगमगाता रहा, फिर एक मिनट के बाद आखिरकार वह सही हो गया।

किस चमत्कार से मैं विनाश से बच गया, यह कहना असंभव है। पानी के दहशत से स्तब्ध मैंने खुद को जहाज के पिछले भाग के खंभे और स्टीयरिंग पहिए के बीच में फँसा पाया। ब्रेकरों के बीच में फँसे होने का विचार कल्पना से परे काफी भयावह था, हमारे चारों ओर पर्वत जितनी ऊँची-ऊँची सागर की भयंकर लहरें हिलोरें मार रही थीं। मैंने ऐसा नजारा पहली बार देखा था, बड़ी मुश्किल से मैंने अपने पैरों को उठाया। थोड़ी देर बाद, मुझे एक पुराने स्वीडिश जहाज की आवाज सुनाई दी, जिसे हमारे बंदरगाह छोड़ने के दौरान हमारे साथ भेजा गया था। मैंने अपनी सारी ताकत लगाकर उसे अपने पास रोकने की कोशिश की और थोड़ी ही देर में वह जहाज के पिछले भाग के पास पहुँच गए। हमें जल्द ही पता चला कि दुर्घटना में जीवित बचे लोगों में एकमात्र हम लोग ही थे। सारे डेक पर, अपवाद के रूप में सिर्फ हम कुछ लोग बचे थे; कप्तान और अन्य साथी, जब वे केबिन में सो रहे थे, तो केबिन में पानी भर जाने के कारण मारे गए थे, जहाज पर का सारा कुछ पानी में बह गया था। बिना किसी सहायता के हम जहाज की सुरक्षा की बहुत कम उम्मीद कर सकते थे और नीचे जाने की हमारी क्षणिक उम्मीद भी हारकर प्रायः दम तोड़ चुकी थी। तूफान के पहले चरण में ही हमारे जहाज की जंजीर, सुतली की तरह टूटकर अलग हो चुकी थी; निश्चित रूप से हम इस बात से उस समय बहुत घबराए हुए थे। तूफान आने से पहले हमारा जहाज पानी के ऊपर सभी बाधाओं का सामना करते हुए हवा की गति के साथ वेग से चल रहा था, लेकिन पानी के भयंकर वेग ने सब तहस-नहस करके रख दिया। हमारे जहाज के पिछले भाग का ढाँचा अत्यधिक चकनाचूर हो गया था और हमें काफी चोट लगी थी, लेकिन हमारे लिए सबसे ज्यादा खुशी की बात यह थी कि हमने पंपों को खाली पाया, जबकि हमने

किस चमत्कार से मैं विनाश से बच गया, यह कहना असंभव है। पानी के दहशत से स्तब्ध मैंने खुद को जहाज के पिछले भाग के खंभे और स्टीयरिंग पहिए के बीच में फँसा पाया। ब्रेकरों के बीच में फँसे होने का विचार कल्पना से परे काफी भयावह था, हमारे चारों ओर पर्वत जितनी ऊँची-ऊँची सागर की भयंकर लहरें हिलोरें मार रही थीं।

अपनी गिट्टी (बोझ, जो जहाज को स्थिर रखने के लिए रखा जाता है) को कहीं खिसकाया भी नहीं था। आँधी के उस झकोरे का आवेश पहले से ही हवा में व्याप्त था और हम सभी हवा के रुख को देखकर थोड़ा खतरा महसूस कर रहे थे, लेकिन फिर भी उस निराशाजनक स्थिति में हम बेचैनीपूर्वक इस आवेश के पूरी तरह से खत्म होने का इंतजार कर रहे थे। इस बुरी स्थिति में भी हमें पूरा विश्वास था कि इस बिखरी हुई भयानक स्थिति में भी जब हमारा अनिवार्य रूप से मरना निश्चित था, तो हमारे लिए खुशी की बात यह थी कि हम अभी तक जीवित थे। लेकिन यह खुशी भी कब तक बरकरार रहेगी, यह आशंका भी थी, क्योंकि किसी भी तरह से इसके ज्यादा समय तक सच होने की संभावना नहीं दिख रही थी। पिछले पाँच दिन और रात से हम सिर्फ हमारे जीवन निर्वाह करने के एकमात्र सहारा गुड पर निर्भर थे। गुड बहुत ही कम मात्रा में था, जिसे बहुत ही कठिनाइयों से हमने जहाज की छत के अगले भाग से प्राप्त किया था, खामियों के बावजूद जहाज का बेकार ढाँचा हवा की गति की गणना से भी तेज चल रहा था, हमने पहले जितनी भी आँधियों का सामना किया था, अरबी आँधी की प्रचंडता उनमें सबसे अधिक भयानक थी। अभी तक जिनका मैंने पहले सामना किया है, यह उन हरेक तूफान से ज्यादा भयानक था। पहले चार दिन का हमारा जलमार्ग छोटी–छोटी विविधताओं के साथ, एस.ई. और एस. पर था, ऐसे में हमें लगा कि हमें न्यू हॉलैंड के तट पर ठहर जाना चाहिए था। पाँचवें दिन ठंड अपने चरम पर हो गई थी। हालाँकि हवा ने उत्तर की ओर एक गोल बिंदु को पार कर लिया था। सूरज मानो एक बीमार सी पीले रंग की चमक के साथ उदय हुआ और क्षितिज के साथ बहुत कम डिग्री पर ऊपर चढ़ गया, उसके प्रकाश में वह हमेशावाला तेज नहीं था। वहाँ कोई बादल प्रत्यक्ष रूप में नहीं थे, फिर भी हवा तेज गति से बढ़ रही थी, मानो उसमें किसी विस्फोट की तरह चंचल और अस्थिर आवेश फैल गया हो। दोपहर का समय था, जैसा कि हम अनुमान लगा सकते हैं, हम सभी का ध्यान एक बार फिर सूरज के ऊपर केंद्रित हो गया।

पिछले पाँच दिन और रात से हम सिर्फ हमारे जीवन निर्वाह करने के एकमात्र सहारा गुड पर निर्भर थे। गुड बहुत ही कम मात्रा में था, जिसे बहुत ही कठिनाइयों से हमने जहाज की छत के अगले भाग से प्राप्त किया था"

इसमें पर्याप्त रोशनी नहीं थी, जैसी रोशनी सूरज हमेशा देता है; बिना प्रतिच्छाया के, सुस्त और उदासी जैसी चमक थी। ऐसा प्रतीत हो रहा था कि जैसे इसकी सभी किरणों को ध्रुवीकृत किया गया हो।

हम छठे दिन के आगमन के लिए व्यर्थ इंतजार कर रहे थे, वह दिन तो हमारे लिए आया ही नहीं—स्वीडिश जहाज कभी पहुँचा ही नहीं। इस समय हमारे आगे घोर अंधकार व्याप्त था, इस प्रकार कि जहाज से बीस कदम की दूरी पर रखी हुई किसी वस्तु को भी नहीं देख सकते थे। पूरी रात हम लगातार समुद्र की फास्फोरिक चमक से जूझते रहे, जिसके हम पहले ही उष्णकटिबंधीय में आदी हो चुके थे। हमने यह भी देखा कि हालाँकि तूफान अपनी तीव्रता के साथ तेज लहरों और जोरदार हवा के साथ प्रचंड रूप में हावी रहा, लेकिन अभी तक वह अपने सामान्य रूप में वापस नहीं आ पाया था। हमारे चारों ओर आबनूस के काले झुलसे रेगिस्तान की तरह डरावनी घोर निराशा व्याप्त थी। पुराने स्वीडिश जहाज की अंधविश्वासी आत्माओं के बारे में सोचकर डर के मारे हमारे पेट में खलबली मचने लगी थी और मेरी अपनी आत्मा खामोशी के आवरण में लिपटी हुई थी। हमने जहाज की बेकार से भी बदतर हालात को देखने के बाद भी उसकी पूरी देखभाल करने को नजरअंदाज कर दिया और जहाज में सबसे नीचे के मस्तूल के टुकड़े से खुद को सुरक्षित करने के बाद भारी मन से समुद्र की दुनिया को देखने लगे। हमारे पास समय का आकलन करने का कोई साधन नहीं था और न ही हम अपनी स्थिति का कोई अनुमान लगा सकते थे। हालाँकि हम किसी भी पिछले नाविकों की तुलना में दक्षिण की ओर दूर होने के बारे में अच्छी तरह से अवगत थे, लेकिन रास्ते में बर्फ के सामान्य अवरोधों के नहीं मिलने पर बहुत आश्चर्य हुआ। इस बीच हर पल को हम आखिरी पल की तरह महसूस कर रहे थे—प्रत्येक पर्वतनुमा बड़ी लहरों में डूब जाने का खतरा हम पर मँडराता रहा। हम हमारी कल्पना से

हम छठे दिन के आगमन के लिए व्यर्थ इंतजार कर रहे थे, वह दिन तो हमारे लिए आया ही नहीं—स्वीडिश जहाज कभी पहुँचा ही नहीं। इस समय हमारे आगे घोर अंधकार व्याप्त था, इस प्रकार कि जहाज से बीस कदम की दूरी पर रखी हुई किसी वस्तु को भी नहीं देख सकते थे।

भी अधिक महातरंगें पार कर चुके थे और अभी तक हम दफन नहीं हुए थे, यह किसी चमत्कार की ही तरह था। मेरे साथी ने मुझे हमारे जहाज पर लदे माल के हलकेपन के बारे में बताया और साथ ही हमारे जहाज की उत्कृष्ट विशेषताओं के बारे में भी याद दिलाया, फिर भी मैं उस निराशाजनक स्थिति में उम्मीद की किसी किरण को महसूस करने के लिए खुद को तैयार नहीं कर पाया और उदास मन से खुद को उस मौत के लिए पूरी तरह से तैयार कर लिया था, जो मेरी सोच के हिसाब से कुछ एक घंटे से अधिक नहीं टाली जा सकती थी; क्योंकि जिस तरह से जहाज के रास्ते में मुश्किल आ रही थी, काले समुद्र की सूरत निराशाजनक रूप से अधिक भयावह हो गई थी। कई बार हम भारी अड़चनों से पार पाकर हाँफते हुए साँस लेने लगते थे, तो कभी पानी के तेज वेग को देखकर हमें चक्कर आने लगते, तो कहीं-कहीं हवा ठहर सी जाती थी और कोई भी शोरगुल भरी आवाज हमारी नींद में खलल नहीं डालती थी।

हम सभी जहाज के रसातल में सबसे नीचे थे, जब रात को भयभीत होकर मेरा एक साथी तेज स्वर में चीख पड़ा, "देखो, देखो!" वह रोते हुए मेरे कानों में चिल्लाते हुए बोला, "सर्वशक्तिमान ईश्वर! देखो, देखो!" जैसे ही उसने यह कहा, मैं सचेत हो गया। मैंने हमारे जहाज की छत पर एक मंद, मलिन लाल रोशनी की चकाचौंध भरी चमक देखी, जो उस तरफ आ रही थी, जहाँ पर हम सभी लेटे थे; वहाँ एक विशाल धारा के नीचे की ओर किनारों पर खाई थी। ऊपर ढलाई की ओर अपनी नजर दौड़ाने पर मैंने जो चमत्कार देखा, उससे मेरी रगों में विद्युत् की तरह प्रवाहित खून जम गया। सीधे हमारे ऊपर एक भयानक ऊँचाई पर, बेहद ढलवाँ कगार पर एक विशालकाय जहाज बहुत तेजी से हमारी तरफ बढ़ रहा था, जिसका वजन शायद चार हजार टन का था। हालाँकि लहरें अपनी ऊँचाई से सौ गुना अधिक ऊँचाई पर उठ रही थीं, जिसके कारण जहाज का जो स्पष्ट आकार अस्तित्व में आ रहा था, उसके हिसाब से वह जहाज उस मार्ग या पूर्वी भारत में माल ले जानेवाले जहाजों की तुलना में किसी भी जहाज से बहुत अधिक

हम सभी जहाज के रसातल में सबसे नीचे थे, जब रात को भयभीत होकर मेरा एक साथी तेज स्वर में चीख पड़ा, "देखो, देखो!" वह रोते हुए मेरे कानों में चिल्लाते हुए बोला, "सर्वशक्तिमान ईश्वर! देखो, देखो!"

बड़ा था। उसका पतवार विशाल और गहरे काले रंग का था, जिस पर किसी आम जहाज की तरह नक्काशी नहीं थी। जहाज के बाएँ भाग की तरफ पीतल के तोपों की एक पंक्ति बाहर की तरफ निकली हुई खुली रखी थी और उन तोपों की सतहों पर अनगिनत युद्ध की आग की भभक से झुलसे हुए निशान अंकित थे; जहाज की रस्सियाँ इधर-उधर झूलती हुई एक-दूसरे से टकरा रही थीं। लेकिन जिसने हमें मुख्य रूप से आकर्षित किया, वह भी डर और विस्मय के साथ, वह समुद्र की अलौकिक रूप से प्रचंड भयावह लहरों के बीच में खड़ा हुआ जहाज था, जो उस बेमौसम तूफान के दाब को अदम्यता से झेल रहा था। जब हमने पहली बार उसकी खोज की, तो उस जहाज का अग्रभाग हमें धुँधला-सा भयानक खाड़ी से बाहर धीरे-धीरे अकेले उठता हुआ दिखाई दिया था। अत्यधिक दहशत के उस क्षण में, वह एक चक्कर लगाकर शिखर पर रुक गया, जैसे कि अपने स्वयं की उदात्तता के चिंतन में डगमगाते और थरथराते हुए नीचे आ गया हो।

इस पल में मुझे नहीं पता कि मेरी आत्मा के ऊपर अचानक स्व-कब्जा क्या हो गया। जब तक मैं कर सकता था, मैं जहाज के पिछले भाग के पास चौंका देनेवाली निडरता के साथ बेधड़क खड़ा होकर दूर से उस टूटे-फूटे भाग की बरबादी का इंतजार कर रहा था, जो डूबना था। हमारा अपना जहाज उस जहाज के संघर्षों से काफी दूर था और उसका अग्रभाग समुद्र में डुबकी लगा रहा था। सबकुछ नीचे की तरफ जाने के कारण उसे व्यापक रूप से झटके लग रहे थे, फलस्वरूप उसके ढाँचे का जो हिस्सा पहले से ही पानी के नीचे था, वह अस्थिर प्रचंडता के साथ उछल रहा था, मुझे अपरिहार्य परिणाम की आशंका थी, क्योंकि जहाज की रस्सियाँ भी तेजी से हिल रही थीं।

इस पल में मुझे नहीं पता कि मेरी आत्मा के ऊपर अचानक स्व-कब्जा क्या हो गया। जब तक मैं कर सकता था, मैं जहाज के पिछले भाग के पास चौंका देनेवाली निडरता के साथ बेधड़क खड़ा होकर दूर से उस टूटे-फूटे भाग की बरबादी का इंतजार कर रहा था, जो डूबना था।

मैं गिर गया, चालक दल की सूचना पाकर जहाज आकर रुका और जब मैं उसे नहीं दिखा तो वह गलतफहमी में आगे बढ़ गया और मैंने उसे भागने का जिम्मेदार ठहरा दिया। थोड़ी कठिनाई के साथ मैंने नौका-पृष्ठ का मुख्य द्वार,

जो आंशिक रूप से खुला था, का रास्ता खोल दिया और जल्द ही जहाज के पेटे के पीछे छिपने का अवसर पाकर मैंने खुद को सुरक्षित कर लिया। मैंने ऐसा क्यों किया, यह मैं शायद ही बता सकता हूँ। जहाज के नाविकों को देखकर पहली नजर में मेरे दिमाग ने खौफ का एक अनिश्चित भाव भाँप लिया था, शायद यही मेरे छिपने का मुख्य कारण था। मैं उन लोगों की भीड़ पर खुद के लिए भरोसा नहीं कर सकता था, जिन्होंने मुझे सरसरी तौर पर अस्पष्ट, संदेह भरी और आशंकापूर्ण निगाहों से देखा था। इसलिए मैंने शिप बोर्ड (जहाज के पेटे) में छिपने की जगह बनाना ज्यादा उचित समझा। यह मैंने शिफ्टिंग बोर्ड के एक छोटे हिस्से को हटाकर किया था, इस तरह से मुझे जहाज के विशाल लकड़ियों के ढेर के बीच अपने छुपने के लिए आश्रय की एक सुविधाजनक जगह मिल गई थी।

मैंने अपना काम मुश्किल से पूरा किया ही था कि तभी कुछ कदमों की आवाज ने मेरा ध्यान जोर से खींचा और मुझे मजबूरन फिर छुपना पड़ा। मंद और अस्थिर चाल से चलते हुए एक आदमी मेरे छिपने की जगह के पास से गुजरा। मैं उसका चेहरा नहीं देख सकता था, लेकिन सामान्य तौर पर उसके रूप का अवलोकन करने का मौका मुझे मिला था। वह एक अत्यंत वृद्ध और दुर्बलता का साक्ष्य प्रमाण था। उसके घुटने वर्षों से भारी बोझ उठाने के कारण लड़खड़ाने लगे थे और उनका पूरा ढाँचा भारी पदार्थों को हटाने या उठाने के यंत्र के समान काँप रहा था। वह अपने आप से टूटे-फूटे स्वर में कुछ बुदबुदाया, लेकिन मैं उसकी भाषा के शब्दों को समझ नहीं पाया। फिर उसने अपने आप को विलक्षण दिखनेवाले उपकरणों तथा सड़े हुए पथ-प्रदर्शक के चार्ट के ढेर के बीच एक कोने में धकेल लिया। उसके तौर-तरीके में बचपन की पवित्रता और भगवान् की गरिमा का एक खूबसूरत मिश्रण झलक रहा था। वह डेक पर दूर तक चला गया, जिससे मैं उसे नहीं देख पा रहा था।

मैंने अपना काम मुश्किल से पूरा किया ही था कि तभी कुछ कदमों की आवाज ने मेरा ध्यान जोर से खींचा और मुझे मजबूरन फिर छुपना पड़ा। मंद और अस्थिर चाल से चलते हुए एक आदमी मेरे छिपने की जगह के पास से गुजरा।

एक बेनाम से एहसास ने मेरे अंत:मन पर अपना प्रभाव जमा लिया था—

एक उत्तेजना, जिसे बिना किसी व्याख्या के स्वीकारना होगा, जिससे बीते हुए समय के सबक अपर्याप्त हैं और इसी कारण मुझे डर लगता है और मैं खुद के भविष्य के लिए कोई व्याख्या करना नहीं चाहूँगा। यह मेरे मन द्वारा निर्मित एक विचार है, बाद का विचार एक बुराई है। मेरी अवधारणाओं की प्रकृति के संबंध में मुझे पता है कि मैं कभी भी संतुष्ट नहीं रहूँगा, इसलिए मैं कभी नहीं करूँगा। चूँकि ये अवधारणाएँ अनिश्चितकालीन हैं, फिर भी अद्‌भुत नहीं हैं, क्योंकि उनकी उत्पत्ति का स्रोत एकदम उपन्यास के माफिक है। एक नया भाव, एक नया अस्तित्व मेरी आत्मा में जुड़ गया है।

यह लंबे समय से है, जब मेरी किस्मत की रेखाएँ एक ही केंद्रबिंदु पर एकत्र होकर पहली बार मुझे इस भयानक जहाज पर खींच लाई थीं। अतुलनीय पुरुष! अपने ही ध्यान में मगन, मेरे पास से बेखबरी की अवस्था में गुजर गए, जिसकी दिव्यता को मैं परिभाषित नहीं कर सकता। मैं अपनी तरफ से पूर्ण मूर्खता की आड़ में था कि वे लोगों को नहीं देखेंगे। लेकिन यह अभी था कि मैं सीधे अपने दोस्त की आँखों के सामने से गुजर गया, हालाँकि यह बहुत पहले की बात नहीं है, जब मैं कप्तान के निजी केबिन में गया था और वहाँ से उस सामग्री को ले आया था, जिस पर मैं लिखता हूँ और लिखा है। मैं समय–समय पर इस दैनंदिनी को लिखता रहा हूँ। यह सच है कि मुझे इसे दुनिया में प्रसारित करने का अवसर नहीं मिल पाया, लेकिन मैं प्रयास करना जारी रखूँगा। आखिरी पलों में मैंने एम.एस. को एक बोतल में डाला और इसे समुद्र में डाल दिया।

यह लंबे समय से है, जब मेरी किस्मत की रेखाएँ एक ही केंद्रबिंदु पर एकत्र होकर पहली बार मुझे इस भयानक जहाज पर खींच लाई थीं। अतुलनीय पुरुष! अपने ही ध्यान में मगन, मेरे पास से बेखबरी की अवस्था में गुजर गए, जिसकी दिव्यता को मैं परिभाषित नहीं कर सकता।

एक आकस्मिक संयोग ने मुझे ध्यान करने के लिए नया कमरा दिया है। क्या ऐसी संभावनाओं का संचालन हो सकता है? मैंने डेक पर कदम रखा और किसी भी सूचना को आकर्षित किए बिना रातलिन (नौकायन जहाज के ऊपर चढ़ने के लिए सीढ़ी बनानेवाली छोटी सी रस्सी) और पुराने पाल के बीच नीचे

रखे ढेर सारे सामानों के ऊपर जोर से चिल्लाते हुए कूद गया। अपनी नियति की विलक्षणता पर सोचते हुए, मैंने बिना किसी अभिप्राय के लकड़ी के पीपे पर रखे हुए बड़े करीने से मुड़े हुए स्टैंडिंग पाल के किनारों को तारकोल से लीपापोती कर दी। स्टैंडिंग की पाल आज भी मुड़ा हुआ जहाज पर है और ब्रश के अल्हड़ स्पर्श के कारण की खोज की जा रही है।

मैंने जहाज की संरचना पर हाल ही में कई अवलोकन किए हैं। हालाँकि वह पूर्णतया हथियारों से सुसज्जित नहीं है, फिर भी वह मुझे एक युद्ध का जहाज लगता है। उसके साजो-सामान, निर्माण, सामान्य उपकरण, सभी कुछ इस मामले में नकारात्मक अनुमानवाले थे। वह क्या नहीं है, मैं आसानी से समझ सकता हूँ, लेकिन वह क्या है, यह कहना मुश्किल है। मुझे नहीं पता कि यह कैसा है, लेकिन उसके अजीब मॉडल की जाँच करने में और जहाज के मस्तूल की विलक्षण कलाकारी, उसके विशाल आकार और पालों की ऊँचाई, उसका साधारण, किंतु मजबूत, कठोर और अनोखा अग्रभाग और पिछला भाग मेरे दिमाग में कभी-कभी एक परिचित चीजों की तरह सनसनी फैला जाता है। और इन स्मृतियों को हमेशा अस्पष्ट परछाइयों के स्मरणों के साथ मिलाता रहता हूँ, लंबे समय से पुराने विदेशी कालक्रमों और युगों की एक अचूक स्मृति की तरह। मैं जहाज की इमारती लकड़ियों को देख रहा हूँ। वह एक ऐसी सामग्री से बना है, जिससे मैं अनजान हूँ। यह एक अजीब तरह की लकड़ी है, इसका विश्लेषण करने पर मैंने यही पाया है कि जिस उद्‌देश्य से इसका उपयोग किया गया है, उसके लिए मैं इसे हमलों के सर्वथा अयोग्य मानता हूँ। मेरा मतलब है कि बरसों तक समुंदर में एक पथ-प्रदर्शक के रूप में स्वतंत्रतापूर्वक विचरण करने के बाद आज उस जहाज का अधिकांश भाग कीड़ों द्वारा खा लिये जाने के कारण झरझर होकर जर्जरता की अवस्था में सड़ने की कगार पर पहुँच चुका था। लेकिन यह लकड़ी अगर स्पैनिश ओक होती; तो स्पैनिश ओक की यह विशेषता होती है कि यदि वह किसी भी अप्राकृतिक तरीके से खराब न हुआ होगा, तो उस पर के लिखे शब्दों को शायद कुछ हद तक अवलोकन करने लायक दिखाई देता। उपर्युक्त वाक्य को पढ़ने में तूफान के मारे हुए एक जिज्ञासु डच नाविक को मैं स्मरण करता हूँ। "यह निश्चित है," जब भी उसे किसी की यथार्थता पर कोई शक होता था, वह मनोरंजकपूर्ण तरीके से कहता था। "जैसा कि निश्चित है कि एक जहाजी का समुद्र में अपने

जहाज को खुद लेकर जाना तय है, क्योंकि वही उसका जीवन है, वहाँ उसके विस्तार को गति मिलती है, उसकी वृद्धि होती है।"

लगभग एक घंटे पहले, जब मैं क्रू के एक समूह के साथ उनके बीच में खड़ा था, अचानक मैं धड़ाम से जोरदार तरीके से गिर गया। हालाँकि उन्होंने मुझ पर कोई ध्यान नहीं दिया, मेरी स्थिति पूरी तरह बेहोश होने जैसी लग रही थी। जैसे ही उनमें से एक ने मुझे थामा, मैंने पहली बार उन्हें देखा था, उनके ऊपर बुढ़ापे के निशान थे। उनके घुटने दुर्बलता से काँप रहे थे; उनके कंधे निस्तेजता से झुके हुए थे; उनके चेहरे की त्वचा लटकी हुई थी और हवा से हिल रहे थे, उनकी आवाज धीमी, काँपती और टूटी हुई थी; उनकी बूढ़ी आँखें बरसों बाद भी दमक रही थीं और उनके भूरे बाल हवा में बहुत अधिक लहरा रहे थे। उनके आसपास डेक के हरेक हिस्से पर बहुत पुराने ढंग के और अप्रचलित किस्म के गणितीय उपकरण बिखरे हुए फैले थे।

लगभग एक घंटे पहले, जब मैं क्रू के एक समूह के साथ उनके बीच में खड़ा था, अचानक मैं धड़ाम से जोरदार तरीके से गिर गया। हालाँकि उन्होंने मुझ पर कोई ध्यान नहीं दिया, मेरी स्थिति पूरी तरह बेहोश होने जैसी लग रही थी।

मैंने कुछ समय पहले एक स्टडिंग-सेल के झुकने का उल्लेख किया था। उस अवधि में दक्षिण से आनेवाली तेज हवाओं के कारण जहाज भयंकर रूप से हिल रहा था, उसका हर हिस्सा कैनवास से लेकर उसके निचले हिस्से पालवाले बूम तक, और उसके पर्वतनुमा ऊँचाईवाले शीर्ष तक को हवा लगातार नीचे की ओर पानी के सबसे भयावह नरक में धकेल रही थी, जिसकी कल्पना करना भी एक आदमी के मन में खौफ पैदा कर सकता है। मैंने तुरंत डेक छोड़ दिया, जहाँ मुझे अपना पैर जमाए रखने में दिक्कत हो रही थी, हालाँकि चालक दल को थोड़ी असुविधा का अनुभव होता। यह मुझे चमत्कारों का चमत्कार प्रतीत होता है कि हमारे विशाल डेक को फिर एक बार हमेशा के लिए समुद्र ने नहीं निगला। हम निश्चित रूप से रसातल में अंतिम डुबकी लिये बिना, अनंत काल के कगार पर लगातार मँडराने के लिए एक अपराधी की तरह बरबाद हैं, जब तक कि हम गहराई में डूब नहीं जाते। जितनी बार मैंने देखा है, हजार गुना बड़ी और अति विशाल लहरें गहरे पानी के राक्षसों की तरह हमारा पीछा करती हैं, जो कि

हमें डराना चाहती थी, लेकिन नष्ट नहीं करना चाहती थी और हम अपनी मूर्खता में सुविधानुसार तेजी से दूर भागते हैं; मैं विशाल जल में इन लगातार होनेवाले पलायनों का केवल प्राकृतिक कारण बता रहा हूँ, जो इस तरह के प्रभाव के लिए जिम्मेदार हो सकते हैं। मुझे लगता है कि मजबूत रस्सियों से बँधा होने के कारण ही हमारा जहाज प्रचंड प्रवाह की धारा का सामना करने में सक्षम हो पाया था।

मैंने कैप्टन को अपने ठीक सामने देखा, उसके अपने केबिन में, पर जैसा मैंने सोचा था, उसने मेरी तरफ कोई ध्यान नहीं दिया। लेकिन जैसे वह दिख रहा था, वह किसी पर्यवेक्षक की तरह दिखनेवाला नहीं था। ऐसा कुछ नहीं था, जिससे कि यह पता चले कि वह किसी के लिए बदल सकता हो या उसे बहुत ज्यादा या कम सम्मान दे, उसके साथ घुल-मिल जाए। जिस उम्मीद के साथ मैंने उसे बुलाया था, वह वैसा नहीं लग रहा था। कद में वह लगभग मेरी ही ऊँचाई का था, यानी लगभग पाँच फीट आठ इंच। वह शरीर से अच्छा-खासा सुगठित था, लेकिन गौर करने लायक मजबूती उसमें नहीं थी। लेकिन यह उसके व्यक्तित्व की प्रखर गरिमा ही थी, जो उसकी वृद्धावस्था में भी उसके चेहरे से झलक रही थी, यह रोमांचकारी साक्ष्य प्रबल और अद्भुत है, यह अनुभव इतना निराला है, जो मेरी भीतर की भावना को चरम तक उत्तेजित करता है। हालाँकि उनके माथे पर झुर्रियों की रेखाएँ थीं, जो वर्षों के गुजर जाने की मुहर सदृश लगता है। उनके भूरे बाल अतीत के साक्ष्य थे और उनकी गंभीर आँखें भविष्य की ज्ञाता हैं। केबिन का फर्श अजीब तरह से घिसा हुआ था और लोहे के फोलियो से जुड़ा हुआ था, वह विज्ञान के टूटे हुए उपकरणों और लंबे समय से प्रचलन में नहीं आनेवाले अनजान चार्टों से भरा हुआ था। उसका सिर उसके हाथों पर टिका हुआ था, उसने मुझे मेरे हाथों में पकड़े आयोग के कागजों को अपनी उत्सुकता से भरी तीक्ष्ण नजरों से देखा, जिन पर दर्ज सभी घटनाओं के नीचे एक सम्राट् के हस्ताक्षर अंकित थे। वह खुद से कुछ बुदबुदाया, मैंने पहला ऐसा कोई नाविक देखा था, जो अपनी धीमी आवाज में किसी विदेशी भाषा में चिड़चिड़ाता

मैंने कैप्टन को अपने ठीक सामने देखा, उसके अपने केबिन में, पर जैसा मैंने सोचा था, उसने मेरी तरफ कोई ध्यान नहीं दिया। लेकिन जैसे वह दिख रहा था, वह किसी पर्यवेक्षक की तरह दिखनेवाला नहीं था।

हुआ-सा कुछ बोल रहा था, यद्यपि स्पीकर मेरी कोहनी के करीब था, लेकिन उसकी आवाज मुझे एक मील की दूरी से मेरे कानों तक आती प्रतीत हो रही थी।

जहाज और उसमें सवार सभी एल्ड की आत्मा के साथ जुड़े हुए थे। जहाज के चालक दल के लोग सदियों से दफन भूत की तरह इधर-उधर घूम रहे थे, उनकी आँखों में एक उत्सुकता भरी असहजता थी; और उनकी उँगलियाँ इस जंगली लड़ाई में लालटेन की चमक की तरह आर-पार होकर मेरा मार्ग प्रशस्त करती हैं। मुझे लगता है, ऐसा मैंने पहले कभी नहीं महसूस किया है, हालाँकि मैं अपनी सारी जिंदगी पुरातनपंथियों का सौदागर रहा हूँ और मैंने बालबेक, तदमोर और पर्सेपोलिस की फैलिन परछाइयों को आत्मसात् कर लिया है, जब तक कि मेरी आत्मा का विध्वंस नहीं हो गया।

जब मैं अपने चारों ओर देखता हूँ तो मुझे अपनी पूर्व आशंकाओं पर शर्म आती है। अभी तक मैं उस आँधी के झकोरे को सोचकर ही काँप जाता हूँ, जिसमें मैं महासागर में जीवन-मरण के युद्ध में भौचक्का-सा खड़ा हूँ। तो क्या मैं सिमुम (अरबी आँधी) और महासागर में उठनेवाले चक्रवातों के बारे में अपने कोई भी विचार व्यक्त कर पाऊँगा? सारे शब्द तुच्छ और अप्रभावी हो जाएँगे? तत्काल ही जहाज के आसपास के क्षेत्र में अंतहीन रात का कालापन सा छा गया था और समुद्र के झागहीन पानी में उथल-पुथल मचा हुई थी; लेकिन फिर भी शायद हममें से किसी को भी लीग (तीन मील की नाप) दिख जाए। वहीं दूर-दूर तक उजाड़ आकाश में, अप्रत्यक्ष रूप से एक निश्चित अंतराल पर, बर्फ की विस्मयकारी वृहत प्राचीरें ऐसी लग रही थीं, जैसे कोई ब्रह्मांड की दीवारें हों।

जैसी कि मैंने कल्पना की थी, जहाज खुद को एक ज्वार में ही साबित कर सकता था। यदि उस ज्वार को कोई यथोचित नाम या उपमा दी जा सकती थी, बादल गरजने के जैसी आवाज के साथ एक सफेद बर्फ का विशाल गोला तीव्र शोर के साथ, दक्षिण की ओर से उतावले जलप्रपात की तरह अनियंत्रित गति से आ रहा था।

मेरी भीतर उठनेवाली संवेदनाओं की भयावहता का अनुमान लगाना पूरी तरह से असंभव था। अभी तक इन भयानक क्षेत्रों के रहस्यों का पता न लगा पाने की जिज्ञासा की तरह अब मेरी निराशा भी मुझ पर हावी हो रही थी कि मुझे मृत्यु के सबसे घृणित पहलू का सामना करना होगा। यह स्पष्ट था कि हम कुछ

रोमांचक जानने के लिए आगे बढ़ रहे थे—वह एक ऐसा गुप्त रहस्य था, जिसकी प्राप्ति विनाश हो सकती है। शायद यह धारा हमें दक्षिणी ध्रुव की ओर ले जाती है। मैं यह स्वीकार करता हूँ कि मेरी कल्पना इतनी भयानक थी, अब सबकुछ उसके पक्ष में होता नजर आ रहा था।

चालक दल डेक पर अशांत और काँपते हुए कदमों के साथ आगे बढ़े, लेकिन उनके चेहरे पर निराशा और उदासीनता की तुलना में एक आशा भरी उत्सुकता की झलक ज्यादा दिख रही थी।

इस बीच, हवा जहाज के पिछले हिस्से की तरफ अभी तक स्थिर सी थी, और जब हम लोग जहाज के पाल की ओर जा रहे थे, तभी जहाज कई बार समुद्र में ऊपर की ओर उठ गया—ओह, अत्यंत भयानक! तभी बर्फ अचानक पहले दाईं ओर से आई, फिर बाईं ओर से आती हुई दिखी और हम सब समुद्र के विशाल चक्रवात की बड़ी सी लहर के अंदर अँधेरे वातावरण में वृत्त के संकेंद्रण में गोल-गोल घुमावदार चक्कर खाने लगे। तूफान में सबकुछ अँधेरे और दूरी में खोता जा रहा था। लेकिन थोड़ा सा समय मुझे अपने भाग्य पर सोचने के लिए मिल गया था—वृत्त का आकार तेजी से छोटा होता जा रहा था और हम भँवर के भीतर फँसकर विक्षिप्त हुए जा रहे थे—तूफान और समुद्र की दिल दहला देनेवाली प्रचंड गर्जन में जहाज काँपता हुआ हिचकोलें ले रहा था—हे भगवान्! यह तो लगातार और नीचे जा रहा है।

नोट : *'बोतल में मिली पांडुलिपि', जो कि मूल रूप से 1831 (1833) में प्रकाशित हुई थी और कई सालों बाद तक भी मैं मर्केटर के नक्शे से परिचित नहीं हो पाया था, जिसमें समुद्र को चार मुँह के साथ (उत्तरी) ध्रुवीय खाड़ी की तरफ झपटते हुए दरशाया गया है या फिर पृथ्वी की गोद में अवशोषित होने के लिए। जिसमें एक विशालकाय ऊँचाई की ओर ऊपर उठते हुए एक काली चट्टान एक ध्रुव प्रतिनिधित्व करती है।*

□□□

भारतवर्ष की लोककथाएँ

असम
की लोककथाएँ

झारखंड
की लोककथाएँ